Plus jamais fatigué !

PIERRE FLUCHAIRE
MICHEL MONTIGNAC
Dr YVES DAVROU
Dr HERVÉ ROBERT
JEAN-PAUL DILLENSEGER

Plus jamais fatigué !

ou comment retrouver
toute sa vitalité

Bien-être

Sommaire

CINQUIÈME PARTIE

**FATIGUE ET GÉOBIOLOGIE
OU COMMENT RÉAPPRENDRE À « HABITER »**

Note de l'éditeur

Les sondages effectués au niveau du grand public, mais aussi et surtout auprès du corps médical, démontrent que l'un des grands problèmes auxquels les individus doivent faire face aujourd'hui est celui de la fatigue qui s'exprime soit par des déperditions énergétiques passagères (ce sont les fameux coups de pompe), soit le plus souvent par un état d'épuisement permanent.

La fatigue est en effet l'un des fléaux majeurs de notre époque.

La civilisation industrielle, pourtant prometteuse, s'est en fait soldée par une organisation anarchique des conditions de vie de nos populations contemporaines.

L'urbanisation démentielle, l'allongement du temps de trajet pour se rendre au travail et la compétition effrénée dans tous les domaines n'en sont, entre autres, que le triste lot quotidien.

L'homme moderne est aujourd'hui l'objet d'une agression continuelle de l'environnement pollué dans lequel il tente désormais de survivre.

Les frustrations et le stress qui en résultent se traduisent par une déperdition permanente de son énergie qui le rend tous les jours un peu plus vulnérable et un peu moins performant.

Il nous a donc paru intéressant de réunir dans un ouvrage consacré spécifiquement à la fatigue cinq personnalités qui, chacune dans sa spécialité, contribuent à apporter des réponses efficaces au problème qui nous préoccupe.

Chacun des cinq auteurs est véritablement un expert dans son domaine et nous lui avons demandé de faire un effort de synthèse dans sa présentation en s'en tenant à l'essentiel.

Chaque texte constitue donc, outre une présentation sous une forme quelque peu vulgarisée d'une méthodologie spécifique, un recueil de conseils faciles à appliquer dans la vie de tous les jours.

Même s'ils ont comme point commun de traiter du même sujet sous un angle particulier, les cinq textes sont indépendants les uns des autres et peuvent donc être lus dans un ordre différent de celui de leur présentation dans le livre.

PREMIÈRE PARTIE

Réapprendre à dormir

par Pierre Fluchaire

« *On ne dort pas pour dormir mais pour agir.* »

Aphorisme allemand

C'est pourtant ce sommeil
C'est ce même sommeil où les enfants ensevelissent leur être
Qui leur maintient, qui leur fait tous les jours ces jarrets nouveaux
Ces âmes nouvelles, ces âmes fraîches
Fraîches le matin, fraîches à midi, fraîches le soir
Voilà leur secret, voilà le secret d'être infatigable,
Infatigable comme les enfants.

Charles PÉGUY,
« Le mystère de la deuxième vertu »

Avant-propos

La science du sommeil est une science encore toute jeune de ses quarante printemps ; elle a réalisé depuis quelques années des découvertes spectaculaires qui permettent maintenant, par une meilleure connaissance des lois fondamentales du sommeil, de faire régresser, voire disparaître, l'un des plus grands fléaux de notre siècle : *l'insomnie.*

Et même, elle est capable de redonner à tous un bon sommeil qui est bien autre chose que l'absence d'insomnie, de la même manière que la bonne santé est bien autre chose que l'absence de maladie.

En rendant nos nuits beaucoup plus réparatrices, cette science de pointe du sommeil permet aussi de lutter très efficacement contre cet autre grand fléau de notre siècle : *la fatigue.*

La fatigue est, comme la fièvre ou la douleur, un signal d'alarme. Mais l'humain moderne, par le cumul d'un certain nombre d'erreurs, a rapproché considérablement ce qui devrait être seulement une barrière de sécurité et il bute constamment contre elle.

Il s'agit de la remettre à sa place : le bon sommeil est le premier grand moyen. Il va vous changer la vie, vos nuits et vos jours seront tellement plus agréables et plus fructueux.

Remarque

Fréquemment, nous citerons en référence nos autres livres sur le sommeil (et d'autres aussi), car ils vous seront très utiles. Il nous était impossible, en effet, dans le cadre d'une partie seulement de ce livre, de répéter intégralement tout ce que nous avons déjà écrit sur ce vaste sujet du sommeil arme anti-fatigue.

Nous en donnerons cependant chaque fois un résumé et nous ajouterons aussi des compléments intéressants qui correspondent aux découvertes récemment réalisées.

Ces livres vous permettront, si vous le désirez, d'approfondir tel ou tel point. Mais, même si vous ne les utilisez pas, ce livre vous apportera beaucoup pour votre sommeil et contre la fatigue.

Introduction

« Que béni soit celui qui inventa le sommeil ! »
CERVANTES, *Don Quichotte*

Nous vivons dans la magie.

N'est-il pas magique, par exemple, qu'avec un simple morceau de fil et une prise on puisse faire rentrer chez soi, par la télévision, les plus belles images, les plus belles couleurs, celles d'un papillon, d'une fleur venant en quelques dixièmes de seconde de l'autre côté de la terre !

N'est-il pas magique, que par le Concorde, qui va plus vite que la rotation de la Terre, on arrive à New York deux heures avant d'être parti (heure locale) !

En allant sur la Lune, l'homme a réussi à changer de planète.

De tout cela, personne n'aurait même osé rêver sous Louis XIV. Et tant d'autres inventions prodigieuses réalisées depuis qu'il y a plus de trois millions d'années le premier homme en Afrique australe, en créant les premiers outils, a franchi cette barrière qui l'a séparé de l'animal. Il venait de s'égaler à Dieu qui est le créateur de toute chose.

Eh bien, pourtant, on n'a encore rien inventé de mieux pour effacer la fatigue que le sommeil.

Peut-être l'inventerons-nous, mais en attendant, le bon sommeil est toujours le moyen le plus naturel, le plus complet de rénover quotidiennement notre être tout entier dans toutes ses dimensions, de la plus matérielle à la plus subtile.

Cette fonction rénovatrice est la fonction première du sommeil. Elle est aussi la plus fondamentale car elle est le prélude à toutes les autres fonctions et splendeurs du sommeil, telles la fonction refuge, la rencontre et la découverte de soi-même et de ses richesses intérieures, l'éveil de la conscience (sommeil paradoxal — rêve), l'état de pure conscience (sommeil très profond).

Elle est aussi la fonction la plus nécessaire dans le monde moderne. Grâce à cette fonction pleinement retrouvée (et c'est maintenant facile), vous retrouverez aussi votre joie de vivre, votre dynamisme et votre vie ne sera plus, comme pour beaucoup de nos contemporains (ne serait-ce qu'à cause de la fatigue), presque un fardeau et même pour certains un boulet (les insomniaques).

Pour apprendre à vivre, à bien vivre, un peu paradoxalement peut-être, il faut d'abord apprendre à bien dormir.

C'est même un atout indispensable de réussite : réussite dans la vie, et mieux encore, réussite de sa vie.

Tous ceux qui ont brillamment réussi dans n'importe quel domaine : la politique, les affaires, le sport, le spectacle et même le bouddhisme zen furent d'abord des champions du sommeil (cf. *Guide du sommeil*, Ed. Ramsay). Certes, il y eut quelques insomniaques célèbres tels que Wagner, Isaac Newton, Marcel Proust, Alfred de Musset, Jean Cocteau… ils surent tirer parti de leur insomnie, ce que nous enseignons aussi.

Voici déjà cette bonne nouvelle : nous pouvons tous devenir (même les insomniaques) des « dormeurs champions ».

Quelques données de base sur le sommeil

Le royaume du sommeil n'est pas celui du vide comme le croyaient les Romains, ni celui du désordre comme le croient encore beaucoup de nos contemporains; il est remarquablement organisé. Nos nuits sont comme découpées en tranches de durées quasi égales entre elles, que l'on appelle des cycles.

Chaque humain a son cycle du sommeil comme il a son visage ou ses empreintes digitales. Ce cycle est compris entre 1 h 30 et 2 h 10. Cela ne veut pas dire qu'il varie: il est fixe, mais compris entre ces deux limites.

A l'intérieur d'un cycle, nous passons par différents stades de sommeil, successivement: le sommeil très léger, léger, profond, très profond, paradoxal.

Ce dernier stade du sommeil paradoxal, qui termine chaque cycle et qui dure environ un quart d'heure dans la première moitié de la nuit et environ une demi-heure dans la deuxième moitié, est un sommeil très étrange: notre corps est encore plus profondément endormi que dans le sommeil très profond et paradoxalement notre cerveau, lui, est encore plus éveillé que pendant l'état de veille.

C'est surtout pendant le sommeil paradoxal que nous rêvons. Entre chaque cycle, tous nous revenons à l'éveil.

A chaque stade d'éveil et de sommeil, correspond un tracé des ondes électriques émises par notre cerveau.

Eveil actif: ondes bêta, fréquence 15 à 50 par seconde.

Eveil passif (en fermant les yeux): ondes alpha, fréquence 8 à 12 par seconde.

Stade I: Sommeil très léger: ondes thêta, fréquence 5 par seconde.

Stade II: Sommeil léger: fréquence environ 3 par seconde.

Stade III: Sommeil profond: apparition des ondes delta.

Stade IV: Sommeil très profond: ondes delta: fréquence 0,5 à 1 par seconde.

Stade V: Sommeil paradoxal: ondes de l'état d'éveil (entre alpha et bêta).

REPRÉSENTATION GRAPHIQUE D'UNE NUIT DE SOMMEIL: HYPNOGRAMME

— Horizontalement: déroulement du temps.

— Verticalement: vers le bas, la profondeur du sommeil qui est mesurée par l'intensité d'un stimulus nécessaire pour réveiller le dormeur.

Les critères principaux du sommeil

Le pouvoir réparateur du sommeil dépend essentiellement de la quantité et de la qualité du sommeil.

La quantité de sommeil

Elle est fonction de la durée et surtout de la profondeur du sommeil. Juger de la quantité de sommeil par la seule durée équivaut à juger de la

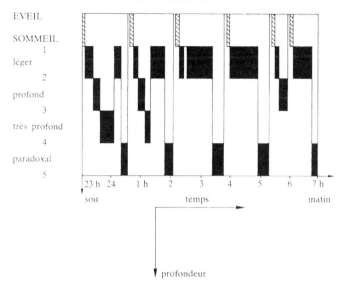

quantité de nourriture qu'on a absorbée uniquement par le temps où l'on est resté à table.

En simplifiant: la quantité de sommeil est le produit de la durée par la profondeur (sur l'hypnogramme, elle est représentée par les surfaces sombres).

La qualité du sommeil

Elle est liée à l'organisation de notre sommeil, c'est-à-dire au bon déroulement de chaque cycle et de chaque stade à l'intérieur de chaque cycle, et ceci dans un ordre déterminé et pendant une durée déterminée. Comme un travail désorganisé, brouillon, un sommeil mal organisé est beaucoup moins efficace.

1

Pourquoi, comment le sommeil nous rénove ?

« Sommeil, repos des choses, oh ! douce divinité
Paix de l'âme qui crucifie les soucis
Apaise et réconforte les corps las. »

OVIDE

La science occidentale nous dit que le sommeil est un état trophotrope : qui restitue les énergies, tandis que l'état d'éveil est un état ergotrope caractérisé par une dépense d'énergie. Mais la science millénaire des Chinois nous éclaire encore mieux : elle nous enseigne que tout est énergie (plus ou moins manifestée, plus ou moins condensée) et toute énergie est un mélange des énergies Yin et Yang (dites de la terre et du ciel) qui sont complémentaires comme l'ombre et la lumière.

L'énergie Yin nous apporte la purification, la recharge, le rayonnement intérieur.

L'énergie Yang nous permet la dépense, l'action, la relation, le rayonnement extérieur.

Le soir, après le coucher du soleil, on entre dans la période Yin, on s'y remplit d'énergie pour la prochaine période Yang après le lever du soleil.

Un manque d'énergie Yin et un excès d'énergie Yang pendant le sommeil le perturbent et le rendent moins réparateur.

Tout notre but sera de rendre votre sommeil beaucoup plus réparateur. Pour cela, il nous faut d'abord découvrir ce qui se passe dans le secret de nos nuits et bien comprendre pourquoi et comment le sommeil nous régénère.

Ainsi vous pourrez connaître les meilleures conditions d'un sommeil parfaitement défatigant et même dynamisant, quelles que soient les circonstances.

A) LA DIMINUTION DES DÉPENSES D'ÉNERGIE

1) LA POSITION HORIZONTALE ET L'ÉTAT D'APESANTEUR

La pesanteur est notre plus grande ennemie. «C'est elle qui crée en grande partie la fatigue. Elle est probablement la plus grande cause des problèmes de santé... elle attaque même nos cellules. De nombreux biologistes et gérontologues croient maintenant que les effets destructeurs de la pesanteur jouent un rôle important dans le fait que les cellules perdent leur capacité à se renouveler : ainsi la pesanteur peut être considérée comme une cause directe de vieillissement et de mort. » (Michaël Hutchison, *Les Bains flottants*, Ed. Le Jour.)

La position verticale du corps a été «inventée» il y a 9 à 10 millions d'années par l'animal préhumain *(Ramapithèque)* dont nous descendons. C'était une idée folle que de se mettre debout sur les pattes arrière, a priori vouée à l'échec, car elle était un défi à la pesanteur. Pourtant elle a conduit cet animal à l'hominisation (apparition des mains qui vont faire régresser la mâchoire qui prend et décortique et développement rendu possible du cerveau).

Nous sommes pratiquement le seul animal à nous tenir ainsi et pour nous, encore maintenant, cette position verticale du corps (debout ou assis) est une position antinaturelle pour notre organisme.

Notre colonne vertébrale, empilement de 33 vertèbres travaillant en compression, se tasse ; celle d'un chien par exemple, qui est très semblable à la nôtre, est horizontale et repose sur quatre piliers (pattes) : elle travaille en extension. La circulation de notre sang est contrariée : tout ce qui est au-dessous du cœur est trop irrigué (le sang ayant du mal à remonter, car il doit vaincre la force de gravité) et tout ce qui est au-dessus n'est pas très bien irrigué pour cette même raison (en particulier notre cerveau, pourtant très gros consommateur de sang et qui est on ne peut plus mal placé).

Notre cœur doit travailler plus fort pour pomper le sang des pieds à la tête.

De plus, certains de nos muscles doivent dépenser de l'énergie pour soutenir le poids de notre corps et l'empêcher de s'affaisser lorsque nous sommes assis ou de s'écrouler lorsque nous sommes debout.

Enfin, pour maintenir notre équilibre (même lorsque nous sommes assis, car un simple mouvement de la tête le modifie), notre «ordinateur cérébral» doit à chaque instant recevoir beaucoup d'informations, les analyser, envoyer des messages moteurs à nos muscles. D'autres organes interviennent et travaillent aussi pour maintenir notre équilibre, telle notre oreille interne.

La position horizontale est la position de moindre dépense d'énergie.

Dès que l'on s'allonge sur un lit, toutes ces dépenses supplémentaires d'énergie cessent et on ressent un soulagement immédiat. «D'un seul coup, toutes les stimulations liées au fait de maintenir notre corps vertical disparaissent. On se rend compte alors qu'une grande partie de la fatigue accumulée au cours de la journée est due au simple fait de se tenir dans un champ de gravitation. Du point de vue neurobiologique, on libère instantanément toute une masse de neurones des opérations continuelles relatives à la direction de la gravité.» (John Lily, neurobiologiste, *Le Soi profond*.)

Il y a non seulement une grande libération cérébrale, et donc une détente nerveuse, mais aussi un soulagement général de la musculature et du système osseux, d'où une relaxation musculaire spontanée.

Voilà pourquoi déjà le simple fait d'être horizontal dans le sommeil (et même dans la journée si on s'allonge) est particulièrement reposant et même régénérant.

Etendu sur un lit *bien horizontal*, la bonne répartition des forces de l'attraction terrestre sur toute la surface d'un côté du corps (contre-pression du lit) permet une atténuation et un changement à 90° de son action; on se rapproche de l'état d'apesanteur des cosmonautes.

2) L'ISOLEMENT DANS LE SOMMEIL.
   LES CONDITIONS ANTISTRESS IDÉALES

Le stress, d'après la définition (toujours valable) de l'inventeur de ce mot, il y a un peu plus de cinquante ans (le Dr Hans Selye), est «la réaction normale de notre organisme à tout changement quel qu'il soit».

Le stress mobilise notre organisme pour faire face à ce changement: accélération des rythmes cardiaque et pulmonaire, augmentation de la pression artérielle (tension), élévation dans le sang des taux de graisse et de sucre (éléments les plus énergétiques), etc. Cette mobilisation absorbe

22

de l'énergie. On a dit que le stress était «une véritable pompe à énergie vitale».

Lorsque nous dormons, nous sommes dans un milieu *constant* et cela fait disparaître les causes du stress et nous démobilise.

L'humain moderne est assailli dans la journée par les agressions sensorielles : nous subissons un intense bombardement, à chaque seconde, de millions d'informations (au sens informatique du mot) dont 80 % nous arrivent par la vue. Mais il y a aussi les sons (nous sommes dans la civilisation du bruit, c'est la pollution n° 1), les odeurs, les pressions, les vibrations du sol, les sensations de chaleur et de froid, les ondes diverses...

En état de veille, nous sommes aussi harcelés par le temps (chronologique) qui transforme la vie de la plupart de nos contemporains en une course effrénée contre la montre, un sprint quasi permanent et épuisant.

La COFREMCA a interrogé en 1981 les Français actifs sur leurs principaux centres de frustration ; en tête, avec 43 % : le temps ; l'argent, second, ne venait que loin derrière, avec 27 %.

Dans le sommeil, le temps est suspendu ; le temps psychologique s'arrête. Si nous n'avions pas de points de repère, nous serions incapables de savoir si nous avons dormi 3 minutes, 3 jours, 3 ans ou 100 ans comme la «Belle au bois dormant». Nous sommes dans le non-temps, l'intemporel des Orientaux, et cela aussi est une grande libération. Nous verrons d'ailleurs qu'en utilisant son sommeil, on peut gagner beaucoup de temps et donc s'en libérer encore mieux.

Mais la stimulation la plus forte, la plus prégnante (et qui n'est pas indépendante, bien sûr, des précédentes), pour le citadin notamment, est la pression sociale due à la présence des autres ou même seulement à leur existence. C'est à la fonction «refuge» du sommeil de nous en éloigner : dormir, c'est «rentrer chez soi» (dicton oriental).

Il doit y avoir, pour que le sommeil soit très réparateur, extinction de toutes les sollicitations extérieures.

Et la nature a même prévu, pour parfaire encore cet isolement, l'extinction de nos sens. Par exemple, on devient aveugle dès que l'on s'endort, même si on dort les yeux ouverts comme certains humains.

Seule l'ouïe ne se coupe jamais complètement, car nous ne savons pas encore, comme certains animaux (galago du Sénégal, loir gris), fermer nos oreilles. Nous verrons comment y remédier.

Notre vigilance aussi se met en veilleuse, mais elle subsiste en partie, d'où l'importance du sentiment de sécurité essentiel pour s'endormir mais aussi pour la profondeur du sommeil.

3) L'ÉTAT D'IMMOBILITÉ

La contraction (inconsciente) de nos muscles, en état de veille, est une source importante de dépense d'énergie. Dans le sommeil, le tonus de l'ensemble de nos muscles est très diminué ; ils sont en état d'immobilité même si nous changeons de position 30 à 40 fois par nuit, pendant les nuits calmes (plus de 200 fois pendant les nuits agitées). Plus on est immobile (et les découvertes récentes nous le permettent maintenant), plus le sommeil est réparateur, car tout mouvement nous fait perdre de la profondeur, et donc une grande quantité de sommeil.

Ce n'est que pendant les tranches de sommeil paradoxal que le tonus musculaire devient nul, sauf celui des muscles de la face, de l'extrémité des pieds et des mains (dormir à poings fermés) et des muscles qui ferment nos yeux ; on est paralysé pendant le rêve, sinon on le vivrait physiquement.

4) CERTAINES DE NOS FONCTIONS «TOURNENT» AU RALENTI

— Ralentissement (sauf pendant le sommeil paradoxal) du rythme cardiaque et même, diminution d'amplitude des contractions cardiaques, d'où baisse (légère) de la pression artérielle (tension). Notre cœur, grâce à la position horizontale, fonctionne plus facilement tout en étant plus efficace.

— La respiration devient plus lente (sauf pendant le sommeil paradoxal).

— Notre température interne baisse d'environ un demi-degré.

— Le métabolisme (dépense d'énergie nécessaire aux fonctions vitales) diminue. La dépense pendant le sommeil est d'environ 60 calories par heure et pendant l'éveil d'environ 120 calories par heure.

Ainsi, le sommeil c'est déjà un repos par l'isolement, le désintéressement, le ralentissement, la passivité.

Nous sommes coupés de notre environnement, nous ne sommes plus distraits (étymologiquement : tirés en dehors). Toute notre énergie va être entièrement consacrée à nous-mêmes.

La fatigue, dans la journée, nous oblige à nous reposer pour que notre force vitale soit consacrée au travail intérieur de nettoyage, de désintoxication de notre organisme ; pour cela, elle nous empêche de la dépenser dans le travail, le mouvement, la communication avec l'extérieur : parole...

Eh bien, c'est ainsi que procède également le sommeil.

«Ceux qui veillent partagent un univers commun. Celui qui dort vit en un univers qui n'appartient qu'à lui.» (Héraclite.) Mais, sous cette apparence trompeuse qui a fait assimiler par les anciens le sommeil à une «mort provisoire», une autre activité, une autre vie plus discrète mais intense va naître, «plus vivante que la vie» (Charles Péguy).

B) LA RÉGÉNÉRATION ACTIVE

Le sommeil n'est pas un «état passif». Il n'est pas seulement cette mise au repos, cette mise à l'écart. Cette paix du corps et de l'esprit n'est là que pour laisser le champ libre à une grande tâche qui commence avec lui et se poursuit pendant tout notre sommeil.

La machine humaine, comme toutes les machines vivantes et contrairement à toutes les autres, possède cette capacité unique de se réparer elle-même et son atelier de réparation, c'est le sommeil.

Un formidable travail s'y effectue grâce à certaines fonctions qui «tournent» et même sont poussées à fond pour que d'autres soient rénovées. La nuit, on y travaille «d'arrache-pied» pour que le matin, on ait retrouvé ses forces, pour que nos corps fatigués par les travaux du jour, intoxiqués par les déchets de leur fonctionnement, déréglés dans leurs commandes nerveuses retrouvent par le sommeil leur fonctionnement correct et nous restituent à l'éveil un corps et un esprit prêts pour de nouveaux efforts.

C) LES DEUX SOMMEILS

Les deux parties de notre sommeil les plus précieuses pour notre régénération sont :

— D'une part, les sommeils profond et très

profond (on a l'habitude de les grouper). Ils se déroulent surtout pendant la première partie de la nuit puisque seuls nos deux premiers cycles comportent du sommeil très profond.

— D'autre part, le sommeil paradoxal qui se déroule surtout pendant la deuxième partie de la nuit puisque, nous le savons (cf. Introduction), la durée des différentes tranches de ce sommeil s'allonge au fur et à mesure que l'on avance dans la nuit.

Ce sont d'ailleurs ces deux grandes parties que la nature nous fait récupérer en priorité lorsque nous manquons de sommeil.

Dans *La Révolution du sommeil,* nous avons indiqué :

— que les sommeils profond et très profond servaient essentiellement à la réparation physique ;

— que le sommeil paradoxal servait essentiellement à la réparation psychique.

En voici les aspects les plus intéressants :

1) SOMMEILS PROFOND ET TRÈS PROFOND

Ils occupent au total un peu plus du quart de l'ensemble du sommeil.

C'est surtout pendant ce temps que s'élabore en nous une hormone dite *somatotrope* (bonne pour le corps) qui sert entre autres à activer la synthèse des protéines. Ce sont de très grandes molécules d'acides aminés, attachées les unes aux autres comme les perles d'un collier. Ces protéines interviennent dans la structure, la construction de toutes nos cellules ; on les a appelées les « briques » de notre organisme. Notre corps contient environ 60 000 milliards de cellules. Plusieurs dizaines de milliards d'entre elles meurent chaque jour puisque nous nous renouvelons entièrement (sauf nos cellules cérébrales) tous les sept ans : c'est notre septennat à nous. Certaines parties de notre corps se renouvellent d'ailleurs beaucoup plus rapidement, par exemple notre sang : trois fois par an.

Grâce à notre sommeil profond et très profond, un nombre équivalent de nouvelles cellules naissent chaque jour, sinon on se délabrerait physiquement.

De plus, « lors de l'état de veille, les glandes endocrines s'épuisent. Il faut qu'elles fassent de nouvelles provisions hormonales. Le sommeil le leur permet » (Dr Jean Gauthier).

C'est le rôle de cette hormone somatotrope et, en particulier, elle stimule la production des hormones sexuelles ; « au sein de notre édifice hormonal, les hormones sexuelles constituent le pilier central sur lequel tout s'appuie » (Dr André Masson : *Le Soleil, l'Homme et la Santé*, Ed. Prosveta).

Le bon fonctionnement de nos glandes endocrines est indispensable à notre énergie vitale. Depuis la naissance jusqu'à la fin de l'adolescence, cette hormone somatotrope sert en plus à assurer la croissance physique, d'où l'importance pendant toute cette période des sommeils très profonds qui durent d'ailleurs beaucoup plus longtemps chaque nuit.

Enfin, la fixation des minéraux, si essentiels pour la santé en général, pour la lutte contre la fatigue, la conservation de la jeunesse et aussi le bon sommeil, a lieu surtout pendant les sommeils profond et très profond.

Une confirmation nous est donnée de leur rôle par le fait que leur durée augmente lors d'un besoin accru de réparation corporelle : cicatrisation, convalescence, grossesse...

En résumé, ils réparent les tissus, rétablissent les fonctions de l'organisme, remettent toute l'économie en état de marche normale. Cela nous donne un tout petit aperçu du fantastique travail souterrain physique qui s'accomplit en nous chaque nuit.

2) LE SOMMEIL PARADOXAL

Pour un adulte, il occupe un peu moins du quart de chaque nuit, soit entre 1 heure et demie et 2 heures (beaucoup plus pendant la prime jeunesse, moins pendant la vieillesse (biologique)). Ce sommeil est surtout chargé (entre autres) de nous réparer sur le plan psychique, et notamment sur le plan cérébral.

Notons aussi que ce sommeil exerce également un rôle de réparation à la fois physique et psychique par l'intermédiaire des fameuses hormones fabriquées par nos glandes surrénales appelées corticostéroïdes (pour les connaisseurs, il s'agit des 17 hydrocorticostéroïdes). Le taux dans le sang de ces hormones augmente par poussées au moment des phases du sommeil paradoxal et elles sont des facteurs déterminants de notre vitalité, de notre résistance à la fatigue et même de notre résistance aux infections.

Nous savons aussi que nous sommes corporellement en état de relaxation très profonde (tonus musculaire nul), donc réparatrice sur le plan psychique, pendant tout notre sommeil paradoxal.

Une confirmation de ce rôle de réparation surtout psychique du sommeil paradoxal nous est donnée par le fait que sa durée augmente lorsque l'on a à faire face à une situation qui exige une plus grande dépense psychique. Par exemple :

— Surcharge intellectuelle et en particulier lors de changements de situation ou au moment des examens.

29

— Frustration affective : situation d'isolement, par exemple : pour les marins et les prisonniers.

— Lorsque, dans la journée précédente, on a subi beaucoup de stress.

— Au départ dans la vie professionnelle ou au départ de la vie d'un couple.

Nous aurons l'occasion de revoir en détail les différentes fonctions réparatrices, régénératrices et même stimulantes du sommeil paradoxal et du rêve qui lui est associé. (Cf. chapitre 3 : Réapprendre à rêver.) Nous ne savons plus rêver parce que, dans notre civilisation occidentale, nous n'avons reçu aucune éducation onirique et sommes devenus des analphabètes du rêve ; nous sommes d'ailleurs la seule civilisation, et de tous les temps, à mépriser ainsi le rêve qui est pourtant, probablement, le cadeau le plus précieux de la nature.

Comment peut-on imaginer que cette fonction, à laquelle on consacre tout son temps quand on est fœtus (il rêve 24 h sur 24), presque 10 h sur 24 pendant les premiers mois de sa vie et par la suite près du quart de chacune de ses nuits pendant tout le reste de sa vie (soit au total cinq ans entiers), ne serve à rien ! C'est totalement déraisonnable.

Mais nous pouvons réapprendre le rêve (et c'est même facile).

Tout ce travail de chaque nuit de rénovation physique et psychique est d'une utilité, d'une nécessité, tellement majeure que l'on ne peut croire, comme certains, que dormir c'est plutôt du temps perdu. Encore faut-il savoir préserver le sommeil, ne pas le contrarier et même le favoriser pour qu'il soit vraiment notre printemps quotidien ; le temps du renouveau qui prépare dans le secret notre renaissance matinale à la vie de chaque jour.

Remarque: La fatigue et le sommeil ont une influence réciproque:

— La fatigue dite « physique » favorise plutôt le sommeil à condition qu'elle ne soit pas excessive et que l'activité physique n'ait pas lieu dans l'heure qui précède l'endormissement (cf. chapitre 3 : Préparer son sommeil).

— La fatigue dite « nerveuse » contrarie le sommeil, l'endormissement et le pouvoir réparateur du sommeil (agité, parfois entrecoupé de réveils intempestifs).

2

Chaque matin, renaître à la vie

« En réalité, nous ne sommes jamais ni complètement endormi la nuit ni complètement éveillé le jour. »

Thomas EDISON

On parle toujours des nuits sans sommeil mais jamais des jours sans éveil; il y en a beaucoup.

Tel est le but de cette deuxième partie : que vous soyez plus éveillé pendant tout le jour en étant mieux endormi pendant toute la nuit; pour cela, deux grands moyens :

— Eviter ce qui démolit votre sommeil.
— Ne pas rater votre éveil.

Cela peut vous changer la vie. Ce sont les spectaculaires progrès, depuis quelques années, de la science de pointe du sommeil qui nous apportent maintenant le véritable éveil au sens occidental comme au sens oriental de ce terme (éveil de la conscience); et ainsi une vie plus riche, plus épanouie, plus passionnante.

A) NE PAS RATER SON ÉVEIL

> *« Et chaque éveil sera pour vous une fête renouvelée. »*
>
> Manuel de la vie naturelle

Nous sommes le seul animal au monde à ne pas connaître ce que l'on appelle un « éveil triomphant ». C'est un éveil où l'on est instantanément disponible sur tous les plans :

— *physique :* on retrouve très vite son tonus musculaire,

— *intellectuel :* on est très lucide et même en hyperlucidité (pendant une vingtaine de minutes),

— *affectif :* on est tout de suite « d'attaque » avec un moral « d'acier » et tout prêt à accepter ce cadeau merveilleux que la nature nous offre chaque matin : une journée de plus à vivre.

Quelle différence avec le réveil « catastrophe », le lever « corvée » que subissent chaque matin presque tous nos contemporains (plus de 80 %).

Ils sont plus fatigués que la veille au soir alors que, même s'ils n'ont pas très bien dormi, ils viennent de passer une nuit de repos physique et psychique ; et pour repartir le matin, ils sont obligés de prendre un dopant : café, thé, chocolat, sucre, pilules, cigarette, petit coup de vin blanc, etc.

Et même cela n'étonne plus personne d'être nauséeux, brouillardeux et comme assommé.

Regardez un chat qui s'éveille : il se caresse partout, hume l'air avec une ivresse évidente ; tous les oiseaux chantent (en particulier le coq). Combien d'humains chantent dès leur éveil ?

Pourquoi cette différence ? Parce que l'humain a oublié ce que tous les animaux du monde savent d'instinct (sauf quelques animaux domestiques), cette *première grande loi fondamentale du sommeil* que l'on a redécouverte : « *Dormir un nombre entier de cycles* ». Aucun autre animal ne se permet, pour lui et ses petits, de faire ce que font chaque matin la quasi-totalité des humains : casser en deux le dernier cycle de leur sommeil en l'interrompant : c'est un réveil à coups de massue. Dès les premières secondes, on commence sa journée par trois traumatismes.

— Un traumatisme auditif : le réveille-matin.

— Un traumatisme cérébral : nos pulsations électriques cérébrales sont, par exemple, de 1 par seconde (sommeil profond) ou de 3 par seconde (sommeil léger) et on les oblige brusquement à passer à 30 ou 40 par seconde. C'est une source énorme de fatigue cérébrale que l'on s'inflige ainsi chaque matin de l'année et pendant des années et des années : on ne sait plus où on est, où on en est (l'heure) ni même qui on est. On est en « pièces détachées », en miettes, et il faut du temps et un effort énorme pour « recoller les morceaux ».

Enfin, et comme si cela n'était pas suffisant, on s'inflige en général :

— Un troisième traumatisme : visuel en ouvrant brusquement la lumière alors que l'on vient de passer plusieurs heures dans le noir (on devient aveugle dès que l'on s'endort).

En s'éveillant à la fin du dernier cycle, c'est un éveil naturel (par opposition au réveil traumatisant) comme celui d'une fleur qui s'ouvre et s'épanouit toute seule quand c'est son heure (chaque espèce a son heure).

On n'ouvre pas une fleur en tirant dessus.

COMMENT LE RÉALISER DANS LA PRATIQUE ?

Nous l'avons indiqué de manière détaillée dans : *Bien dormir pour mieux vivre* (personnaliser votre sommeil : c'est la deuxième grande clef d'or du bon sommeil). En voici un résumé :

Il faut d'abord calculer la durée de son cycle (voir comment à la fin de ce chapitre).

En partant de cette durée et de l'heure choisie pour cet éveil triomphant, vous devez faire le « compte à rebours » et vous endormir à une heure telle (ou voisine) que vous ayez achevé votre dernier cycle à l'heure choisie.

Dans ce même livre, nous avons également indiqué comment calculer le nombre de cycles dont chacun a besoin et qui peut être très différent d'un individu à l'autre ; actuellement, il n'y a pas d'autre moyen fiable que de faire l'essai et seul le résultat compte : si vous êtes bien éveillé tout le jour et en bonne forme sur tous les plans, c'est que ce nombre de cycles vous convient.

Si la plongée chaque soir dans le sommeil est une « naissance à l'envers », l'éveil de chaque matin doit être une renaissance à la vie ; à la fin du dernier cycle, votre rénovation sera très complète et votre résurrection quotidienne aura été peu à peu préparée par votre sommeil tout au long de la nuit.

Trois remarques

1) Lorsque l'on interrompt le dernier cycle du sommeil, c'est la dernière tranche de sommeil (paradoxal) qui est, dans le meilleur des cas, réduite et bien souvent sautée ; on est insuffisamment rénové sur le plan psychique : mal éveillé intellectuellement et avec un mauvais moral.

Cette dernière tranche de sommeil paradoxal est la plus longue en durée ; si elle est sautée, toutes les trois nuits, il vous manque l'équivalent d'une nuit entière de rêve ; toutes les semaines, vous avez deux nuits entières de rêve en retard et ce manque se cumule.

Si votre dernier cycle est interrompu dans ses

débuts, c'est en plus également du sommeil profond qui vous manque (voir hypnogramme).

2) Il ne sert à rien d'aller plus loin que la fin du dernier cycle en vertu du principe, malheureusement assez répandu (notamment pour les enfants), que «plus on dort, mieux cela vaut»; de la même manière que beaucoup croient encore que «plus on mange, mieux ça vaut»: en absorbant beaucoup de calories, on sera plus fort, plus résistant, plus énergique, moins fatigué alors que c'est l'inverse.

Il en est de même pour le sommeil.

Il y a la notion, comme pour toute autre chose, de la «juste dose».

L'erreur assez classique: on s'éveille et puis au lieu de se lever tout de suite, on pique un petit «roupillon» supplémentaire en se disant: «J'ai encore un petit quart d'heure»; et l'on est K.-O. au réveil parce que l'on a cassé en deux le cycle suivant.

Et, si l'on va jusqu'à la fin du prochain cycle, on a une «overdose» de sommeil, une «indigestion de sommeil» (c'est l'hypersomnie qui ne vaut guère mieux que l'insomnie): on est à plat, de mauvaise humeur et souvent on a mal à la tête.

3) L'usage intelligent du réveille-matin: c'est un instrument de sécurité, pas un instrument de torture; si vous avez choisi de vous éveiller de cet éveil naturel à 7 heures du matin, mettez-le à 7 h 05 ou 7 h 10.

Etant «éveillé» avant lui, vous pouvez l'empêcher de sonner; ou bien, s'il sonne, c'est beaucoup moins grave: il n'y a plus de traumatisme cérébral ni auditif puisque vous êtes éveillé.

Certains nous disent: ce n'est pas un réveille-matin mais quelqu'un qui me réveille doucement ou bien c'est de la musique; si ce réveil a lieu avant la fin du dernier cycle, c'est juste comme si vous aviez mis un peu de caoutchouc autour de la massue.

La réflexologie

En certains endroits de notre corps (oreilles, mains, nez, yeux, pieds) existent des zones dites «zones réflexes» où aboutissent des terminaisons nerveuses qui sont en relation avec les autres parties de notre corps; c'est un peu comme si l'ensemble de notre corps (ou presque) se projetait en réduction sur ces zones dont on a pu d'ailleurs dresser des cartographies précises.

En stimulant ces zones, on stimule l'ensemble du corps, y compris le cerveau.

Il existe (dans certaines pharmacies ou grandes surfaces) des petits tapis dits de réflexologie plantaire (moins de 200 francs). Ils sont rectangulaires et comportent des petites pointes arrondies en caoutchouc souple qui épousent, aussi bien dans le sens latéral que dans le sens longitudinal, la forme de votre voûte plantaire.

Le matin, nu-pieds (en chaussettes ou en bas au début), vous marchez dessus quelques minutes (sans avancer, comme le mime Marceau). Ce massage agréable va éveiller toutes vos fonctions et votre mental et vous remettre tout de suite «en état de marche».

Ce même tapis, le soir, en l'utilisant de la même façon, va en quelques minutes vous défatiguer, en particulier nerveusement, et vous assurer un meilleur endormissement et un meilleur sommeil.

Le Do-in

C'est le Shiatsu que l'on pratique sur soi-même ; il nous vient du Japon où il est très répandu et enseigné officiellement (en japonais *shi :* doigt, *atsu :* pression).

Il allie les principes de l'acupuncture (manuelle) et du massage ; le Do-in comporte aussi des étirements très doux.

On peut y consacrer, le matin, 20 à 30 minutes ou bien, les matins où l'on n'a pas le temps, pratiquer un Do-in simplifié : celui des mains (en quelques minutes). Ecoutons Evelyne Sanier-Torre (revue *Médecines douces,* n° spécial 18-19) ;

« Tout a commencé par un stage : avant je me réveillais fatiguée, sans entrain, et je restais toute la matinée à moitié endormie. Il me fallait parfois attendre midi pour être vraiment réveillée.

« C'est la raison pour laquelle, très vite, je suis devenue une adepte du Do-in. En moins de 30 minutes, par ce massage et cet étirement de tout le corps, je me sens maintenant en pleine forme et les idées claires. »

Le Do-in est, nous dit Jean Rofidal (grand spécialiste français, formé par un grand maître japonais), notre « toilette énergétique » du matin.

Il faut savoir aussi que le Do-in diminue progressivement le besoin de sommeil (en le rendant plus réparateur) et aussi le besoin de nourriture.

Sur le Do-in — *Renouvelle-toi chaque jour,* Jean Rofidal.
— *Do-in,* tome I, Ed. Au Signal, Lausanne, Chiron Diffusion, Paris.
— *Pour bien comprendre le Do-in,* t. II *(id.)*[1].

1. On peut apprendre le Do-in par des stages. Pour joindre Jean Rofidal, s'adresser aux Editions Chiron, 40, rue de Seine, 75006 Paris.

Il faut repérer, le soir, les passages du «train» du sommeil (qui sont les heures préférentielles pour s'endormir); ces trains passent tous les soirs à heures fixes pour chacun.

Pour cela, il faut repérer les messages que nous envoie, à ces moments-là, notre cerveau.

— *Messages physiques*: bâillements, tête lourde et paupières lourdes, yeux qui piquent comme si l'on avait du sable dans les yeux (marchand de sable); pupilles qui basculent vers le haut (on n'a plus les yeux «en face des trous»), la vue se brouille.

On n'a plus envie de bouger; on a envie de s'asseoir, d'appuyer son front sur ses avant-bras (pour dormir) en les posant sur une table; ou même on a envie de s'allonger.

— *Messages mentaux*: on n'a, tout d'un coup, plus envie de regarder, de parler, d'écouter, plus rien ne nous intéresse; on décroche de son environnement et on coupe la communication; on n'a plus envie de guider ses pensées: dérive mentale.

Lorsque ces messages, très caractéristiques (et qui n'ont rien à voir avec la fatigue), arrivent, il faut noter l'heure; pour les percevoir, il faut se mettre un peu à l'écart, seul, dans le silence.

La durée du cycle est celle qui s'écoule entre le passage des deux «trains» consécutifs; cette durée est fixe pour chacun d'entre nous et comprise entre 1 h 30 et 2 h 10.

B) UN SOMMEIL PLUS RÉNOVATEUR

« Dormir, il faut y veiller tout le jour durant. »

NIETZSCHE

Cet état de grande lucidité et de dynamisme, qu'un éveil intelligent vous apporte dès les premiers instants, doit se prolonger toute la journée si votre sommeil a été vraiment rénovateur.

S'il n'en est pas ainsi pour la plupart de nos contemporains, c'est parce qu'ils accumulent dès le matin un certain nombre d'erreurs qui, la nuit venue, détériorent leur sommeil. C'est pendant le jour que l'on fait sa nuit et c'est aussi pendant le jour qu'on la démolit. C'est donc dès le matin que nous devons préparer notre sommeil et éviter surtout les deux grands facteurs les plus préjudiciables au pouvoir réparateur du sommeil de l'humain moderne :

— Les erreurs alimentaires,
— les conséquences du stress (c'est le plus grand antisommeil).

S'y ajoutent aussi un certain nombre d'autres erreurs qui agissent pendant notre sommeil ; elles concernent :

— L'écologie du sommeil (vêtement de nuit, lit et accessoires, chambre à coucher),
— les somnifères,
— le ronflement auquel on vient récemment de trouver enfin une solution.

On peut considérer qu'une bonne journée commence dès la veille au soir... en s'endormant.

1) LES ERREURS ALIMENTAIRES[1]

Tout ce que nous absorbons est important pour notre santé physique et psychique ; cette fonction de nutrition et d'hydratation influence profondément toutes nos autres fonctions, en particulier celle de notre sommeil. A tel point que l'on a pu dire que « beaucoup de troubles du sommeil n'étaient en réalité que des troubles digestifs » ; c'est pourquoi l'on améliore pratiquement toujours et parfois considérablement le pouvoir réparateur de son sommeil en évitant certaines erreurs très simples d'ailleurs à rectifier. Une alimentation correcte favorise en effet le bon sommeil tandis qu'une moins bonne la démolit.

LES KILOS EN TROP

L'INSEE (Institut National de la Statistique et des Etudes Economiques) nous révèle que le poids moyen des Français de plus de 20 ans excède le poids idéal (pour la santé) de 7 kg pour les hommes et de 5,3 kg pour les femmes.

Or, on pourrait presque dire, en paraphrasant Gayelord Hauser, que « le pouvoir réparateur de notre sommeil est inversement proportionnel à notre tour de taille » (il a dit cela de la santé, mais la bonne santé et le sommeil sont inséparables).

Non seulement, l'embonpoint et à plus forte raison l'obésité détériorent le sommeil, mais ils créent une fatigue supplémentaire (imaginez que vous portiez en permanence 2,5 kg à 3,5 kg dans chaque main).

Et ces deux effets se cumulent alors que l'on devrait au contraire, pour compenser ce surcroît de fatigue, avoir un meilleur sommeil. Les Japonais, qui n'ont pas ce problème, dorment une heure de moins.

1. Cf. *Bien dormir pour mieux vivre*, Ed. J'ai lu et *L'insomnie c'est fini*, Ed. Fanval.

Le livre *Je mange, donc je maigris*, de Michel Montignac (Ed. Artulen), vous indique comment faire disparaître, sans vous priver, ces kilos en trop.

LA CHRONOLOGIE DES REPAS EST IMPORTANTE POUR VOTRE SOMMEIL

Nos différentes pendules biologiques, celles qui gouvernent les cycles de toutes nos fonctions, s'entraînent les unes les autres comme les engrenages d'une même grande horloge.

En dérégler certaines dérègle toutes les autres en cascade; alors cela ne «tourne plus rond» et nos cycles de sommeil sont perturbés. Ceci est d'autant plus vrai que justement les horaires de nos repas servent de synchroniseurs à notre pendule sommeil.

D'où l'intérêt de manger plutôt à heures fixes (sans toutefois, cependant, en être obnubilé).

Vous devez laisser au moins 2 heures entre la fin du repas du soir et le début du sommeil, et jusqu'à 4 heures si le repas a été un peu trop copieux ou trop «riche» ou constitué d'aliments longs à digérer.

Si vous ne respectez pas ces délais, attention les dégâts: vous contrariez à la fois votre sommeil et votre digestion!

L'équilibre entre les repas

L'équilibre entre les différents repas est important pour votre sommeil.

Voici l'équilibre idéal (pour le sommeil et la forme):

• Le petit déjeuner doit comporter environ le quart de la ration alimentaire quotidienne; les trois autres quarts doivent être répartis à peu près également entre le déjeuner et le dîner.

C'est une erreur typiquement française (que ne commettent pas les Anglo-Saxons : ils ont même tendance à exagérer dans l'autre sens) : le petit déjeuner du matin est un repas bâclé, quelquefois carrément sauté (juste un café) et d'ailleurs presque toujours absorbé trop vite. Cela oblige à trop manger au déjeuner (l'on a des après-midi somnolents) et à trop manger le soir (soirées somnolentes), ce qui est préjudiciable au sommeil de la nuit. De cette erreur résultent aussi les «coups de pompe» dans la matinée et l'envie d'absorber des excitants (sucre, café, cigarette...).

Certains nous disent : «Le matin, je n'ai pas faim !» Cela est vrai surtout si vous vous êtes réveillé à contretemps (en interrompant le dernier cycle). De plus, c'est une question d'habitude et c'est progressivement que l'on doit arriver à un petit déjeuner nettement plus copieux.

Pour vous y aider : laissez le maximum de temps possible entre votre éveil (naturel) et le petit déjeuner : faites d'abord votre toilette et habillez-vous. Ainsi votre appétit sera mieux éveillé lui aussi.

• Le repas du soir est évidemment celui qui a le plus d'importance pour votre sommeil.

Il faut, le soir, éviter ce qui est défavorable au sommeil et donner la préférence à ce qui le favorise.

Défavorable :

— Viande et sucre (industriel) en excès : ce sont des excitants,
— de même tous les autres excitants : café, thé, épices, condiments...

— les aliments longs et difficiles à digérer : sauces, gibier, friture...

Favorable :

— Lait et laitages (les moins gras) : yaourts, fromages,
— laitue : prise au début du repas, elle contient un hypnotique naturel sans accoutumance : le lactucarium,
— céréales complètes,
— légumes.

• La manière dont on mange, surtout le soir, est au moins aussi importante que la qualité et la quantité ; on nous a appris les bonnes manières pour bien nous tenir à table mais pas l'essentiel.
Le repas, comme le sommeil, doit être une trêve. Savez-vous pourquoi les Orientaux mangent avec des baguettes ? Ils ne veulent rien qui rappelle une arme : qui pique comme une fourchette ou qui coupe comme un couteau. En Orient, on invite son meilleur ennemi à partager son repas et l'on dépose au vestiaire (symboliquement) les sabres et les pistolets.
On a découvert que notre psychisme, pendant les repas (nos pensées, nos sentiments), a une profonde influence sur notre digestion qui n'est pourtant, théoriquement, qu'un travail purement mécanique et chimique ; nous devons manger dans le calme. Voici un beau texte de Michaël Aivanhov :
« Il y en a certains qui ne voient aucun rapport entre la façon de manger, le bruit, la sécrétion des glandes et le désordre qui se produit dedans. Et ils vont dans les pharmacies, chez les docteurs, mais ils continuent à manger de façon déplorable.
Qu'est-ce que la nourriture ? Tout : tous les éléments, les forces magiques, toute l'alchimie sont dedans... préparés avec amour par la nature pour

nous soutenir, nous maintenir et prolonger la vie... on avale des choses, on ingurgite et on discute... et la nourriture apporte la maladie car elle est "fermée" comme une fleur quand il fait froid... elle devrait être réchauffée par l'amour, la reconnaissance. »

— Vous devez éviter, par exemple, les dîners-débats, les dîners d'affaires...

— En famille, éviter les querelles, les problèmes conjugaux ou ceux avec les enfants.

— Et, dans tous les cas (même lorsque l'on est tout seul), fuir certains sujets tels que : professionnels, dramatiques, vos impôts, etc.

• Il faut boire peu au repas du soir ; d'ailleurs on boit trop aux repas et pas assez en dehors. Boire peu également entre le repas du soir et le coucher. Une erreur assez classique chez les personnes âgées : au dîner, absorber trop de potage ou de soupe trop diluée.

• Certaines personnes, peut-être influencées par le dicton : « Qui dort dîne », sautent le repas du soir : il nous vient en réalité de la pancarte que l'on accrochait à la porte des anciennes auberges et qui signifiait que pour avoir une chambre, il fallait aussi dîner. On aurait plutôt dû écrire : « Qui ne dîne pas ne dort pas », car si vous sautez le repas du soir, c'est la faim qui vous réveillera.

LES AUTRES ERREURS

• L'abus des excitants (cf. *Bien dormir pour mieux vivre*) :

— la viande : la quantité de viande consommée en moyenne par an et par Français est de 100 kg ; elle est 5 fois plus importante qu'il y a 100 ans ;

— le sucre industriel : on en consomme deux fois plus qu'il y a 50 ans ;

— le café : il y a de la caféine également dans le thé, le chocolat (cacao), le maté et les boissons à base de coca ; ainsi que dans beaucoup de médicaments : stimulants, analgésiques, diurétiques, médicaments contre le rhume, amaigrissants, etc. (consulter la notice).

A ce propos, attention ! certains autres médicaments ont tendance à contrarier le sommeil, tels : certains antibiotiques, la cortisone...

— l'alcool : le vin rouge pris le soir (et avec modération) favorise plutôt le sommeil, tandis que le vin blanc le contrarie. Certains prennent de l'alcool le soir comme somnifère, mais en réalité, il fait l'effet inverse ; prendre à la fois un somnifère et de l'alcool peut avoir des conséquences très graves ;

— le tabac : il est nocif à tout moment de la journée et particulièrement avant le coucher.

• L'abus des produits chimiques (cf. chapitre ultérieur sur les somnifères).

• L'hypertension : elle tue beaucoup et elle tue aussi votre sommeil. Elle est, avec le stress, le plus grand anti-sommeil (il y a d'ailleurs un lien entre les deux). Au-dessus d'une certaine tension, il est impossible d'avoir un bon sommeil réparateur. 6 millions de Français sont hypertendus (souvent sans le savoir) ; 80 % d'entre eux ne sont pas soignés du tout où mal.

Les erreurs alimentaires contribuent beaucoup à l'hypertension notamment :

— les kilos en trop,

— l'abus des matières grasses animales (elles se déposent sur la paroi interne des artères),

— l'abus des excitants,

— le rajout de sel dans les aliments.

Y contribuent aussi beaucoup le stress et le manque d'exercice.

• Toutes les erreurs alimentaires sont nuisibles au sommeil, car tout ce qui détériore la santé détériore aussi le sommeil (et inversement).

• Enfin, ne vous traumatisez pas (cela vous empêcherait de bien dormir) si vous avez enfreint une ou plusieurs des règles que nous venons d'énoncer, celles du bien manger et du bien boire pour bien dormir ; car on peut (et même certains pensent que c'est plutôt recommandé pour réveiller nos défenses naturelles) se permettre des « escapades » alimentaires, mais seulement de temps en temps.

Ce qui est favorable au sommeil

• Les vitamines « sommeil » :

— La vitamine C appelée aussi vitamine « santé » mais prise sans abus et au plus tard au repas de midi, sinon elle devient un antisommeil.
— La vitamine D : elle favorise l'assimilation du calcium qui est un sédatif.
— La vitamine B 6.

• Ce que vous pouvez absorber juste avant de vous endormir pour favoriser l'endormissement (mais toujours avec modération : en petites quantités et pas tous les soirs) (cf. *Bien dormir pour mieux vivre*) :

— Du lait chaud et peu sucré : tout ce qui est chaud et un peu sucré (miel) favorise l'endormissement ; de plus, le lait contient du calcium (sédatif) et du tryptophane qui intervient dans la synthèse de la sérotonine (importante pour le sommeil).
Mais ce tryptophane, pour être absorbé par le cerveau, a besoin d'insuline, qui est sécrétée par le pancréas quand on absorbe du sucre.
— Une pomme (consommée avec sa peau) : juste sous la peau, il y a de l'éther amylvalérianique qui a une action soporifique.
— Les tisanes (avec peu d'eau) : un grand nombre de plantes favorisent le sommeil ; il faut

bien les choisir en fonction du type d'insomnie sinon elles ne font rien ou parfois l'effet inverse[1].

2) LE STRESS

Le stress concerne aussi tous les autres sujets traités dans ce livre; mais il concerne particulièrement le sommeil parce qu'il est devenu le plus grand antisommeil de la vie moderne; et aussi parce que, inversement, le bon sommeil réparateur (et notamment le rêve) est l'arme naturelle antistress la plus efficace.

Le stress: c'est un mot à la mode. Tout le monde en parle à tort et à travers; par exemple, on entend partout cette énormité: il faut supprimer le stress.

Rappelons (car elle est essentielle), en la complétant, cette définition de l'inventeur du mot stress (Hans Selye): « Le stress est la réaction *normale* de notre organisme à tout changement quel qu'il soit, agréable ou désagréable. »

Cette réaction nécessaire à la survie est destinée à faire face à ce changement par l'action, et ceci de deux manières principales: la fuite ou le combat (*the flight or the fight*).

On voit tout de suite que supprimer le stress reviendrait à supprimer cette arme vitale et on ne pourrait plus « se défendre » dans la vie; cela voudrait dire aussi qu'il faut supprimer toutes les choses agréables (alors à quoi bon survivre?).

Le stress nous stimule; sans lui, on sombrerait dans l'apathie, l'asthénie, on deviendrait des mous, on « dormirait » sa vie. On n'aurait plus aucun ressort et même on tomberait malade.

«Trop peu de stress et l'organisme, sous-stimulé, peu sollicité physiquement et psychologiquement, évolue vers le repli sur soi et la dégénérescence des fonctions vitales. La capacité de réponse au stress doit être entretenue comme

1. *Bien dormir pour mieux vivre*, Ed. J'ai lu.

doivent l'être la mémoire ou le fonctionnement des muscles.» (Daniel Scherman, *La Biologie du stress*, Ed. du Rocher.)

Sans le stress, il n'y aurait pas de progrès, car c'est lui qui nous pousse à aller de l'avant, à être dynamique, à la pugnacité, condition indispensable pour se dépasser, se surpasser, pour réussir. Sans le stress, nous serions des éternels fatigués. C'est un aiguillon indispensable. D'ailleurs, toute notre éducation et par la suite les affaires, la vie économique, le sport, la politique sont basés sur le stress qui se traduit par l'émulation, l'esprit de compétition, la concurrence, les promotions...

C'est le stress qui fait grimper aux montagnes et dans la vie[1].

Malheureusement, la vie moderne a retourné contre nous cette arme de défense et en a fait quelque chose de très meurtrier. *Pourquoi?* Le stress nous mobilise en vue de l'action; si cette action a bien lieu, nos fonctions ainsi démobilisées reviennent à leur état normal et tout rentre dans l'ordre. Mais si cette action ne peut avoir lieu, notre organisme reste mobilisé et si un autre stress survient, cette mobilisation va se prolonger; alors le stress va commencer à avoir des conséquences néfastes, et ce d'autant plus qu'il va y avoir un effet de cumul. Voici pourquoi une succession de petits stress, auxquels on ne prend même plus garde, peut avoir les mêmes effets qu'un énorme stress.

La vie moderne, non seulement multiplie les stress, mais en plus elle nous empêche de les *évacuer* (retenez ce maître mot).

L'homme préhistorique subissait des stress, par exemple: au détour d'un chemin, il se trouvait soudain en face d'une bête féroce, mais il avait tout de suite la possibilité de la combattre ou de s'enfuir et donc d'évacuer son stress.

1. Un livre récent d'un médecin américain est intitulé: *Vive le stress*, Dr Peter G. Hanson (Ed. Mengès).

Mais, nous, humains modernes, beaucoup de circonstances contraignantes nous empêchent le plus souvent de nous jeter dans l'action pour laquelle notre cerveau et tout notre corps ont été préparés.

Par exemple, nous avons un rendez-vous important auquel nous nous rendons en voiture et nous voilà coincé dans un encombrement : nous sommes stressé et ne pouvons (théoriquement) rien faire.

Nous sommes à notre bureau : notre patron ou un subordonné nous contrarie (ou bien on est contrarié chez soi) : on devrait pouvoir tout de suite s'enfuir (faire trois fois le tour du pâté de maisons) ou bien cogner. C'est bien rare qu'on puisse le faire.

Vous comprenez pourquoi l'une des professions où l'on vit le plus vieux (en moyenne), c'est toréador ; et celle où le stress fait le plus de dégâts : journaliste (surtout ceux de l'actualité : ils n'ont pas le temps d'évacuer leur stress que d'autres surviennent...).

Et puis, là encore, c'est une question de dose.

Le stress est le meilleur antifatigue, car c'est un stimulant naturel, mais trop de stress devient une véritable « pompe à énergie vitale ». Notons au passage ceci qui est très intéressant : ce n'est pas tellement le travail en lui-même qui fatigue, mais tous les stress qui (le plus souvent bêtement) l'accompagnent : crispations, tensions, émotions...

Le stress stimule les défenses naturelles de l'organisme, mais trop de stress (ou un stress trop fort) affaiblit notre système immunitaire (découverte récente et qui explique beaucoup de maladies de « civilisation »).

Pas assez de stress rend malade et trop de stress aussi.

Plus on est stressé, plus et mieux on devrait dormir pour en réparer les dégâts, ne serait-ce que la fatigue (c'est la plus grande source de fatigue et notamment de fatigue nerveuse) ; or, au contraire, on dort moins bien : latence de l'endormissement, sommeil plus agité, plus court, moins profond, moins réparateur.

Nous ne voudrions pas vous infliger la longue liste des ravages du stress (cela vous stresserait). Résumons-les en indiquant que l'on considère actuellement que 85 à 90 % de nos affections sont liées au stress, soit directement, soit indirectement. Quand il y a d'autres causes, le stress est un facteur aggravant. Voici les têtes de chapitre de ces différents troubles (extraits de *Le Stress* du Dr Soly Bensabat, Ed. Hachette) : troubles psychiques, cardiovasculaires, digestifs, cutanés, sexuels et gynécologiques, articulaires et musculaires, nutritionnels, dentaires, urologiques. Nous ajouterons : le stress rend bête (au moins momentanément).

La plus grande partie des décès est aussi liée au stress.

Que faire pour échapper aux conséquences du stress

et ainsi échapper en grande partie à la fatigue en retrouvant le sommeil, la santé et la forme ?

CERTAINS STRESS PEUVENT ÊTRE ÉVITÉS

Il y en a malheureusement assez peu ; voici les plus fréquents et auxquels on ne prend même plus garde.

• Les agressions sensorielles

Les couleurs

Il s'agit de celles qui vous imprègnent de manière prolongée et répétitive : celles des murs des pièces dans lesquelles vous vivez, dormez et travaillez. Elles vous influencent à votre insu même si vous croyez vous y être habitué ; certains disent : « Je ne les vois même plus. »

On connaît bien maintenant l'influence des couleurs sur notre physique et sur notre moral : elle est importante. On sait que certaines couleurs sont stressantes et d'autres déstressantes ; bien sûr, l'impact varie un peu d'un individu à l'autre et dépend des goûts de chacun. Voici cependant quelques indications générales valables pour tous :

— Le rouge et le jaune vifs sont agressifs et donc stressants ;

— l'orange (mélange de rouge et de jaune), plutôt clair, pas trop soutenu et bien éclairé, apporte l'optimisme et une certaine sensation de bien-être. C'est une couleur tonifiante et donc antifatigue, et même, elle vitalise ;

— le vert : c'est la couleur de la vie (végétale) : pas trop puissante, plutôt pastel, elle est calmante, sécurisante et donc recommandée contre l'hypertension et l'insomnie ;

— le bleu : c'est une couleur froide ; un peu pâle, elle induit la paix, la sécurité, l'harmonie intérieure. Elle est bonne contre l'insomnie ;

— le blanc, c'est une couleur neutre. Un peu « cassée » (pas du blanc pur), elle est gaie, reposante.

Le bruit

Les hommes préhistoriques ont vécu pendant des millions d'années dans une ambiance sonore estimée scientifiquement 100 000 fois plus faible qu'aujourd'hui. L'humain n'est pas construit pour le bruit.

En une génération, la quantité de bruit que nous subissons a été multipliée par cent. Il est devenu la pollution n°1 : nous subissons tous (en ville surtout) une overdose de bruit. Même les jeunes sont devenus des drogués du bruit ; ils ne peuvent plus s'en passer.

Le bruit stresse tout l'organisme, en particulier tous nos sens (et pas seulement l'ouïe), tout le système nerveux (notamment le cerveau). Il crée dans le cerveau du bruit (au sens technique de ce terme), c'est-à-dire la désinformation (problèmes de mémoire) et le brouillage des idées.

Il est une source énorme de fatigue et l'on sait maintenant pourquoi : les trois glandes majeures de l'énergie vitale, les deux surrénales et la thyroïde sont très touchées par les sons.

Dans un des chapitres suivants (écologie du sommeil), nous traiterons du bruit pendant le sommeil ; mais ceux subis pendant le jour démolissent aussi le sommeil : il y a une mémoire du bruit. Attention aux bruits que l'on n'entend pas parce que trop graves : les infrasons, tous les moteurs en émettent, même celui de votre réfrigérateur.

Mais si l'on parle beaucoup des méfaits de l'alcool, du tabac, des pollutions diverses, il y a, à propos de ceux du bruit, une sorte de conspiration du silence. Quelques chiffres : le bruit est responsable de 52 % des troubles nerveux dans les villes, de 20 % des internements psychiatriques, d'une dépression sur trois.

Il est responsable de beaucoup d'insomnies et de surconsommation de tranquillisants et d'hypnotiques.

Il faut fuir le bruit toutes les fois qu'on le peut et se ménager des «zones» de silence, de silence extérieur et de silence intérieur. Car «le silence, c'est d'abord une chose du dedans» (E. Estaunié).

Si la parole est d'argent, le silence est d'or, « c'est pour cela qu'il coûte plus » (René Dorin).

« Ecoute le silence en toi » (Eva Ruchpaul).

« Recherche le silence, crée le silence, aime le silence, vis le silence, sois le silence ! » (Paul Bourget.)

« Le silence de la montagne est encore plus beau quand les oiseaux se sont tus. » (Proverbe oriental.)

La *foule* est très stressante, sur les trottoirs, dans les grands magasins.

FILTRER LE STRESS

Le grand mérite de Hans Selye a été de montrer que, quelles que soient les causes du stress (et elles peuvent être extrêmement diverses), il y avait certes un effet spécifique, mais aussi toute une série d'effets rigoureusement identiques dont seule variait l'intensité. Mais il ne faut pas croire qu'à un stress déterminé corresponde une intensité déterminée.

Pour un même stress, l'impact sera quasi nul pour certains et très important pour d'autres : tout dépend comment ce stress est reçu, vécu ; il y a un grand facteur de subjectivité.

Prenons, pour ne pas rester dans l'abstrait, un exemple (un peu extrême) : on a fait des essais avec des mystiques en état de méditation, d'extase même ; l'électroencéphalogramme montre qu'ils sont en rythme alpha très ralenti (6 à 7 par seconde). On peut provoquer à côté d'eux un bruit énorme : une détonation, leur hurler des insultes, ils restent en rythme alpha. Impact : nul.

Alors, il ne s'agit pas bien sûr de vous transformer en mystiques, mais déjà de savoir ceci : tout stress provoque en nous, par l'intermédiaire du système nerveux (réaction d'urgence) puis du système hormonal, une sécrétion d'adrénaline puis de dérivés de la cortisone.

L'humain préhistorique devait faire face à d'énormes stress : bêtes féroces, froid intense (aux ères glaciaires, l'Europe était à la température de la Sibérie actuelle) ; il devait réagir tout de suite et très fortement. Eh bien, cela nous est resté, car l'évolution biologique est très lente. On a employé cette image à peine forcée : « Pour les stress que nous subissons quotidiennement, nous sécrétons des torrents d'adrénaline alors que quelques gouttes suffiraient. »

Voici quelques réflexions

Essayons de minimiser ce qui nous arrive, au lieu de constamment le « maximiser », en nous rendant compte par exemple que beaucoup de choses n'ont d'importance que celle qu'on leur attribue.

Et aussi, en prenant de la hauteur dans le temps et dans l'espace. Qui sommes-nous ? D'infimes petits grains de poussière collés par la pesanteur sur la surface d'un énorme vaisseau spatial, la Terre, qui se déplace dans l'espace d'un mouvement tourbillonnaire très compliqué (et largement supersonique).

Et cette Terre n'est elle-même qu'un petit grain de poussière perdu dans l'immensité du cosmos. Et même, nous ne sommes que des grains de poussière très éphémères : la durée totale de notre vie n'est qu'un flash par rapport au temps cosmique.

« Atome dérisoire perdu dans le cosmos démesuré, il doit savoir que ses valeurs ne valent que pour lui et que du point de vue sidéral, même la chute d'un empire ne compte pas plus que l'effondrement d'une fourmilière sous le pied d'un passant distrait. » (Jean Rostand, *L'Homme*.)

Il ne faut pas pour autant devenir indifférent à

tout, mais seulement remettre toute chose à sa vraie place.

Aragon nous le dit de manière poétique : « Ne pas prendre les campanules pour des fleurs de la passion ».

Lorsque quelque chose nous arrive, on a tendance à n'en voir que les aspects négatifs ; et puis on est obnubilé par deux ou trois problèmes et l'on oublie complètement tout ce qui va bien.

Lorsque l'on nous demande : Comment allez-vous ? Nous répondons : « Il y a ceci… ou cela qui ne va pas très bien », mais nous ajoutons toujours : « Mais tout le reste, ça va ». C'est ce tout le reste que l'on oublie.

La plus grande lacune de la plupart des humains est le manque d'imagination ; pourtant beaucoup sont souvent en train de supposer tout ce qui pourrait leur arriver : combien de stress n'a-t-on pas subis (avec tous les dégâts correspondants) en pensant à des événements futurs éventuels qui ne sont jamais arrivés.

On sait maintenant que les ravages du stress proviennent surtout d'un véritable phénomène d'auto-intoxication ; cela est vrai déjà pour les stress autoproduits de l'intérieur mais aussi pour ceux qui nous arrivent de l'extérieur. Notre psychisme a une énorme puissance. L'exemple des stigmatisés montre qu'il peut, à lui seul, modifier notre corps de manière spectaculaire ; l'exemple du fameux effet placebo explique comment certains faux médicaments, dans lesquels il n'y a rien, peuvent guérir simplement parce que le malade croit qu'ils sont vrais. On sait aussi maintenant que la plupart de nos difficultés de santé sont dites psychosomatiques, c'est-à-dire générées ou aggravées (ou améliorées) par le psychisme.

Voici un autre exemple : il y a des personnes allergiques à la poussière ; certaines d'entre elles font une crise d'allergie seulement en voyant quelqu'un secouer un chiffon... au cinéma.

Or, cette puissance du psychisme, on l'utilise bien tous les jours mais, le plus souvent, contre soi ; il faut apprendre à la retourner à son profit. Par exemple, en ne se laissant pas envahir (et même certains s'y complaisent) par ce que l'on appelle les «sentiments négatifs». Il y en a une quarantaine : la peur, la haine, la jalousie, le remords, le sentiment de l'échec...

Vous pouvez décider tout de suite de les fuir désormais lorsqu'ils vous assaillent, connaissant leur terrible nocivité.

«Pourquoi nourrissez-vous le venin qui vous tue?» (*Britannicus*.)

Les expressions comme : «se faire du mauvais sang», «être de mauvaise humeur», «ça m'empoisonne», «ça me fait mal au ventre», «j'en ai plein le dos», «j'ai les nerfs en pelote», «se mettre en boule»... sont symboliques ; elles correspondent à des réalités concrètes. Le sang est perturbé, les humeurs (liquides de l'organisme) troublées, on sécrète de vrais poisons, de petites boules (pelotes) apparaissent que sentent très bien, sous leurs doigts, les kinésithérapeutes, etc.

Pour se mettre à l'abri du stress, il faut apprendre à vivre «cool», expression dont notre traduction personnelle est : il faut essayer que la vie coule harmonieusement, si possible comme «un long fleuve tranquille». Combien de vagues, de tempêtes, de tourbillons et même de chutes n'existent que dans notre réalité subjective.

Il faut cesser de considérer la vie forcément comme un combat (elle doit être une harmonie, disent les Orientaux) et les autres comme des adversaires et tout changement (qui est source du stress, ne l'oublions jamais) comme importun. Cesser de vivre dans l'inquiétude : «Il y a toujours des sujets d'inquiétude pour les esprits inquiets.» Et puis la sérénité, cela s'apprend maintenant (par exemple par le yoga, la sophrologie), cette sérénité si essentielle pour un sommeil réparateur (elle est presque l'arme absolue contre l'insomnie).

Dans toutes les circonstances, les péripéties de la vie, il y a presque toujours deux manières de se comporter : la manière habituelle et la manière « intelligente » (vis-à-vis du stress). Deux exemples (parmi des milliers d'autres) :

— Vous êtes coincé en voiture dans un embouteillage. La plupart des automobilistes se stressent intérieurement, s'énervent, gaspillent ainsi leur énergie et ils deviennent même agressifs. Quelques-uns, au contraire, savent rendre ce temps qui leur est donné très profitable : ils se relancent et rechargent ainsi leurs « batteries ».

— Deux voyageurs dans le métro : l'un va souffrir de la promiscuité, de l'inaction, se stresser, l'autre considère qu'il s'agit au contraire pour lui d'un moment de détente, il se sent bien de ne pas être seul ; certains même en profitent pour lire ou faire des tranches de sommeil...

Presque tous les stress peuvent être retournés dans le bon sens. C'est seulement une question d'état d'esprit, d'« état d'être » qu'il faut changer, souvent même inverser.

Enfin, évitez ceci :

Beaucoup, le soir, revivent en les racontant (ou même simplement en y repensant) toutes les contrariétés qu'ils ont subies dans la journée, croyant ainsi se défouler ; en réalité, simplement de revivre un stress vous occasionne une deuxième fois exactement le même stress et cela stresse aussi la personne à qui vous le racontez.

Cela dit, il ne faut pas non plus tomber dans l'excès inverse : être muet sur ses problèmes ; on peut les partager un peu, demander soutien et conseil. Mais, pour beaucoup d'humains, leurs soirées ne servent le plus souvent qu'à ressasser et ruminer leurs soucis du jour (en particulier les soucis professionnels); de la même manière qu'il y a des femmes que vous ne pouvez pas rencontrer (surtout entre elles) sans qu'elles soient intarissables sur leurs problèmes de santé, ceux de leurs enfants, de leur mari, de leurs parents...

Ressasser un stress, cela n'en libère pas; ce n'est pas cela évacuer son stress. Le seul grand moyen, c'est de l'oublier, mais ce n'est pas toujours facile. On nous a appris à l'école à retenir mais pas à oublier.

Mais on peut aussi l'évacuer. Voici comment:

ÉVACUER SON STRESS

Les stress que l'on ne peut ni éviter ni filtrer, il faut les évacuer le plus vite possible, et pour cela, utiliser les *armes antistress* dont nous disposons encore dans la vie moderne.

L'exercice

Il remplace l'action que l'on n'a pas pu accomplir pour se démobiliser.

L'insomniaque type, dans la vie moderne, est le citadin sédentaire (trop assis et enfermé) qui est très actif intellectuellement et nerveusement mais pas assez physiquement; il y a un déséquilibre entre son système nerveux qui fonctionne trop et son système musculaire qui ne fonctionne pas assez. Il est très rare qu'un sportif soit insomniaque. Mais il y a trois grandes *erreurs* à éviter:

— L'exercice doit être pratiqué le plus près possible du stress. Il vaut mieux (vis-à-vis du stress) faire un quart d'heure (ou plus) d'exercice chaque fin d'après-midi que 4 heures le dimanche; car les stress de la semaine ont eu tout le temps de se cumuler et de faire des dégâts.

— M. Jim Fix, appelé «Monsieur Jogging» car il

60

a initié des millions d'Américains, est mort il y a peu (il avait 52 ans)... en faisant du jogging. Car il y a le mauvais jogging, celui qui est stressant : sur terrain dur (l'ennemi nº 1 du jogging, c'est le macadam) et en chaussures de ville (ou pieds nus comme certains) ; les vertèbres sont tassées et c'est très mauvais aussi pour les tendons et les articulations (tendinites, rotules abîmées, hanches endommagées, claquages, etc.). De plus, le jogging en ville encrasse les poumons : une étude américaine a montré que courir une demi-heure sur les trottoirs équivaut à fumer 20 cigarettes (et cela est vrai dans n'importe quelle grande ville européenne).

Les meilleurs exercices antistress sont la marche, la bicyclette, le ping-pong (le tennis est dur) et surtout la natation. Elle libère de la pesanteur, ce qui est déjà un grand soulagement déstressant et, de plus, elle fait tout fonctionner : les bras, les jambes, le souffle. Si tout le monde pouvait pratiquer 1/2 heure de natation chaque fin d'après-midi, le nombre d'insomniaques chuterait très vite et considérablement ainsi que la consommation de tranquillisants et hypnotiques.

Mais attention ! il faut nager tranquillement, sans forcer, sans esprit de compétition. D'ailleurs tous les exercices où l'on force (surtout sans entraînement et à partir d'un certain âge) deviennent stressants : c'est la troisième grande erreur à éviter.

Le rêve

Il est le grand antidote naturel que nous offre la nature contre les stress de la vie moderne et leurs effets destructeurs. Le grand intérêt du rêve est qu'il a lieu chaque nuit (il n'y a pas de nuit sans rêve) ; il est chargé d'évacuer nos stress au fur et à mesure : des mesures ont montré que plus on subit de stress dans la journée, plus la durée du sommeil paradoxal augmente.

C'est Freud qui, le premier dans notre civilisation (occidentale), a montré que la première grande fonction du rêve était cette fonction de libération : il est la liberté totale retrouvée ; tout est permis dans le rêve, il n'y a plus de logique, plus de morale, plus de péché.

Le rêve nous émancipe de toutes les contraintes, des conditionnements, refoulements de toutes sortes que nous impose la société : discipline, interdits, tabous... et qui souvent vont à l'encontre de nos pulsions naturelles.

On a dit que le rêve était le domaine de l'impossible qui devenait possible : « Le rêve est une courte folie et la folie un long rêve ! » (Schopenhauer.)

Nous avons besoin de cette folie pour nous déstresser ; le rêve est fait pour « s'éclater » et c'est pour cela que ce ne sont pas les rêves « roses » ou « à l'eau de rose » qui sont les meilleurs : ce sont les rêves les plus fous, les plus inracontables qui sont les plus apaisants, les plus déstressants.

Le rêve est une sorte de soupape de sécurité qui fait « cracher la vapeur » et tomber la pression. « Vous serez neuf après une bonne nuit de rêves en liberté où vous aurez, à votre guise, joué dans le jardin de votre enfance, exprimé ouvertement vos idées au président de la République ou à votre patron, approché la voyageuse blonde croisée dans l'aéroport cet après-midi, volé de montagne en montagne, Don Quichotte de la nuit, de vos mille et un châteaux en Espagne. »

Malheureusement, depuis près de deux mille ans qu'il méprise son rêve, l'humain occidental ne fait plus que des rêves tièdes, creux, trop raisonnables. Voilà pourquoi (entre autres : cf. chap. 3) nous devons réapprendre à rêver.

Note : il ne faut pas que vous disiez : « Oh ! moi je rêve bien. Je n'ai pas besoin d'exercice » ou bien « Je fais de l'exercice, je n'ai pas besoin de bien rêver. » Il faut les deux, ils sont merveilleusement complémentaires; on a dit d'ailleurs que le rêve était le «sport» de l'esprit. L'un est chargé (l'exercice) de vous déstresser surtout sur le plan physique, l'autre est chargé (le rêve) surtout de vous déstresser sur le plan psychique, encore que tout soit lié.

La relaxation-respiration —
La sophrologie

Ce sont les armes anti-stress par excellence que tous nous devrions apprendre; elles seront abordées longuement dans la troisième partie de ce livre.

La gaieté intérieure — rire — chanter

Le rire est sans doute le plus sympathique des antistress et le seul dont l'humain dispose en exclusivité.

Par le rire, on peut (comme par le rêve) s'éclater; ne dit-on pas: éclater de rire, rire aux éclats. On l'a appelé «jogging immobile».

«N'ayez pas honte de rire aux plaisanteries même les plus stupides. Allez-y de bon cœur, vous ne pouvez rien faire de mieux pour votre santé. Le rire est l'un des plus efficaces remèdes préventifs naturels et il est capable de soulager un grand nombre de maux.» (Dr Rubinstein, *Psychosomatique du rire*, Ed. R. Laffont.)

C'est le premier conseil que l'on donne aux présidents des Etats-Unis pour se déstresser.

Il est particulièrement recommandé pour le sommeil; le meilleur somnifère: une soirée gaie. Il y a d'ailleurs très peu de gens gais qui soient insomniaques; par contre, beaucoup d'insomniaques sont tristes. Ce n'est pas toujours leur tristesse qui a déclenché leur insomnie (souvent même c'est l'inverse), mais c'est elle qui la prolonge. C'est pourquoi le premier conseil pour retrouver leur sommeil est : essayer de retrouver la gaieté même si, au début, ils doivent un peu se forcer.

Le rire est gratuit; pourtant Raymond Devos (grand spécialiste) a dit : « Le rire est tellement important pour la santé qu'il devrait être remboursé par la Sécurité sociale » (ce devrait être le cas, déjà, pour ses spectacles).

Chanter : même faux, cela n'a pas d'importance (sauf pour les autres); et si on ne peut chanter à son travail, chanter dans sa voiture, dans sa salle de bains...

Chanter quand ça va bien, mais surtout quand ça va mal et ça ira mieux.

Conclusion sur le stress

La nature avait inventé pour nous une arme très sophistiquée pour nous aider à vivre mieux et plus longtemps. Dans sa déraison, l'humain moderne l'a retournée contre lui. Mais il s'en est aperçu et même a pu en mesurer (il n'y a pas très longtemps) les terribles et très nombreuses conséquences (en particulier ces deux grands fléaux de notre siècle : la fatigue et l'insomnie). Mais on sait aussi maintenant comment la retourner de nouveau à notre profit et l'on connaît tous les moyens à notre portée pour le réaliser et ainsi se changer radicalement la vie.

3) PRÉPARER SON SOMMEIL

Notre sommeil de chaque nuit est une sorte de voyage, de traversée sur l'océan de la nuit; et comme tout voyage, pour qu'il se déroule sans accident de parcours (insomnie) et même qu'il soit vraiment bénéfique, il doit être préparé. C'est dès le matin (nous l'avons dit) que l'on doit éviter les erreurs qui sont préjudiciables au sommeil de la nuit suivante.

Mais ceci est encore plus vrai pour l'heure qui précède l'endormissement : notre sommeil sera à l'image de cette heure.

Si cette heure a été agitée physiquement, intellectuellement, émotionnellement, votre endormissement risque d'être long et votre sommeil agité, peu réparateur. Si cette heure a été calme, vous aurez toutes les chances d'avoir un bon endormissement et un bon sommeil.

Ce n'est pas une condition suffisante à elle seule, mais c'est une condition presque sine qua non.

Il est absurde de croire que le sommeil peut s'obtenir en quelques minutes après avoir fait n'importe quoi, sous prétexte que l'on a décidé de dormir et que l'on s'est allongé sur un lit.

L'endormissement résulte d'un jeu de bascule entre l'action du centre d'éveil, qui doit être suffisamment éteinte, et celle du centre du sommeil qui doit être suffisamment éveillée ; le plus souvent, lorsque l'on n'arrive pas à s'endormir (et à bien dormir), c'est non pas le centre du sommeil qui ne fonctionne pas bien mais le centre d'éveil qui fonctionne trop et de ce fait inhibe le fonctionnement du centre du sommeil (ces centres sont situés dans le tronc cérébral, voir illustration).

Or, ce centre d'éveil est excité par toutes les stimulations extérieures et intérieures sensorielles et motrices (S et M sur l'illustration).

Le grand principe du bon endormissement et même du bon sommeil : dans l'heure qui précède, diminuer progressivement toutes les stimulations.

Nous avons longuement traité de cette préparation au sommeil dans *Bien dormir pour mieux vivre* ; c'est une des sept clefs d'or du bon sommeil

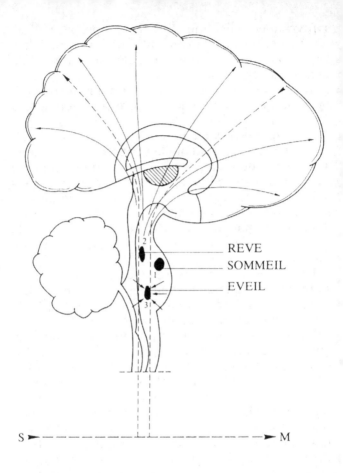

REVE
SOMMEIL
EVEIL

S ▸ - - - - - - - - - - - - - - - ▸ M

et qui vous ouvre toutes grandes les portes de la nuit.

Nous la résumons ainsi :

Bien sûr, ce serait «le rêve» si l'on pouvait, le soir, s'éteindre comme on éteint son poste de télévision ou sa lampe de chevet. Un humain ne peut s'éteindre ainsi mais seulement peu à peu sur les trois plans : physique, intellectuel, affectif.

Physique

Eviter, dans l'heure qui précède, tout effort physique : par exemple porter des charges lourdes, courir ou même marcher (pourtant la marche le soir est recommandée pour le sommeil) ; de même ne faire ni gymnastique, ni même du yoga. Il ne faut même pas rester debout, car les muscles qui soutiennent le corps sont forcément en contraction ; certains qui sont assis toute la journée croient (à tort) que cela les « détend ».

Intellectuel

Nous possédons, chacun de nous, un « ordinateur » extraordinaire : notre cerveau ; il est beaucoup plus qu'un ordinateur, mais il est aussi le plus fabuleux de tous les ordinateurs et même de tous les ordinateurs réunis, puisque nous avons environ 50 milliards de neurones (cellules cérébrales) et que chaque neurone est un ordinateur ; mais il a un seul défaut : il n'a pas de « clef de contact » ou tout au moins nous l'avons perdue. Le seul moyen pour éviter qu'il ne s'emballe au moment de l'endormissement : dans l'heure qui précède, éviter de trop le faire fonctionner, donc éviter tout ce qui demande un effort d'attention, de concentration ou de mémoire, etc., par exemple le travail professionnel.

Affectif

« S'endormir, c'est se désintéresser. » (Bergson.)
Il faut, dans l'heure qui précède, se ménager une plage de « neutralité affective » ; donc éviter de faire ou d'évoquer des choses désagréables bien sûr mais même aussi des choses trop surexcitantes sur le plan émotionnel, même si elles sont

agréables (rappelez-vous : elles stressent aussi). Une exception pourtant que nous traduirons de manière poétique : il n'y a pas de meilleur ami du dieu Hypnos, dieu du Sommeil, que le dieu Eros.

Cela ne veut pas dire d'avoir des soirées ternes, moroses ; elles peuvent être agréables autrement que dans l'excitation, l'agitation.

Il faut par exemple fuir, le soir, les sujets et les films catastrophes ou même seulement trop dramatiques. Or, c'est justement le soir, tard, que l'on passe à la télévision les films, par exemple, de guerre ou d'épouvante.

Il faut créer chez soi une ambiance peu à peu crépusculaire : baisser progressivement la lumière, le ton des conversations, le son de la télévision ; puis une ambiance de présommeil et, au fur et à mesure que l'on s'en approche, une ambiance dormitive tout en s'arrangeant pour qu'elle reste chaude, sympathique et pas triste ; tout le contraire d'une ambiance survoltée qui est malheureusement assez fréquente. Ceci est valable pour tous et particulièrement pour les enfants : alors ils iront tout seuls au lit quand ce sera leur heure.

Cela n'empêche pas d'avoir, de temps en temps, des soirées très animées et même où l'on « s'éclate ».

Dans les expériences de privation de sommeil, pour empêcher les sujets de s'endormir (après une ou plusieurs nuits sans sommeil), on les fait bouger et on les oblige à se passionner intellectuellement et affectivement pour quelque chose : cela fait fuir leur sommeil ; pour qu'il vienne à vous, c'est l'inverse qu'il faut faire.

Des études ont montré que plus de 80 % de nos contemporains oublient au moins une de ces trois conditions (assez souvent même les trois) alors que toutes sont indispensables.

Toutes ces conditions qui induisent automatiquement le sommeil sont de plus en plus recommandées au fur et à mesure que vous vous approchez du sommeil ; ce qui est à éviter devient interdit dans la dernière demi-heure, car alors votre endormissement et même l'ensemble de votre sommeil (et de vos rêves) deviennent très vulnérables à tout ce que vous faites, dites, entendez, ressentez.

Vous devez commencer à prendre de l'éloignement avec tout ce qui vous entoure, avec votre journée qui vient de s'écouler (et aussi celle qui vous attend le lendemain).

Nous-mêmes, pendant cette dernière demi-heure (qui correspond à peu près au temps que l'on met à se préparer pour se mettre au lit), nous sommes déjà presque « de l'autre côté » (dans le sommeil).

Il faut être dans un certain état intérieur (Malheureusement, la plupart de nos contemporains se présentent devant « Sa Majesté le Sommeil » dans un état opposé, hostile même au sommeil.) Or cet état ne peut survenir en quelques instants mais progressivement : il faut environ une heure.

Voici ce qu'a écrit le célèbre Pavlov qui résume bien les conditions pour créer le « réflexe conditionné » sommeil : « On s'assoupit lorsqu'on se trouve dans une ambiance neutre où nul stimulus ne sollicite l'attention. Quand rien n'excite les circuits électriques qui parcourent le cerveau, celui-ci s'éteint, entre dans un état d'inhibition progressive comme une lampe qui baisse. Dès que cette inhibition atteint un certain seuil, un déclic se produit qui déconnecte les circuits, on dort. »

Et puis ce dernier conseil avant l'extinction « des feux » : bâillez, à plusieurs reprises, et vous pourrez dire comme Sacha Guitry : « Bâille, bâille, bye, bye. »

4) L'ÉCOLOGIE DU SOMMEIL

L'écologie est l'étude des relations entre l'être vivant et son environnement. Depuis quelques années, elle a pris (à juste raison) beaucoup d'importance : il y a des groupements, des partis écologistes, un ministère de l'Environnement...

Mais ils s'intéressent surtout (et même presque exclusivement) à l'écologie de notre vie de l'éveil ; or, celle du sommeil est importante. Il faudrait que l'environnement de notre sommeil (vêtement de nuit, lit et accessoires, chambre à coucher) le favorise ; mais l'on constate que, par l'accumulation d'un certain nombre d'erreurs (en général uniquement commises par ignorance et très faciles à rectifier), cet environnement perturbe, pollue notre sommeil.

Nous avons traité longuement le sujet dans *Bien dormir pour mieux vivre* ; c'est la cinquième grande clef d'or du bon sommeil. En voici les titres principaux :

— Le vêtement de nuit.
— Le lit.
• Votre lit est-il à la bonne place ? (La même question et la même réponse valent aussi pour votre bureau : ce sont des endroits où l'on séjourne plusieurs heures par jour ou par nuit.)
• Votre lit est-il bien orienté ? (Voir dernière partie du livre.)
• Qu'est-ce qu'un bon lit ? Sa largeur, lit dur ou lit souple, sur quoi reposer sa tête, la position idéale pour s'endormir.

— La chambre à coucher : ensoleillement, décoration, couleurs, aération, température, humidité, éclairage, bruit.

Nous ajouterons à tous ces renseignements (que nous ne pouvons résumer, car il s'agit d'un grand nombre de détails dont chacun doit être respecté) et qui sont d'un intérêt majeur pour le confort et l'efficacité de votre sommeil ce complément d'importance : un lit nouveau mais bien au point et qui va révolutionner votre sommeil :

Le lit à eau : il est apparu il y a plus de 20 ans aux USA où il a été, après beaucoup d'études et d'expériences, perfectionné ; il est maintenant très au point et tous les inconvénients passés ont totalement disparu. On le fabrique aussi en France (ce qui le rend très accessible).

Il y a presque autant de différence de confort entre un tel lit et les lits ordinaires qu'entre la mieux suspendue de nos voitures et un char romain.

Voici un résumé de ce qu'il apporte :

— Il est et reste par définition rigoureusement horizontal. Pratiquement, les lits classiques, au bout d'un certain temps, sont en pente ou se creusent et l'on dort dans une ornière ou une pente (souvent les deux à la fois).

Raffinement supplémentaire du lit à eau : le bassin et le tronc étant plus lourds, les jambes sont légèrement surélevées, ce qui est l'idéal pour la circulation du sang.

— C'est un lit qui est rigoureusement à vos mesures, quelle que soit la position que vous preniez, car il épouse exactement les formes de votre corps.

— Une fois qu'il a pris les formes de votre corps, celui-ci est fermement soutenu ; les Orientaux disent : « Ferme comme l'eau, souple comme l'eau. » Elle est, en effet, incompressible.

— La contre-pression du lit, pour vous soutenir, est idéalement répartie sur votre corps et ceci est capital. Dans un autre lit, nous l'avons vu, nous changeons de position entre 30 et 40 fois par nuit (les nuits agitées, c'est plus de 200 fois).

Pourquoi? Si nous regardons, vu de côté, un humain allongé, il y a des parties en creux : la nuque, les reins, les genoux et des parties proéminentes : le crâne, les épaules, le bassin, les pieds ; en ces endroits, la contre-pression est plus élevée dans un lit ordinaire et elle dépasse la pression de circulation du sang dans les capillaires (28 millimètres de mercure) : le sang est bloqué en ces endroits ; cela crée une gêne qui, lorsqu'elle devient trop forte, oblige à changer de position. Même si cela ne vous réveille pas, vous perdez chaque fois de la profondeur, c'est-à-dire, sur l'ensemble de la nuit, une quantité importante de sommeil.

Dans le lit à eau, de nombreux essais ont montré que nulle part elle ne dépassait cette contre-pression de 28 millimètres de mercure. Voilà pourquoi il n'y a plus besoin de changer de position et pourquoi (entre autres) il est beaucoup plus reposant.

— Il y a aussi le fait que vous êtes encore plus que dans un lit normal en état de quasi-apesanteur et le soutien idéal de votre corps crée une relaxation beaucoup plus profonde de vos muscles.

— Si l'on dort à deux, les sommeils sont à la fois communs et très indépendants grâce à deux poches d'eau séparées sous la même housse.

— De plus, venant encore parfaire ce repos et ce confort, l'eau est climatisée (sécurité totale, le tapis chauffant étant isolé par une housse étanche). Ainsi en été, par suite de l'inertie thermique de l'eau, le lit est frais et garde cette fraîcheur pratiquement toute la nuit. En hiver, vous pouvez réguler la température à votre convenance et vous n'entrez jamais dans un lit froid ; cette douce chaleur accompagne votre sommeil toute la nuit ; alors vous n'êtes plus obligé de surchauffer la chambre.

— Ce lit convient à tous, quel que soit leur âge. Mais il apporte en plus une véritable thérapie pour ceux qui, par exemple, souffrent du dos, de rhumatismes, d'ennuis circulatoires, de difficultés respiratoires, etc. Il aide même les autres à éviter ces troubles à titre préventif.

Il convient aussi à tous quel que soit leur sommeil : il apporte un mieux considérable à l'insomniaque et améliore encore le sommeil du bon dormeur.

— Les inconvénients anciens de ces lits sont supprimés :

• Fuites : il n'y a plus de risques et en France, ils ont même encore été perfectionnés à ce point de vue, car ils ont bénéficié des progrès des bateaux souples.

• Il n'y a plus, lorsqu'on se retourne, l'effet de vague («mal de mer»), grâce à des stabilisateurs ; il n'y a plus de «glouglous», car on peut chasser toutes les bulles d'air.

• Dispositif anti-électricité statique : plusieurs épaisseurs et plusieurs centimètres entre la poche à eau et le dormeur.

• Poids du lit : il est bien distribué sur le sol, aussi bien en charge répartie qu'en charge «poinçonnée», elles ne dépassent pas celle des autres meubles.

• Il est plus facile à déménager : il suffit de le vider.

Comme il est plus difficile à déplacer qu'un lit normal, seule précaution à prendre : ne pas mettre l'un des grands côtés le long d'un mur afin de pouvoir tourner autour (pour le refaire).

Malgré tous ces avantages, il n'est pas plus cher qu'un bon lit classique. En effet, il remplace à la fois le sommier et le matelas. De plus, sa longévité est beaucoup plus grande : entre 20 et 30 ans au lieu de 12 (en moyenne) pour un matelas traditionnel.

Aux USA, où il connaît un grand succès depuis ces dernières années grâce à ces perfectionnements, on l'appelle : « le lit du bonheur ». C'est un lit « de rêve », le plus confortable du monde, et c'est la nuit et le jour que vous ressentirez la différence.

John Lily (l'inventeur du vaisseau d'isolation sensorielle) a écrit voici 25 ans : « Il n'y a pas de lit qui égale le confort de flotter sur l'eau. » Il y a maintenant le lit à eau : le lit du XXIe siècle à votre portée dès maintenant.

La chambre à coucher

Elle est la pièce la plus importante parce qu'elle est celle dans laquelle vous séjournez le plus, et de très loin, dans l'ensemble de votre vie ; elle est surtout la plus importante pour votre sommeil.

Pour bien dormir, il faut que la totalité de votre logement soit construit sur un terrain et de manière conforme aux lois de cette science relativement récente : la géobiologie (cf. dernière partie de ce livre) dont le but est de créer la bioharmonie de l'habitat.

En plus des indications que nous avons données pour votre chambre à coucher dans *Bien dormir pour mieux vivre*, nous ajouterons :

— Il ne faut pas placer, sur sa table de nuit, de pendule électronique ni de téléphone (même débranché), mais à une distance de la tête de votre lit d'au moins 2 m à 2,50 m.

— Cette même distance est à respecter aussi pour une télévision (même débranchée), qu'elle soit dans votre chambre ou de l'autre côté du mur qui est près de la tête de votre lit (quelquefois chez le voisin et l'on n'y pense pas).

5) LES SOMNIFÈRES

Ce sont aussi de grands démolisseurs du sommeil ; nous sommes en France les champions du monde des somnifères : une enquête récente a montré que près de 9 millions de Français prennent chaque soir, occasionnellement ou régulièrement, au moins un somnifère (progression de 30,4 % en 5 ans).

Personne ne peut être systématiquement contre les somnifères (chaque soir, ils sauvent des vies humaines du suicide), mais personne ne peut être pour leur abus évident.

Un somnifère peut aider quelqu'un provisoirement et exceptionnellement à passer un cap difficile de sa vie : deuil, chagrin d'amour, perte de situation... mais il faut savoir qu'avec l'accoutumance et la dépendance, on risque de s'engager dans un engrenage dont on aura de plus en plus de mal à se sortir[1].

Ce mot somnifère recouvre aussi bien les hypnotiques (tels les barbituriques) qui induisent directement le sommeil que d'autres produits comme les psychotropes qui favorisent le sommeil, car ils sont, en quelque sorte, des sédatifs ou des stimulants psychiques, tels les neuroleptiques, les anxiolytiques, les antidépresseurs, les tranquillisants... mais il faut savoir que tous ces produits réduisent (quelquefois très fortement, comme les barbituriques), à la fois en durée et en profondeur, les deux composantes principales du sommeil les plus réparatrices :

— Les sommeils profond et très profond (réparation physique),

— le sommeil paradoxal (réparation psychique).

1. Pour « le bon usage des somnifères », cf. *La Révolution du sommeil*. Et pour la manière de s'en passer et de se désintoxiquer, cf. *L'insomnie c'est fini*, Ed. Fanval (IIIe partie : « Les grands insomniaques »).

En plus, on oblige son organisme à un effort supplémentaire pour éliminer ce somnifère comme c'est le cas pour tous les produits chimiques que l'on absorbe. Car il y a cette loi terrible à laquelle nous sommes soumis (comme tous les animaux) : tout ce que nous absorbons doit d'abord avoir été vivant (animal ou végétal), pour prolonger notre vie, nous devons en supprimer d'autres.

Les produits chimiques sont des poisons pour l'organisme et altèrent la santé quelquefois plus gravement que ce que l'on a voulu soigner.

Le somnifère ne fait que camoufler les symptômes de l'insomnie, il ne traite pas le problème de fond : faire disparaître la cause de l'insomnie. Dès qu'une insomnie persiste, il faut consulter un médecin, ne serait-ce que pour vérifier s'il n'y a pas une cause physique, physiologique, en prenant bien garde de ne pas s'engager dans l'engrenage des somnifères.

Pour retrouver le bon sommeil et le conserver, la seule solution de fond est de connaître et respecter les lois fondamentales de fonctionnement du sommeil (les clefs d'or) que la science du sommeil a redécouvertes ; elles sont simples à mettre en pratique, très efficaces et valables pour tous. C'est pourquoi il faut les faire connaître. Tel est le but de tout ce que nous disons et écrivons. Quelquefois, les lois du sommeil ne sont pas suffisantes à elles seules : quand il y a des troubles psychiques (souvent d'ailleurs, ils ne sont qu'un effet de la détérioration du sommeil), alors il faut en plus suivre une psychothérapie : beaucoup sont maintenant bien au point, des plus simples aux plus élaborées. Elle doit être bien adaptée à votre cas et à votre personnalité. A ce propos, la sophrothérapie (Dr Davrou) donne des résultats excellents.

Mais croire que les somnifères vont résoudre

votre problème de sommeil revient à croire, par exemple, que vous pouvez manger n'importe quoi sans conséquences, simplement en absorbant des produits chimiques pour compenser.

Si quelqu'un se démolit, par exemple, l'estomac ou l'ensemble de la santé parce qu'il ne mange pas ce qu'il faudrait et parce qu'il mange ce qu'il ne faudrait pas, quelle est la solution de fond ?

Est-ce d'essayer de lui camoufler la douleur par des produits chimiques ou de lui réparer indéfiniment l'estomac ou la santé, ou n'est-ce pas, plutôt, de lui réapprendre les lois fondamentales du bien manger (diététique) ?

Nous enseignons la *diététique* du sommeil : ce mot vient du grec *dieta* : art de vivre, hygiène de vie. Il convient aussi parfaitement aux lois de base du bon sommeil.

6) LE RONFLEMENT

> « *Le premier qui dort réveille l'autre.* »
> Jean-Edern HALLIER

Le ronflement est aussi un grand démolisseur du sommeil, le sien et celui des autres.

On vient de faire dans ce domaine des découvertes déterminantes.

Presque un quart des Français ronflent (10 à 12 millions). Ça fait du bruit ! D'autant plus qu'ils empêchent de dormir environ un autre quart ; la moitié de la France est donc concernée par ce grand problème : sur l'ensemble de la planète, environ un milliard d'humains ronflent chaque nuit.

Ce tapage nocturne est très gênant quand on dort à deux (seul, le ronfleur ne s'entend par ronfler d'où, en général, sa mauvaise foi), mais aussi dans tous les endroits où l'on dort en commun :

hôpitaux, cliniques, casernes, pensionnats et même hôtels, campings... et quand on voyage la nuit : avions, wagons-lits, cars...

Le vrai ronfleur, dont il sera question ici, fait parfois autant de bruit, a-t-on dit, que « le rugissement d'un tigre affamé à courte distance ».

Pourquoi ronfle-t-on ?

Mettons à part les ronfleurs occasionnels, par exemple les enrhumés ou ceux qui ont une déviation de la cloison nasale ; d'ailleurs le bruit n'est pas le même (moins fort et c'est plutôt un « raclement ») que celui du vrai ronfleur invétéré : le ronchopathe.

Le ronflement est en réalité une sorte d'appel au secours du dormeur qui s'asphyxie parce qu'il a le voile du palais trop grand. Dans le sommeil, il se détend et vibre au passage de l'air (lors de l'inspiration) et il vient même boucher les voies respiratoires : d'où ce récital de « trompette bouchée ».

Alors le sommeil devient un combat. Il n'est plus reposant et, dans la journée, en résultent : somnolence, fatigue généralisée ou « coups de pompe » ; et la plupart du temps le ronfleur ne fait pas le rapprochement entre ces difficultés et son ronflement.

Il peut y avoir aussi beaucoup d'autres conséquences, telles : hypertension artérielle, ennuis cardiaques, migraines, défaillances intellectuelles et sexuelles, etc.

Que faire ?

Le vrai ronflement ne se guérit jamais tout seul et même s'aggrave avec l'âge (et aussi avec les kilos en trop). Il existe beaucoup de gadgets ; plus de 300 brevets ont été déposés qui vont de la mentonnière, la muselière jusqu'au casque intégral avec harnachement qui transforme le dormeur en motard, croisé ou cosmonaute, sans grande efficacité.

Il y a aussi des appareils qui réveillent le dormeur.

Mais maintenant, on vient enfin, en France, de mettre au point la solution : elle se présente sous deux aspects :

1er aspect : dormir sur le ventre ; cela demande un changement de ses habitudes et donc un peu de volonté et de persévérance. Mais la grande motivation est que chacun, à commencer par le ronfleur, retrouve tout de suite son sommeil normal : le ronflement cesse, car le voile du palais tombe vers l'avant et n'obstrue plus du tout les voies respiratoires ; et cela change aussitôt la vie, celle de la nuit et celle du jour.

Mais la position sur le ventre ne peut convenir à quelques-uns : par exemple à ceux qui sont trop corpulents, aux rhumatisants, à ceux qui ont de l'arthrose...

Alors, pour ceux-là :

2e aspect : l'intervention chirurgicale devenue maintenant classique en France grâce au Dr Chouard (il a eu des précurseurs tels le professeur américain Blair Simmons de San Francisco et le japonais Ike Matsu d'Osaka). Elle s'appelle :

L'UVULOPALATOPHARYNGOPLASTIE

On ne vous enlève qu'un tout petit morceau du voile du palais. C'est une intervention bénigne en elle-même, mais sous anesthésie générale[1].

1. *Références :*
— Service ORL, hôpital Saint-Antoine à Paris ;
— Livre : *Vaincre le ronflement et retrouver la forme*, Pr Chouard, Ed. Ramsay-Garamont.

Le sommeil d'avant minuit

On nous pose souvent cette question : « Est-il vrai qu'il est bien meilleur ? certains disent même qu'il compte double. *Réponse :* c'est le sommeil très profond qui est le plus réparateur sur le plan physique ; on l'appelle dans le langage courant : le premier sommeil et on a raison. Ce sont seulement nos deux premiers cycles de sommeil qui en comportent (voir hypnogramme). Mais ceci est vrai quelle que soit l'heure à laquelle vous vous couchez (sauf si c'est après 3 heures du matin). Donc, si vous vous couchez de manière habituelle ou occasionnelle après les « douze coups », soyez entièrement rassuré : votre sommeil sera aussi réparateur. Et si vous êtes, par nature, un couche-tard, restez fidèle à vos habitudes.

Cas de ceux qui doivent dormir le jour

Soit habituellement, soit périodiquement comme les travailleurs postés ou ceux qui naviguent en avion (équipages, passagers). Lorsque l'on arrive au petit matin chez soi ou à l'hôtel, après être resté éveillé toute la nuit, on n'a qu'une hâte après avoir pris un bon petit déjeuner (et parfois un bain) : dormir le plus longtemps possible.

Or, le matin, et jusque dans l'après-midi, on n'a pratiquement pas de sommeil très profond ; alors on sera mal reposé sur le plan physique.

Pour être entièrement reposé, il faut garder un cycle de sommeil pour la fin de l'après-midi, début de soirée où l'on aura alors du sommeil très profond. Un autre avantage : on est bien reposé juste avant de repartir au travail. Ceci est d'autant plus nécessaire qu'à travail égal, on fatigue plus la nuit. On doit aussi se faire aider par des tranches de sommeil la nuit (cf. chapitre 3).

3

On peut aller
plus loin encore

POUR AUGMENTER L'EFFICACITÉ DE SON SOMMEIL
VIS-À-VIS DE LA FATIGUE
ET MÊME GRÂCE À SON SOMMEIL
RECULER CONSIDÉRABLEMENT SES LIMITES

Nous allons découvrir ensemble les trois autres grands secrets des «Supermen» vis-à-vis de leur sommeil. Car un dormeur (ou une dormeuse) champion, ce n'est pas seulement quelqu'un qui dort très bien chaque nuit quelles que soient les péripéties de sa vie (ce qui est déjà un énorme atout).

C'est quelqu'un qui sait beaucoup mieux *gérer* son sommeil en toutes circonstances et qui sait aussi *se servir de son sommeil*.

Ce sont les découvertes de la science de pointe du sommeil qui rendent maintenant ces progrès accessibles à chacun de nous et nous rendent ainsi beaucoup plus performants sur tous les plans (pas seulement vis-à-vis de la fatigue).

A) MIEUX GÉRER SON SOMMEIL

C'est un moyen très efficace de beaucoup mieux gérer sa vie et en particulier son énergie. On ne peut espérer devenir un bon *manager* dans n'importe quel domaine sans devenir d'abord un bon *manager* de son sommeil.

Actuellement, presque tous nos contemporains dorment d'un sommeil *moyenâgeux* (sauf justement les Supermen): au Moyen Âge, on ne faisait qu'un seul repas: celui du milieu de la journée, et c'était naturellement un énorme repas; alors on passait la moitié de son temps avec le ventre trop plein et l'autre moitié avec le ventre trop vide.

Eh bien, c'est exactement de cette manière que nous nous comportons vis-à-vis de notre sommeil en le prenant en une seule fois.

Une autre raison (nous en avons vu une précédemment: cf. chap. 2: Ne pas rater son éveil) de nos difficultés d'éveil le matin: l'on souffre d'une véritable indigestion de sommeil parce que l'on a dormi trop longtemps et puis, à partir de la deuxième partie de l'après-midi et le soir, on est somnolent et fatigué parce que l'on a attendu trop longtemps le sommeil.

Il faut apprendre à dormir *moderne* (en fait, il s'agit de retrouver nos besoins physiologiques naturels fondamentaux que l'Institut Max-Planck de Vienne en Autriche a redécouverts) en respectant *cette autre grande loi fondamentale du sommeil: prendre son sommeil en plusieurs étapes.*

Non seulement ainsi on recule considérablement la barrière de la fatigue, mais on n'accumule plus tout au long de la journée cette fatigue (notamment nerveuse) et l'on rend ainsi son endormissement plus rapide et son sommeil plus réparateur; d'où déjà une amélioration assez spectaculaire de ses performances.

C'est le deuxième grand secret des «Supermen» : ainsi ils «tiennent le coup» toute la journée malgré un emploi du temps très chargé et une activité souvent stressante; et même, ils repartent souvent pour des soirées brillantes. Nous en avons interrogé beaucoup dans des domaines très différents et l'entourage d'un certain nombre d'autres: presque tous s'offrent dans la journée des tranches de sommeil.

Rappelons ici les applications pratiques les plus courantes:

1) LE SOMMEIL A LA CARTE

Ce sont des tranches bien précises que nous enseigne la science de pointe du sommeil; si l'on s'en écarte, elles deviennent plutôt nuisibles (on est somnolent, à plat et parfois même assommé).

Le sommeil-flash: quelques secondes. C'est le sommeil du navigateur solitaire (en mer) par gros temps: il doit rester pendant quelquefois des heures et des heures, le jour ou la nuit, à la barre pour que son bateau ne se mette pas en travers de la vague; pour rester lucide, il dort par sommeil-flash entre deux crêtes de vagues.

A pratiquer de nombreuses fois par jour (50 fois).

La pause parking: 4 à 5 minutes. C'est celle du coureur automobile lorsqu'il s'arrête à son stand pour l'essence, les pneus, les contrôles et les réglages; c'est ainsi qu'il reste très éveillé et pas seulement pour gagner la course: pour lui c'est vital.

Si possible à pratiquer une fois dans la matinée, une fois dans l'après-midi et une fois en début de soirée. De toute façon, nul ne peut travailler plusieurs heures en continu.

La tranche de sommeil : **20** minutes. C'est celle du routier qui a de longs parcours à effectuer avec son camion, parfois la nuit ; lui non plus ne doit pas s'endormir en conduisant. Alors il dort de temps en temps, la tête sur son volant, pendant 20 minutes (à 1 ou 2 minutes près).

A pratiquer toutes les fois que cela vous est possible, après chacun des deux principaux repas (déjeuner et dîner).

C'est cela le plus intelligent, au lieu de discuter autour d'une tasse de café ou de faire de l'exercice (ces deux habitudes contrarient la digestion). Mais surtout, ne vous dites pas : 20 minutes, c'est très reposant, je vais dormir 40 minutes et je serai deux fois plus reposé : vous allez descendre dans le sommeil profond et même très profond (cf. Hypnogramme) et si vous ne pouvez aller jusqu'à la fin du cycle, vous serez K.-O. au réveil.

Le cycle entier de sommeil : c'est le sommeil des cosmonautes ; dans l'espace, soit il n'y a plus ni jour ni nuit, soit, lorsqu'ils tournent autour de la Terre, c'est le jour et la nuit de nombreuses fois par 24 heures.

Une des premières choses qu'ils apprennent lorsqu'ils commencent leur métier de cosmonautes, c'est à repérer leurs cycles et à les respecter, car eux aussi doivent rester très performants et pour cela très bien dormir.

2) LES APPLICATIONS PRATIQUES

Déjà en appliquant les trois premières tranches du sommeil à la carte, vous resterez en bonne forme toute la journée sur tous les plans ; après ces tranches, vous êtes partiellement rénové, surtout après celles de 20 minutes : vous repartez presque comme s'il s'agissait d'une nouvelle journée. Quelqu'un à qui nous l'avions appris nous a dit récemment : « On se sent frais comme un petit-suisse. »

Et si l'on est vraiment motivé par le grand intérêt de ces tranches de sommeil, on trouve toujours un endroit et du temps pour les pratiquer ; car c'est non seulement un gain de « tonus » physique et mental, mais aussi de temps, de lucidité et d'efficacité.

Au Japon, dans les sociétés, il y a une pièce à l'écart du bruit, en semi-obscurité, avec des fauteuils confortables où il est très recommandé d'aller, plusieurs fois par jour, pour y dormir ne serait-ce que quelques minutes ; plus on est élevé dans la hiérarchie, plus c'est une obligation.

Mais voici comment les appliquer pour rester en forme en toutes circonstances, en tout lieu, tout au long de l'année, pendant des années, jusqu'à la fin (même si vous vivez longtemps).

— *Savoir se coucher plus tard ou se lever plus tôt* sans répercussion sur la forme de la journée qui suit. Le secret : appliquer cette grande loi « dormir un nombre entier de cycles ». Le soir, si on a dépassé son heure habituelle, alors on se met au lit et on essaie de s'endormir au plus vite ; ou bien le matin si on doit se lever avant son heure habituelle, on essaie de rester au lit et de dormir le plus longtemps possible.

Sous prétexte de gratter par exemple trois quarts d'heure de sommeil, on casse alors en deux le matin, dans les deux cas, son dernier cycle.

Il vaut beaucoup mieux avoir un cycle entier en moins que de s'infliger ce traumatisme, car c'est lui qui vous rendra moins performant dans la journée qui suit. Le respect de ses cycles pour s'endormir et s'éveiller est essentiel pour rester en forme.

— *Savoir faire la sieste :* 80 % de l'humanité fait la sieste mais il faut savoir la réussir et pour cela : *dormir un cycle entier* en se mettant à l'écart, tranquille, dans le silence, bien installé, au moins en semi-obscurité pour ne pas risquer que ce cycle soit interrompu intempestivement. Sinon vous recevez un «coup de bambou»: votre sieste est ratée et il aurait mieux valu ne pas la faire du tout; tandis qu'une sieste réussie est un dopant naturel extraordinaire: une nouvelle journée commence, vous vivez vraiment deux journées en une seule.

— *La grasse matinée* réussie: dormir un cycle entier de plus (étant entendu qu'auparavant, vous dormiez déjà un nombre entier de cycles); ignorant cela, plus de 80% des Français sont à plat le dimanche parce que réveillés, là encore, à «coups de bambou».

— *Savoir lutter* contre son sommeil: au volant, par exemple, cela peut vous sauver la vie. Si l'on doit rouler longtemps, il faut pratiquer, pendant le parcours, des tranches de sommeil et si vous devez rouler toute la nuit, prenez du sommeil d'avance avant de partir: par exemple un ou, mieux, deux cycles entiers (en vous servant, pour vous endormir, des heures de passage de vos trains du sommeil).

— *Les décalages horaires:* commencez à décaler votre sommeil soit dans un sens, soit dans l'autre, par exemple 3 nuits avant le départ: d'un cycle, puis d'un deuxième cycle la nuit suivante... Vous allez ainsi réduire les effets du décalage horaire; ce n'est qu'à partir d'un décalage de 3 heures que les effets commencent à être vraiment gênants. Un livre remarquable pour réduire encore les effets des décalages horaires: *Comment surmonter les décalages horaires*, du Pr Ehret (Ed. Chotard et Associés). Ce livre est instructif aussi pour ceux qui travaillent en «travail posté».

3) LES CURES DE SOMMEIL NATUREL

Au début de vos vacances, pour en profiter pleinement, ou à la fin de l'automne, pour vous aider à mieux «passer l'hiver», ou encore en cours d'année si vous avez subi trop longtemps un surmenage intense ou un coup dur : offrez-vous un week-end complet (ou mieux, 3 jours) de mini-hibernation : long sommeil la nuit, somnolence le jour. Pour cela, il faut s'éloigner physiquement et mentalement de tout, vous désintéresser de tout, couper les relations sensorielles avec votre environnement : «Dormir, c'est se désintéresser» (Bergson).

Mettez-vous «hors circuit», en état de vie ralentie corporelle, intellectuelle, affective, en «roue libre». Vous gommerez votre fatigue et même vous tournerez une page dans votre vie : c'est un merveilleux bain de jouvence, vous en ressortirez rénové sur tous les plans ; et comme les animaux qui hibernent et ressuscitent au printemps, d'une vie nouvelle, ou comme les plantes au sortir de leur sommeil hivernal : la sève montera en vous et vous serez éclatant comme les bourgeons d'avril.

B) SAVOIR DORMIR MOINS LONGTEMPS TOUT EN ÉTANT PLUS PERFORMANT

C'est le *3ᵉ grand secret des Supermen.* Dans *La Révolution du sommeil*, nous avons intitulé ce chapitre : «Dormez moins pour vivre plus et plus longtemps».

— Vivre plus parce que vous êtes plus en forme ;

— Vivre plus longtemps veut dire que, bien que le sommeil soit plus court, il est plus récupérateur et donc que vous vous prolongez la vie ; mais surtout vous gagnez beaucoup de temps de vie (d'éveil).

Nous allons voir qu'il est facile (sauf si vous ne dormez déjà que 2 ou 3 cycles seulement de sommeil par nuit) de gagner sans aucun inconvénient (au contraire) 1 cycle de sommeil; eh bien, cela équivaut à vivre :

— soit 1 jour (d'éveil) de plus par semaine que les autres ou que soi-même auparavant,
— soit plus d'1 mois de plus par an : c'est votre treizième mois,
— soit un an de plus tous les 7 ans : c'est votre fameuse année sabbatique (qui n'existe pas encore en Europe),
— soit plus de 10 ans de vie d'éveil (20 %) de plus (durée moyenne actuelle de la vie : 75 ans dont 50 ans d'éveil).

Le principe

La quantité de sommeil (cf. Introduction) ne dépend pas que de la durée mais aussi et surtout de la profondeur. Il y a deux manières d'obtenir une même quantité de sommeil :

— l'habituelle : dormir longtemps mais de manière superficielle (courbe 1),
— l'intelligente : dormir peu de temps mais profondément (courbe 2).

C'est cette deuxième manière qui est de loin préférable, car elle rend beaucoup plus performant sur tous les plans.

Cela peut paraître paradoxal que moins dormir repose plus, alors voici quelques preuves.

Quand on compare les hypnogrammes des gros dormeurs, qui dorment longtemps, et ceux des petits dormeurs, qui dorment peu de temps (à ne pas confondre avec les bons et les mauvais dor-

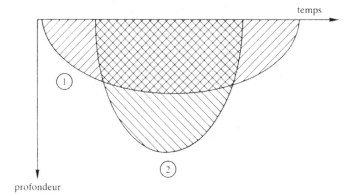

meurs), on s'aperçoit que les petits dormeurs ont généralement plus de sommeil profond et très profond en durée que les gros dormeurs et qu'il est aussi plus profond ; ils ont aussi pratiquement autant de sommeil paradoxal. Or, nous savons que ce sont ces sommeils qui sont le plus réparateurs.

Dès que l'on réduit son temps de sommeil, ils deviennent automatiquement plus profonds et cela compense (et même au-delà) la perte qui ne se fait que sur le sommeil léger ; il ne faut pas voir, en effet, la réduction d'un cycle de sommeil comme une amputation du sommeil (par exemple du dernier cycle) ; il y a une redistribution de ces différents types de sommeils les plus réparateurs.

En résumé, il vaut mieux faire du sommeil « concentré » que du sommeil « dilué ».

Comment réaliser cette réduction

Il faut observer un certain nombre de précautions très simples. Si vous les observez toutes, vous avez 98 chances sur cent de réussir, c'est-à-dire que vous n'aurez plus envie de revenir à votre ancienne durée de sommeil et vous serez encore plus performant; mais si vous ne les respectez pas, vous avez 98 chances sur cent d'échouer.

La principale de ces précautions est de réduire cette durée très progressivement et donc de transgresser provisoirement la fameuse règle du nombre entier de cycles; mais cela vaut mieux que d'aller trop vite.

C'est par tranches de 20 minutes que vous devez réduire en retardant l'heure du coucher et en attendant 10 à 15 jours entre chaque réduction.

Toutes ces précautions ont été longuement mises au point dans les laboratoires de recherche qui ont travaillé sur cette réduction du temps de sommeil par des expériences sur un grand nombre de sujets qui ont été suivis pendant des années.

Elles s'accompagnent de deux compléments quasi indispensables:

— Tous les moyens que nous vous avons donnés précédemment pour approfondir votre sommeil et le rendre plus réparateur sont nécessaires pour cette réduction de la durée de votre sommeil et notamment ceux qui consistent à éviter les grands démolisseurs de sommeil:

- erreurs alimentaires,
- conséquences du stress,
- erreurs concernant l'environnement du sommeil,
- somnifères,
- mauvaise préparation au sommeil.

— Se faire aider dans la journée par les tranches de sommeil et en particulier par au moins une tranche de 20 minutes après l'un des deux principaux repas.

Au final : seul le résultat compte et permet de juger si ce sommeil de durée réduite vous convient mieux ou non : vous devez être plus performant (ou au moins autant) ; si ce n'est pas le cas, il faut revenir en arrière. Mais attention ! pour en juger valablement, il faut attendre un certain temps (au moins un mois après la fin de cette réduction), car tout changement, même dans le bon sens, crée un déséquilibre provisoire.

Remarques

— Cette réduction du temps de sommeil est normalement bénéfique à tous (ne pas la pratiquer avant l'âge de 20 ans et si on n'est pas bien portant, fatigué ou surmené) ; elle convient même aux insomniaques qui pourtant demandent plutôt qu'on leur rallonge leur temps de sommeil. C'est un moyen plus moderne et d'ailleurs plus facile de résoudre leur problème en faisant en sorte que les quelques heures pendant lesquelles ils dorment leur suffisent pleinement (par un sommeil plus efficace).

— Courir après le temps (cf. chap. 1) est l'un des plus grands stress de l'homme moderne ; réduire son temps de sommeil est un des moyens de gagner, à l'état d'éveil, à la fois du temps et de l'efficacité. Mais voici un autre grand moyen.

C) SAVOIR SE SERVIR DE SON SOMMEIL

C'est le *quatrième grand secret des « Supermen »* : celui qui va sans doute vous apporter le plus sur tous les plans.

L'humain moderne se bat en permanence contre le temps ; c'est pour lui très stressant et

épuisant : rappelons que le stress est, non seulement, la plus grande «pompe à énergie vitale»,
mais le plus grand démolisseur du sommeil.

Il existe un grand moyen de récupérer un temps
considérable : se servir de son sommeil ; nous verrons même que c'est un temps irremplaçable.

C'est la science de pointe du sommeil qui nous
le confirme en nous révélant que le sommeil,
«cela ne sert pas qu'à dormir», c'est-à-dire seulement à récupérer son énergie physique et psychique, mais à bien d'autres usages : une
vingtaine. Nous verrons les deux principaux.

Un préalable : Il s'agit bien sûr de se servir de
son sommeil sans que cela soit au détriment de
son pouvoir réparateur.

Toutes les observations, et même maintenant
les mesures, montrent que le cerveau travaille au
moins autant pendant le sommeil et même, à certains moments, beaucoup plus (sommeil paradoxal) que pendant l'état de veille.

Il n'y a pas, même dans le sommeil dit lent
(léger, profond, très profond), de baisse d'activité :
les ondes sont plus lentes mais plus puissantes.
Dans le sommeil paradoxal (dit rapide), un véritable «orage cérébral» (ce sont les termes mêmes
des savants) se déclenche : augmentation du débit
sanguin du cerveau, de sa consommation d'oxygène (il consomme plus d'oxygène que tout le
reste de notre corps), de son volume (on a une
«grosse tête» quand on rêve). Nos facultés cérébrales sont hyperstimulées.

Alors, il ne s'agit pas de faire travailler encore
plus son cerveau pendant le sommeil, mais simplement de faire en sorte qu'il travaille sur
quelque chose qui vous intéresse et non sur
n'importe quoi.

Il n'y a donc aucune raison pour que ce soit au
détriment de son pouvoir réparateur.

Il s'agit aussi, le lendemain, de recueillir les
fruits de ce travail.

L'intérêt : plusieurs heures de gagnées ainsi chaque nuit mais aussi (et contrairement à ce que beaucoup croient encore) le sommeil est un temps supérieur du psychisme.

Pourquoi ? Nous allons le résumer ainsi :

— Ce ne sont pas les mêmes zones de notre cerveau qui travaillent en état de veille et pendant le sommeil.

• Dans la journée, en état de veille, c'est surtout notre intellect qui fonctionne ; son activité se situe surtout dans notre cortex (écorce) cérébral(e), cette petite pellicule de 1,5 à 3,5 millimètres d'épaisseur, de couleur grise (matière grise) ; certains, un peu méchants, l'appellent « l'épluchure du cerveau ». Dans le sommeil, le cortex travaille, mais aussi des zones plus profondes, plus intéressantes.

• Cerveau droit-cerveau gauche. La partie supérieure de notre cerveau est en forme de demi-sphère et elle est caractéristique des mammifères ; elle s'est hyper-développée chez l'humain. Cette demi-sphère est coupée en deux dans le sens longitudinal.

Dans la journée et dans notre civilisation, nous nous servons surtout de notre cerveau gauche au détriment de notre cerveau droit, et cela depuis des générations ; à tel point que l'on dit que nous sommes devenus des « hémiplégiques » du cerveau.

Certes, il ne faut pas mépriser notre cerveau gauche ; c'est grâce à lui que nous pouvons écrire ces lignes, c'est grâce à lui que nous pouvons parler, raisonner. Il est aussi celui de l'analyse qui découpe tout en parties suivant le principe de Descartes (fondement de la science moderne) ; mais on oublie souvent de « recoller les morceaux ».

Il y a le cerveau droit avec ses capacités irremplaçables : intuition, très grande imagination, révélation directe sans passer par les dédales de la logique, esprit de synthèse, vue globale et cependant pénétrante des choses.

La solution, l'idée neuve, créatrice, surgit du rassemblement d'un certain nombre de données comme des morceaux d'un puzzle dont la réunion révèle la signification.

Le cerveau droit est donc celui de l'invention, mais aussi celui de la musique, de la poésie, de l'humour et... du rêve.

Tout se passe comme s'il y avait en nous deux personnages (nos deux moitiés d'orange) : l'un froid, calculateur, raisonneur, très sérieux, un peu borné, étriqué même, coupeur de cheveux en quatre ; et un autre plein de charme, d'idées et de fantaisie, imaginatif, créatif, voyant tout de plus haut.

Le premier personnage, dans notre civilisation, vit le jour ; le second est surtout un noctambule : il est là pendant l'état de veille, mais il s'éveille surtout pendant notre sommeil et se défoule pendant le rêve. C'est pourquoi il y a parfois, tandis que nous rêvons, une lumière géniale surgie des profondeurs de nous-mêmes et qui, un peu comme les étoiles, ne brille que la nuit.

— Le temps du rêve est celui pendant lequel s'exprime notre « moi des profondeurs », celui qui est au centre de l'ensemble de notre conscience et dont le conscient n'est que la partie émergente ; au début du siècle, on a découvert (grâce au rêve) l'existence de cet immense continent inconnu encore de la plupart et que l'on a appelé notre *inconscient* ; c'est la partie la plus vaste, la plus riche, la plus savante de nous-mêmes.

Par exemple, il a une mémoire absolue, tout ce que nous avons vécu depuis notre naissance y est enregistré ; et même il recèle ce fabuleux héritage que les vivants qui nous ont précédés nous ont légué depuis plus de 3 milliards d'années que la vie existe sur notre belle planète : c'est le fameux *inconscient collectif*.

Il a une imagination exceptionnelle. On a dit qu'il était un « surdoué ». Et l'on sait maintenant que les surdoués sont ceux qui savent, un peu mieux que les autres, faire appel aux potentialités, aux richesses que nous avons tous en nous.

— Les psychologues nous apprennent qu'en réalité, nous ne nous servons que d'un faible pourcentage de nos capacités cérébrales.

« La trouvaille la plus troublante, et la dernière en date des biologistes, est que nous ne recourons, pendant toute la durée de notre existence, qu'à une proportion minime des milliards de liaisons synoptiques que les structures innées de notre cerveau mettent à notre disposition. Les autres, presque toutes donc, nous les laissons dormir, nous faisons comme si la nature ne nous en avait pas pourvus, comme si nous ne savions qu'en faire, comme si le mini-cerveau d'oiseau que nous nous contentons de mettre à contribution nous suffisait. » (Emmanuelle Arsan.)

Eh bien, l'un des grands moyens, le plus fructueux et le plus accessible à tous de beaucoup mieux exploiter ses trésors intérieurs est : se servir de son sommeil.

Comment ? et quels sont les *usages* du sommeil ? nous avons longuement développé ces deux thèmes dans *La Révolution du sommeil* ; en voici un très bref résumé :

C'est dans le *quart d'heure* qui précède l'endormissement que vous devez « songer » au sujet sur lequel vous voulez que votre sommeil travaille ; c'est-à-dire l'évoquer à votre mémoire de manière assez précise et détaillée, avec insistance, mais sans faire d'effort, sans vous concentrer, sinon vous risquez de faire fuir le sommeil ; et s'il s'agit par exemple d'un problème que vous voulez résoudre, n'essayez pas de trouver des solutions, car ce serait alors votre conscient qui interviendrait.

Et c'est le *quart d'heure* qui suit votre éveil (le plus naturel possible) qui est le moment le plus favorable pour recueillir les fruits de votre sommeil ; ceci dès l'éveil, sans bouger, sans ouvrir les yeux ni la lumière.

Usages principaux du sommeil

— *Résoudre ses problèmes :* tous (et d'abord les plus ardus) : problèmes personnels ou professionnels, problèmes sentimentaux ou problèmes scientifiques, petits problèmes quotidiens ou grands problèmes existentiels.

Cela peut être aussi des problèmes dans le sens « conflit » de ce terme.

— *La créativité :* cela paraît un peu paradoxal de dire que le sommeil nous a été donné pour « avoir des idées », mais on sait maintenant que le rêve est le moyen le plus puissant (certains psychologues disent le seul) de créativité.

Tout ce que l'humain a créé, que ce soit un outil (le premier homme), une machine, une idée, une société…, a d'abord été fondamentalement rêvé ; quelquefois lors d'un rêve « éveillé », le plus souvent lors d'un rêve endormi.

La quasi-totalité des créations, des découvertes, des inventions sont le fruit des rêves et vous en connaissez les raisons.

Or, nous avons tous besoin d'être créatifs, pour nous-même, pour notre famille, pour notre métier quel qu'il soit : plus de 60 % des produits existant sur le marché actuellement n'existeront plus dans 5 ans ; l'avenir ne peut appartenir qu'à ceux qui iront de l'avant, qui innoveront[1].

1. Pour les autres usages du sommeil et même « se servir de son insomnie » : cf. *La Révolution du sommeil* et *La Révolution du rêve* (Ed. Dangles).

D) RÉAPPRENDRE À RÊVER

C'est réapprendre :

— A rêver plus, à rêver mieux, à faire des rêves plus intéressants, plus valorisants,
— à choisir le thème de certains de ses rêves,
— à les mémoriser,
— à les comprendre,
— enfin et surtout à les utiliser dans sa vie quotidienne comme pour l'ensemble de sa vie. Le rêve nous a été donné pour vivre plus, pour vivre mieux, pour faire craquer nos limites, pour enrichir notre vie dans tous les sens de ce terme, du plus concret au plus spirituel.

Et vous devez savoir que c'est facile, même si comme toute autre chose, cela se perfectionne avec le temps.

1) RÊVER MIEUX ET ÉCOUTER SES RÊVES POUR ÉVITER LES MALADIES

Toute maladie est source de fatigue ; les anciens savaient qu'en prêtant attention à leurs rêves et en les comprenant, ils pouvaient deviner à l'avance leurs maladies.

Hippocrate (5 siècles avant J.-C., et qui fut le père de la médecine) a montré qu'il y avait une relation entre certains rêves et les maladies qui se déclaraient : « Dans les songes, l'âme nous donne une idée des affections du corps ; chaque trouble particulier de notre organisme se révèle par une image avec la sensation intérieurement perçue. »

La science actuelle du rêve rejoint maintenant, après un long obscurantisme dans notre civilisation (occidentale), ces traditions antiques ; des études assez récentes ont été réalisées par des médecins, par exemple en France et en Russie, sur des milliers de patients.

Voici une explication succincte de ce pouvoir

apparemment magique du rêve : la médecine nous dit que les maladies incubent en nous quelquefois longtemps à l'avance avant qu'elles ne soient perçues par le sujet ou décelées par des examens ; car il faut, pour cela, qu'elles aient atteint un certain stade de développement.

C'est notre propre inconscient qui est le mieux placé pour savoir ce qui se trame en nous et il va nous en informer par son langage qui est le rêve.

Il faut prendre au sérieux les rêves répétitifs, dramatiques et accompagnés de douleur surtout si c'est toujours au même endroit ; elle peut se présenter sous différentes formes : simple douleur ou, par exemple, un serpent qui vous mord ou un coup de poignard...

Alors faites-vous examiner : nous connaissons des personnes auxquelles cela a sauvé la vie.

Car si votre « moi des profondeurs » qui est votre « ange gardien » vous avertit ainsi à l'avance, c'est pour essayer d'éviter la maladie (si elle est prise à temps) ou de la minimiser.

Nous avons, dans *La Révolution du rêve*, donné des exemples de différents types de maladies qui correspondent à certains thèmes de rêve.

Mais si vous rêvez, par exemple, que vous avez un cancer, rassurez-vous, cela n'annonce pas un cancer : ce n'est pas aussi simple.

D'autre part, nous avons mentionné (cf. chap. 2) que le rêve était une arme antistress naturelle d'une grande efficacité ; connaissant les dégâts du stress sur notre santé physique et psychique (85 à 90 % des troubles sont liés au stress), on mesure ce que l'on évite ou minimise en réapprenant à rêver.

2) MAIS LE RÊVE VA PLUS LOIN ENCORE
POUR NOTRE ÉNERGIE VITALE

Il sert d'abord à la constitution de notre personnalité puis à son développement, à son épanouissement ; c'est en grande partie pour cette raison qu'un fœtus rêve 24 h sur 24 et que l'on rêve 10 h sur 24 pendant les premiers mois de la vie, et aussi beaucoup lorsque l'on est enfant ; quand on est adulte, le rêve sert à l'entretien de cette personnalité.

Ceux qui ne rêvent presque plus (abus des somnifères) deviennent des épaves, n'ont plus de « ressort ». Cette personnalité est une condition de dynamisme. C'est un grand savant français du rêve, Michel Jouvet (Lyon), qui a trouvé puis prouvé cette grande fonction du rêve.

— Le rêve est un éveil intérieur sur tous les plans et notamment celui de notre conscience. Les savants actuels du sommeil nous disent que le sommeil paradoxal est en réalité un troisième état (les deux autres étant l'état de veille et l'état de sommeil), très différent des deux autres sur le plan physiologique et psychique et que, malgré les apparences, il doit être considéré plutôt comme un état d'éveil. Le Pr Bourguignon propose de l'appeler : « *Eveil au monde intérieur* ».

Il est un éveil à cette autre dimension de la spiritualité et il est aussi (rappelez-vous) une stimulation de toutes nos facultés cérébrales, une sorte de « sport » de l'esprit pour leur développement quand on est jeune et leur entretien quand on est adulte.

— Le rêve stimulant de notre énergie vitale.

• Le rêve et la sexualité

La pulsion sexuelle est la plus puissante de nos pulsions naturelles et elle est aussi la plus réprimée ; c'est pourquoi elle s'exprime assez souvent dans le rêve, et d'autant plus que dans sa vie de l'éveil on la délaisse, on la refoule en la censurant. Il ne faut surtout pas se culpabiliser de faire des rêves sexuels même très osés ; ce sont les plus grands saints (saint Augustin, le curé d'Ars) qui ont fait les rêves les plus pervers. Ils y voyaient la tentation du démon ou une épreuve envoyée par Dieu; on peut dire aussi qu'il s'agit du rôle de défoulement et de compensation du rêve (Jung).

Nos hormones sexuelles étant «le pilier central de toutes nos autres hormones» (Dr André Masson), le rêve, en réveillant cette fonction, donne à notre organisme plus de force.

• Le rêve et l'énergie vitale

L'énergie sexuelle n'est qu'une composante (et même la base) de l'ensemble de notre *bioénergie*; Jung a employé le mot de *libido* qui est l'ensemble de notre énergie vitale; elle correspond à ce que Bergson a appelé «l'élan vital» et se manifeste selon Pierre Bour sous trois pulsions fondamentales:

— l'*attractio* (l'amour, l'attirance),
— l'*ambitio*,
— l'*agressio* (vaincre les obstacles).

Le rêve agit également sur ces trois pulsions comme un tonifiant et tous ceux qui réapprennent à rêver le constatent; les rêves sont d'ailleurs toujours eux-mêmes d'une grande «densité vitale».

Réapprendre à bien rêver c'est «ranimer sa flamme» chaque nuit (qui réchauffe et qui éclaire); c'est renaître à une autre vie.

Cette énergie vitale est symbolisée par la *kundalini* des yogis hindous (depuis plus de 4000 ans): ce fameux serpent sacré, engourdi, endormi, lové autour de notre bassin (et qui apparaît assez souvent dans nos rêves); il est aussi celui qui figure sur le caducée des médecins.

Apprendre à mieux rêver (comme aussi apprendre le yoga) réchauffe, réveille peu à peu ce serpent qui va alors se dérouler et monter lentement autour de notre «arbre de vie»: la colonne vertébrale; il stimule au passage ces centres d'énergie et de conscience que sont les *chakras* (plexus): «L'éveil de la kundalini est le début

d'un renouveau et de l'évolution spirituelle.»
(Sivananda.)

Pendant longtemps, la science occidentale a
dédaigné, et même nié, l'existence de ces chakras;
elle vient depuis quelques années de les redécou-
vrir.

Il y a 7 chakras importants qui correspondent à
des niveaux de plus en plus élevés de conscience:

— le chakra de la base de la colonne vertébrale
(coccyx): il correspond surtout à l'énergie
sexuelle: prolongation de la vie de l'espèce et de
sa propre vie.

— Le chakra du ventre (à quelques centimètres
au-dessous du nombril); c'est le hara qui est le
centre du Ki des Japonais, du Chi des Chinois
(force vitale).

— Le chakra du plexus solaire (creux de l'estomac).

— Le chakra du cœur.

— Le chakra de la gorge (souffle et thyroïde
essentiels pour la vitalité).

— Le chakra du front: 3e œil des bouddhas
(éveillés).

— Le chakra du sommet du crâne: centre
d'accès à la conscience cosmique, à la conscience
universelle (symbolisé par le lotus aux mille
pétales).

Nous avons en nous d'immenses réserves
d'énergie vitale; elles sont latentes. Par le rêve, on
peut retrouver «une dynamique qu'on avait lais-
sée de côté» (Etienne Perrot, *Les Rêves et la Vie*).

3) LE RÊVE POUR RESTER JEUNE

Voici la plus merveilleuse de toutes les fonctions du rêve récemment découvertes.

Elle intéresse tout le monde car, s'il n'est jamais

trop tard pour essayer de rajeunir, il n'est jamais trop tôt pour ne pas vieillir.

Prolonger sa jeunesse, repousser le vieillissement, c'est ce dont «rêve» tout humain, sans doute depuis que l'homme existe sur notre planète. Eh bien, cette fontaine de Jouvence, que l'homme a toujours cherchée, a été découverte et il n'y a pas besoin, comme dans *Faust* de vendre son âme au diable; c'est la science moderne du rêve qui nous apprend que l'un des moyens de préserver sa jeunesse est de préserver son rêve du déclin. L'un des grands critères du vieillissement est l'envahissement par la fatigue, par perte de son énergie vitale; un enfant est débordant d'énergie, un vieillard doit «s'économiser».

Nous avons montré dans *La Révolution du rêve* pourquoi et comment le rêve, si on savait le cultiver, le prolonger, l'améliorer même, nous permettait de rester jeune.

En voici quelques extraits qui vous donneront un aperçu de deux des arguments qui confirment cette étonnante découverte.

— La durée pendant laquelle on rêve chaque nuit diminue très fortement d'une extrémité de la vie à l'autre; entre le nouveau-né et le vieillard, si le temps de sommeil est divisé par 2,5 à 3 (de 18 h à 6 ou 7 h), le temps du rêve est divisé par 9 à 10.

Pendant longtemps, on a cru que c'était parce que l'on vieillissait que la durée du rêve se dégradait; maintenant on a renversé cette proposition: c'est parce que l'on a laissé son rêve (sommeil paradoxal) se dégrader que l'on vieillit sur le plan psychique et même sur le plan physique (tout est lié).

Ce n'est pas, bien sûr, le seul facteur, mais c'est un facteur important. Toutes les observations montrent que ceux qui ont su rester jeunes sont ceux qui ont su continuer à rêver bien et longtemps : le rêve a stimulé leur force vitale caractéristique de la jeunesse.

— Dit sous une autre forme plus poétique : nous avons tous en nous un enfant ; dans la journée, il ne peut guère s'exprimer : nous avons des rôles à respecter : en famille, à notre travail, dans la société.

C'est pendant le rêve que cet enfant va pouvoir vivre, s'exprimer, s'amuser, se libérer.

Le rêve, c'est aussi la fantaisie, la poésie, tout ce qui nous manque dans notre univers un peu trop rationaliste, un peu trop matérialiste ; il y a d'ailleurs, assez souvent, beaucoup d'humour dans le rêve, même si c'est parfois de « l'humour noir ».

La jeunesse ou la vieillesse, ce n'est pas une question d'arithmétique ; il ne faut pas confondre l'âge chronologique et l'âge biologique qui est l'âge réel : il peut y avoir entre les deux 15 ans d'écart dans un sens comme dans l'autre. L'âge chronologique n'indique qu'une seule chose : l'ancienneté de votre bulletin de naissance.

La jeunesse est un « état d'être » : vous resterez jeune et plein d'allant tant que vous saurez maintenir bien vivant cet enfant qui est en vous ; c'est la plus belle fonction de ce qui est sans doute le cadeau le plus merveilleux de la nature : le rêve ; en prolongeant en nous cette fraîcheur d'âme, ce goût de vivre. Le plus grand antifatigue, c'est l'enthousiasme.

Mais, pour cela, il nous faut retrouver le goût et même l'amour du rêve. Il va à la découverte de toutes nos richesses intérieures, il est l'aventure, un voyage de chaque nuit ; on ne devrait jamais demander à quelqu'un, le matin, de quoi avez-vous rêvé ? mais d'où revenez-vous ? Et si les voyages « forment la jeunesse », ils la prolongent aussi.

Alors, si vous rêvez bien, vous ne pourrez plus être vieux, quel que soit votre âge, et vous réaliserez cette belle parole de Clemenceau :

« Quand on est jeune, c'est pour la vie. »

Renaître à la vie

Les lois fondamentales du bon sommeil sont innées (étymologiquement : en nous quand nous sommes nés) ; mais la vie moderne (nos parents, nos éducateurs) s'est chargée, lorsque nous étions enfants, de nous les faire transgresser et ainsi de nous désapprendre à dormir ; tous les enfants, à quelques exceptions près (pathologiques), savent dormir.

Il n'y a pas d'un côté les mauvais dormeurs et de l'autre les bons qui auraient reçu du ciel, de leurs parents, ce don précieux comme on reçoit l'intelligence, la beauté ou la richesse.

Ce don du sommeil, nous l'avons tous ; certains ont su garder en eux cet instinct que d'autres ont oublié ; mais tous peuvent le retrouver en réapprenant ces lois fondamentales que la science de pointe du sommeil a maintenant redécouvertes : elles sont simples à appliquer, naturelles, très efficaces, applicables à tous. C'est cela le *grand secret* du très bon sommeil.

Devenir maître de son sommeil, savoir comme on l'a dit de Napoléon, le « mettre sous son commandement » est l'une des plus grandes forces et l'un des plus grands plaisirs de la vie ; et cela permet de beaucoup mieux goûter tous les autres plaisirs… Et d'abord celui de *vivre*.

DEUXIÈME PARTIE

Réapprendre à manger pour retrouver une meilleure vitalité

par Michel Montignac

Introduction

Le « capital physique » que nous avons est le résultat de notre alimentation passée. Notre santé et notre espérance de vie sont en fait la conséquence de la manière dont nous nous sommes nourris.

La « forme », le tonus, la vitalité, l'efficacité et le dynamisme sont donc la conséquence directe de notre mode d'alimentation.

Savoir gérer son alimentation, c'est aussi savoir gérer sa vitalité.

L'homme moderne n'est plus l'être raisonnable que l'on croit. Il a en effet perdu sa sagesse légendaire. Il est aujourd'hui capable de marcher sur la Lune mais il ne sait plus s'alimenter.

L'essentiel de l'activité des zoologistes est de veiller au strict respect de l'équilibre alimentaire des animaux, car ils savent que la survie des espèces en dépend. Dès qu'apparaît le moindre symptôme d'une maladie quelconque, le vétérinaire s'empresse donc d'en rechercher la cause dans l'alimentation de l'animal.

En revanche, lorsque le « vulgum pecus » du presque XXIe siècle se découvre au petit matin des plaques sur la figure, une migraine à se taper la tête contre les murs et une haleine plus fétide qu'une bouche d'égout, il est fort probable que le médecin qu'il consultera ne lui posera même pas la question de savoir comment il s'alimente. Les animaux (comme les machines d'ailleurs) ont droit à toutes les attentions, les êtres humains à aucune !

Si vous servez une entrecôte à une girafe, il y a des chances qu'elle la refuse, même si elle n'a pas mangé depuis huit jours, car les animaux savent d'instinct ce qui ne leur convient pas. L'homme, ce mammifère supérieur, doué de l'intelligence et du langage articulé, est en fait le seul être vivant que l'on peut nourrir avec n'importe quoi, ou presque, sans qu'il s'en rende compte ou qu'il manifeste sa réticence ou sa désapprobation.

Pourtant, comme pour l'animal, l'alimentation d'un petit enfant, notamment lorsqu'il est encore un nourrisson, reste pour sa mère le principal sujet de préoccupation. Pendant les premiers mois de la vie de l'enfant, la manière avec laquelle il va accepter sa nourriture conditionnera son état de santé, voire même ses chances de survie.

Si un problème intervient pendant cette période (manque d'appétit, vomissements, diarrhées, allergies...), le spécialiste consulté ne manquera pas dans son diagnostic de mettre en cause l'alimentation du bébé et de l'ajuster en conséquence.

Le médecin sait donc que chez un enfant en bas âge, les problèmes de santé ont presque toujours pour origine la nourriture. En changeant cette dernière, en l'ajustant, il sait qu'il a plus de chances de trouver une solution efficace qu'en prescrivant quelque médicament.

En revanche, lorsque l'enfant a déjà quelques années, et notamment dès qu'il se nourrit «normalement», c'est-à-dire plus ou moins comme un adulte, en mangeant de tout ou presque, il ne vient plus à l'idée, ni des parents, ni des médecins, si l'enfant est malade, de remettre en cause son mode d'alimentation.

Les habitudes alimentaires qui ont été prises dans les pays industrialisés depuis quelques décennies sont en réalité catastrophiques et elles auraient dû devenir depuis longtemps le principal sujet de préoccupation de leurs gouvernants au même titre que s'il s'agissait d'un fléau, car c'est bien ce dont il s'agit.

Si vous avez l'occasion de vous trouver un jour dans un lieu public aux Etats-Unis, c'est-à-dire au milieu d'une foule représentative de la population moyenne américaine, vous serez saisi d'un profond sentiment de frayeur devant le spectacle de «monstruosités» qui vous sera offert. Plus de 18 % des Américains sont en effet obèses ou en voie de le devenir. Presque un Américain sur cinq.

Les Etats-Unis qui, paradoxalement, représentent la nation la plus puissante du monde, apparaissent véritablement engagés dans un processus de dégénérescence de leur population. Si c'est cela la rançon du progrès, on peut légitimement se poser de sérieuses questions.

Cette situation, comme le dénoncent de trop rares experts, est le fait d'une intoxication alimentaire collective. Et ce qui est le plus inquiétant, c'est que la plus grosse proportion d'obèses aux Etats-Unis se trouve parmi les jeunes. Ceci prouve bien que le phénomène est lié aux déplorables habitudes alimentaires qui se sont développées après la dernière guerre.

Dieu merci, nous n'en sommes pas encore là en France et je pense que, grâce à nos ressources culturelles et nos traditions alimentaires, nous avons les moyens de résister encore pendant quelque temps.

En revanche, même si le phénomène peut être considéré comme embryonnaire dans notre pays, il a une certaine propension à se développer. Il suffit pour s'en convaincre de noter le nombre impressionnant de vendeurs de «hamburgers» qui se sont installés ces dernières années (et continuent à le faire) dans nos grandes villes.

Quand on regarde, par ailleurs, les statistiques de consommation nationale des boissons sucrées et particulièrement leurs courbes exponentielles, on a tout lieu de penser que le processus d'intoxication collective est malheureusement bien amorcé chez nous aussi.

C'est en effet l'abus de sucre sous toutes ses formes qui est à l'origine de l'embonpoint. Mais c'est lui surtout qui est responsable de la faible vitalité de nos contemporains, de leur manque d'endurance et, bien évidemment, des fatigues et des coups de pompe dont ils sont l'objet permanent.

Mais lorsque l'on évoque le sucre, on a trop souvent le réflexe de penser exclusivement à celui que l'on met dans son café ou son yogourt, qu'il soit en morceaux ou en poudre. On a ainsi un peu trop tendance à oublier, comme on nous l'enseigna pourtant à l'école, que le sucre est tout simplement du glucose pur et que de nombreux aliments finissent en quelque sorte leur «carrière» dans notre organisme après avoir été transformés en glucose au cours du processus digestif.

Pour bien comprendre comment l'excès de sucre, sous toutes ses formes, peut être le grand responsable de la fatigue, il est nécessaire de comprendre les mécanismes de base de la digestion et le fonctionnement du métabolisme, c'est-à-dire le processus d'assimilation des aliments par l'organisme.

Je vous propose donc de voir d'abord comment fonctionne notre organisme par rapport aux différentes catégories d'aliments pour mieux comprendre ensuite les phénomènes de perturbation dont une mauvaise alimentation est responsable, notamment au niveau de la baisse de vitalité.

1

La classification des aliments

Les aliments sont des substances comestibles qui renferment un certain nombre d'éléments organiques tels que protéines, lipides, glucides, sels minéraux et vitamines. Ils contiennent d'autre part de l'eau et des matières non digestibles.

1) LES PROTÉINES

Les protéines sont des substances contenues dans de nombreux aliments, notamment d'origine animale. On en trouve en quantité importante dans les viandes, les poissons, les fromages, les œufs, le lait. Elles sont indispensables à l'organisme et leur pouvoir résiduel énergétique est très faible.

2) LES LIPIDES

Les lipides sont des substances dont l'origine peut être aussi bien animale que végétale. Ce sont les graisses contenues dans la viande, les poissons, le beurre, le fromage, la crème fraîche, mais

aussi les huiles d'olive, d'arachide, les marga-
rines, etc.

3) LES GLUCIDES

Les glucides sont des molécules composées de
carbone, d'oxygène et d'hydrogène.

En fait, ils se réduisent tous par la digestion à
trois sucres simples, le glucose, le fructose et le
galactose.

On a pendant longtemps examiné les glucides
en les classant en deux catégories bien distinctes
en fonction de leur capacité d'assimilation par
l'organisme : les sucres rapides d'une part, et les
sucres lents de l'autre.

Sous la rubrique « sucres rapides » figuraient les
« sucres simples » tels que le saccharose et le fructose que l'on trouve respectivement dans le sucre
raffiné (de canne ou de betterave), le miel et les
fruits.

L'appellation « sucres rapides » était fondée sur
la croyance que, eu égard à la simplicité de la
molécule d'hydrate de carbone, l'assimilation de
glucose par l'organisme se faisait peu après
l'ingestion et dans des proportions importantes.

Inversement, on mettait dans la catégorie des
« sucres lents » tous les glucides dont la molécule
complexe devait faire l'objet d'une transformation
chimique en sucre simple (glucose) au cours de la
digestion, ce qui est le cas notamment de l'amidon des féculents dont la libération de glucose
dans l'organisme se faisait, pensait-on, d'une
manière lente et progressive.

Cette classification est aujourd'hui complètement dépassée, car elle correspond à une
croyance erronée.

Les récentes expérimentations nous prouvent
en effet que la complexité de la molécule
d'hydrate de carbone ne conditionne pas la

112

manière dont le glucose est libéré et assimilé par l'organisme.

On peut, en effet, constater que la libération de glucose d'un fruit est lente et faible alors qu'elle est importante et rapide pour la pomme de terre et surtout pour tous les glucides raffinés.

Je vous propose donc de classer les glucides en deux catégories : « les bons glucides » et « les mauvais glucides », car c'est cette distinction qui vous permettra dans les chapitres suivants de découvrir, entre autres, les raisons de votre embonpoint.

Les mauvais glucides

Ce sont tous les glucides dont la libération provoque une forte augmentation de glucose dans le sang (glycémie).

C'est le cas du sucre de table sous toutes ses formes (pur ou combiné à d'autres aliments comme les pâtisseries), mais c'est aussi le cas de tous les glucides raffinés industriellement, comme les farines blanches et le riz, l'alcool (notamment l'alcool de distillation) et aussi, dans une certaine mesure, la pomme de terre.

Les bons glucides

Contrairement aux précédents, ce sont les glucides dont la libération de glucose dans l'organisme est faible et provoque donc une augmentation réduite du glucose dans le sang. C'est le cas des céréales brutes (farines non raffinées), du riz complet et de certains féculents comme les lentilles et les fèves, mais c'est surtout le cas de la plupart des fruits et de tous les légumes que l'on classe aussi dans la catégorie des fibres alimentaires (carottes, poireaux, navets, salades, haricots verts…) et qui contiennent tous une certaine quantité de glucides.

4) LES FIBRES ALIMENTAIRES OU SUBSTANCES DE LEST

Ce sont des substances contenues particulièrement dans les légumes, les fruits et les céréales à l'état brut.

Bien qu'elles n'aient aucune valeur énergétique, les fibres alimentaires jouent un rôle extrêmement important dans la digestion, du fait notamment de la cellulose qu'elles contiennent. Elles permettent d'assurer un bon transit intestinal et leur absence est à l'origine de la plupart des constipations. D'autre part, étant très riches en vitamines et en oligo-éléments (substances minérales), leur insuffisance peut entraîner de graves carences.

Les fibres ont pour effet d'activer l'élimination des sels biliaires. Elles entravent l'action du cholestérol et retardent ainsi la formation de l'artériosclérose.

Les fibres ont d'autre part l'avantage de limiter les effets toxiques de certaines substances chimiques telles que les additifs et les colorants. Selon l'avis des gastro-entérologues, les fibres auraient le pouvoir de protéger le côlon contre les risques de cancer.

2

Le rôle de l'insuline

Le processus d'assimilation des sucres (c'est-à-dire leur métabolisation) est lié au fonctionnement d'un organe essentiel, le pancréas, et plus particulièrement à sa fonction principale qui consiste à sécréter de l'insuline.

L'insuline a en effet pour rôle d'agir sur le glucose contenu dans le sang de manière à le faire pénétrer dans les tissus de l'organisme.

L'organisme est en quelque sorte «réglé» pour produire une dose d'insuline optimale par rapport à la quantité de glucose à traiter.

A chaque quantité de glucose contenue dans le sang, après l'absorption de glucides, devrait correspondre une dose optimale d'insuline envoyée par le pancréas.

A l'origine, notre pancréas est en quelque sorte «bien réglé» et fonctionne en parfaite symbiose avec le métabolisme. Mais l'abus de glucides, et notamment de «mauvais glucides», donc de sucre, entraîne progressivement un dérèglement de la fonction pancréatique, ce qui, comme nous le verrons plus loin, est à l'origine des fatigues et des «coups de pompe» comme d'ailleurs, dans de nombreux cas, de l'embonpoint[1].

Si vous êtes toujours fatigué, c'est que vous souffrez certainement d'une mauvaise tolérance au glucose. C'est peut-être pour des raisons héré-

1. Voir *Comment maigrir en faisant des repas d'affaires* ou *Je mange donc je maigris*, de Michel Montignac, Editions Artulen.

115

ditaires, mais c'est certainement parce que vous êtes vous aussi l'une des victimes des déplorables habitudes alimentaires de notre civilisation.

En réalité, on vous a *intoxiqué* aux mauvais glucides.

Tout a commencé avec votre enfance. L'eau sucrée, les bouillies, les petits gâteaux, les bonbons et les sucettes. Et puis il y a eu les pâtes et le riz. C'est tellement plus facile à préparer que la mousseline de céleri ou les blancs de poireaux. Il y a eu aussi les goûters, les grosses tartines de pain beurré, les pains au lait, les brioches, les confitures et le pain d'épice de la grand-mère. Plus tard, en pension et à l'armée pour les hommes, c'étaient les pommes de terre, les haricots blancs, les pois cassés. Il fallait des choses bien nourrissantes qui calent. Et toujours beaucoup de pain et du sucre. Le sucre, c'est bon pour les muscles, vous disait-on.

Ensuite, au cours de vos études, c'était soit la «tambouille du restau U», soit les sandwichs au bistro du coin. Les «petites bouffes sympa» chez les copains n'étaient en réalité que des «hydrates de carbone-parties».

Et depuis que vous êtes dans la vie active, même si la qualité de votre alimentation est bien meilleure, vous êtes toujours la victime permanente des habitudes déplorables de votre entourage.

Chez vous, vous mangez comme les enfants. Les sempiternels pâtes, riz, pommes de terre avec parfois de la béchamel. La béchamel, c'est rapide et si facile à faire, surtout qu'à notre époque les farines ne font plus de grumeaux.

Au bureau, ce n'est pas mieux. On n'a pas toujours le temps d'aller à la cantine. C'est tellement plus facile de manger un sandwich. C'est plus rapide et beaucoup plus simple.

Et puis, productivité oblige, on essaie de gagner du temps car on en manque en permanence. Alors on prend des rendez-vous pendant l'heure du repas. Pour aller chez le coiffeur, par exemple, ou bien on en profite tout simplement pour faire des courses. Cela permet de faire autre chose mais aussi oblige à sauter le déjeuner. Et comme il faut tenir le coup, on boit du café[1]. Du café fort autant que possible et naturellement avec du sucre. Le sucre, on croit toujours que c'est bon pour les muscles, même quand ils ne travaillent pas.

Le samedi et le dimanche, c'est l'occasion des «bonnes bouffes» ou des «couscous-parties» avec les amis ou la famille. C'est le moment des pommes de terre sous la cendre, des flageolets et des pâtisseries dégoulinantes de sucre.

Voilà comment on vous a (ou vous vous êtes) intoxiqué aux «mauvais glucides», d'autant plus qu'ils sont pour la plupart devenus plus raffinés les uns que les autres, c'est-à-dire plus violents encore.

Il va donc falloir en quelque sorte élever votre seuil de tolérance aux sucres, car si vous êtes toujours fatigué, cela signifie qu'il est pour l'instant très bas, ce qui ne veut pas dire pour autant que vous n'en mangerez plus, mais il faudra le faire différemment.

Ce sont ces mauvaises habitudes alimentaires qu'on vous a inculquées ou que vous avez prises par ignorance et facilité qui souvent sont responsables de vos kilos en trop. Mais elles sont aussi responsables d'un grand nombre de maux dont vous avez souffert, dont vous souffrez encore, et dont les principaux sont la fatigue et les troubles digestifs. Ce sont ces deux aspects particuliers que nous allons étudier un peu plus en détail.

1. Le café a pour effet de stimuler la sécrétion d'insuline et de renforcer ainsi le dysfonctionnement pancréatique.

3

La digestion

Le processus de la digestion, au sens où on l'entend habituellement, est mis en œuvre à l'occasion des trois repas que nous prenons chaque jour. En fait, le système digestif est plus ou moins en fonctionnement 24 heures sur 24.

Mais, pour la grande majorité des gens, la digestion, c'est le problème de l'estomac. Si le bol alimentaire passe ce cap, il n'y a pas de raison de s'en préoccuper. Et, lorsque certains symptômes significatifs de troubles divers apparaissent, c'est le fonctionnement du système digestif qui est mis en cause, rarement le mode d'alimentation. A tort, car la manière dont les aliments sont ingérés, et surtout sont mélangés, détermine non seulement la qualité et l'équilibre du métabolisme mais aussi le niveau de vitalité.

Le niveau de vitalité est en effet la résultante directe du fonctionnement digestif. Et la fatigue, comme d'autres maladies, peut être la conséquence de perturbations digestives dont l'origine est une mauvaise gestion de son alimentation.

Pour y voir plus clair, je vous propose d'examiner d'abord les mécanismes de base de la digestion en s'en tenant à l'essentiel, l'objectif étant de parvenir ensuite à bien comprendre leur rapport avec le niveau de vitalité.

1) ASPECT TECHNIQUE DE LA DIGESTION

La digestion est le processus physiologique qui conduit à la métabolisation des aliments. Elle comporte un aspect physique ou mécanique et surtout, puisque c'est ce qui nous intéresse ici, un aspect chimique. On distingue quatre étapes principales dans la digestion :

a - la bouche
b - l'estomac
c - l'intestin grêle
d - le gros intestin (côlon)

a) La bouche

• **rôle mécanique**

— mastication
— déglutition

• **rôle chimique**

— sécrétion salivaire

La salive contient une enzyme[1] très importante appelée ptyaline dont la propriété est de transformer l'amidon en maltose, c'est-à-dire en sucre complexe dont la digestion se prolonge jusque dans l'intestin.

En réalité, il ne se passe pas grand-chose dans la bouche sinon la formation du bol alimentaire. Seul l'amidon y commence son processus de transformation sous l'effet de la ptyaline.

---

1. Une enzyme est un catalyseur. On sait que de nombreuses substances ne se mélangent pas entre elles. Il faut pour cela utiliser une troisième substance dont la seule présence déclenche la combinaison ou la réaction. C'est cette troisième substance que l'on appelle catalyseur.

b) L'estomac

Le rôle mécanique est, comme pour l'intestin, purement péristaltique. C'est-à-dire que l'estomac est, au moment de la digestion, animé de contractions musculaires dont la finalité est l'évacuation de son contenu dans les intestins.

Le rôle chimique

L'estomac va d'abord sécréter des sucs digestifs (acide chlorhydrique, mucine) pour créer un milieu acide et permettre ainsi à la pepsine (l'enzyme diastase de l'estomac) de jouer son rôle.

La pepsine va s'attaquer aux protéines (viandes et poissons) et commencer leur transformation.

Les lipides (graisses) font l'objet d'un début d'hydrolyse qui se poursuivra dans l'intestin.

c) L'intestin grêle

Action mécanique : péristaltique

Action chimique :

L'amidon, devenu maltose, se transforme grâce aux enzymes de sécrétion pancréatique en glucose (sucre simple).

Le sucre du lait (galactose) se transforme aussi en glucose.

Les lipides sont transformés en acides gras.

Les protéines sont transformées en acides aminés.

Si tout s'est parfaitement bien passé dans l'intestin grêle, c'est à son niveau que les substances nutritives transformées vont pouvoir être directement assimilées par l'organisme.

Le glucose (ex-glucides), les acides aminés (ex-protéines) et les acides gras (ex-lipides) vont être assimilés par libération dans le sang.

d) Le gros intestin

(côlon droit, ascendant, transverse, gauche et descendant)

Action mécanique : péristaltique

Action chimique :

Les bactéries contenues dans le gros intestin ont essentiellement pour mission d'agir par fermentation sur les restes d'amidon et de cellulose et par putréfaction sur les résidus protéiques. Il y a, à ce stade, absorption d'éléments assimilables et constitution des matières fécales avec production éventuelle de gaz.

2) LES MÉLANGES ALIMENTAIRES

Lorsque l'homme des cavernes partait à la chasse, il se nourrissait durant la journée des fruits sauvages qu'il récoltait en chemin. De retour chez lui, il consommait la viande du gibier qu'il avait tué. Pendant les périodes difficiles ou en cas de pénurie de viande, il subsistait en mangeant certaines racines. D'une manière générale, il ne mélangeait pas ses aliments. Si l'on observe la manière dont se nourrissent les animaux en liberté dans la nature, on peut remarquer qu'eux non plus ne mélangent jamais les différents aliments qu'ils consomment. Les oiseaux, par exemple, mangent les vers et les insectes à un moment de la journée et les graines à un autre moment. L'homme est le seul être vivant à consommer ses aliments après les avoir mélangés. C'est, semble-t-il, une des raisons essentielles pour lesquelles il présente aussi souvent des troubles intestinaux.

Ces troubles intestinaux, dus à une digestion constamment perturbée, sont d'ailleurs très souvent à l'origine d'un grand nombre de maladies sans que l'on puisse pour autant toujours établir clairement le lien de cause à effet.

Je me garderai bien de faire ici une analyse détaillée de toutes les combinaisons alimentaires possibles en montrant dans chaque cas de figure leurs conséquences éventuelles. Ce n'est pas tout à fait l'objet de ce livre et je laisse le soin à de meilleurs spécialistes en physiologie que moi de le faire.

Je me contenterai simplement de vous donner une idée suffisante du phénomène pour vous permettre de mieux comprendre les conséquences positives que vous constaterez après avoir mis en œuvre les quelques principes de base que je vous recommanderai.

Les fruits, par exemple, lorsqu'ils sont pris en association avec d'autres aliments, perturbent la digestion de l'ensemble et perdent du même coup la plupart des propriétés bénéfiques (vitamines, etc.) pour lesquelles ils ont été ingérés.

Mais, pour que cela ne reste pas une affirmation gratuite de ma part et puisque vous connaissez l'essentiel du processus de la digestion, laissez-moi vous en expliquer les raisons.

a) Combinaison fruit-amidon

Le fruit, qui contient du fructose (monosaccharide ou sucre simple), séjourne très peu dans l'estomac car il est digéré presque entièrement dans l'intestin grêle.

En revanche, l'amidon (farine, féculents, etc.) commence son métabolisme dans la bouche où, grâce à l'action de la ptyaline, l'enzyme de la salive, il se transforme en maltose. Puis il séjourne quelque temps dans l'estomac pour être ensuite complètement «digéré» dans l'intestin grêle. On sait, en effet, que grâce à la maltase (enzyme de sécrétion pancréatique), le maltose est transformé en glucose, directement assimilable par le sang.

Si l'on mange le fruit en même temps que l'amidon, il se produit le phénomène suivant :

L'acidité du fruit va détruire la ptyaline qui, de ce fait, ne pourra jouer son rôle de catalyseur pour l'amidon. Au lieu de passer directement dans l'intestin, le fruit va séjourner avec l'amidon dans l'estomac. La chaleur et l'humidité de l'estomac aidant, le fruit, qui contient un sucre simple, va se mettre à fermenter. Cette fermentation du fruit va se poursuivre dans l'intestin, entraînant avec elle celle de l'amidon qui, malgré l'action de l'amylase (autre enzyme de sécrétion pancréatique), ne se transformera que très imparfaitement en maltose puis en glucose. L'amidon non transformé va se mettre à son tour à fermenter jusque dans le côlon.

Conséquences de tout cela :
— ballonnements,
— production de gaz,
— irritations intestinales,
— détérioration des vitamines du fruit,
— risques de constipation, etc.

b) Combinaison fruit-protéines
(viande, poisson)

La première phase de la digestion des protéines se fait dans l'estomac grâce au rôle actif d'une enzyme appelée la pepsine qui se développe du fait du milieu acide créé par les sucs gastriques.

On serait en droit de penser que, si la pepsine ne se développe qu'en milieu acide, l'ingestion de fruits, acides eux aussi, devrait pouvoir se faire harmonieusement avec les protéines. Eh bien, il n'en est rien ! Car dès l'instant où l'acidité du fruit se développe dans la bouche, cela provoque une perturbation des conditions d'élaboration de la pepsine dont la sécrétion est stoppée.

En conséquence, si l'on combine l'ingestion de fruits et de protéines, le fruit (comme dans le premier exemple) va se trouver mobilisé (pendant plus longtemps encore qu'avec l'amidon) dans l'estomac où il va se mettre à fermenter.

En l'absence de pepsine, les protéines ne commenceront pas à être digérées dans l'estomac et, du fait de cette insuffisance de métabolisation, elles feront l'objet dans le gros intestin d'une putréfaction anormale dont les résidus toxiques devront être éliminés par l'organisme.

c) Combinaison amidon-protéines

Lorsque l'on combine de l'amidon et des protéines pour les ingérer ensemble (ce qui est le cas du sandwich au jambon, du hamburger, etc.), il se produit les réactions suivantes :

La ptyaline nécessaire à la digestion de l'amidon est neutralisée par le milieu acide développé pour la production de pepsine nécessaire à la digestion des protéines. Inversement, la production de pepsine est très sérieusement perturbée par le milieu alcalin développé par la ptyaline. L'action négative est donc réciproque.

Et les conséquences digestives sont semblables à celles déjà évoquées :

— Fermentation de l'amidon dans l'estomac et les intestins avec ballonnements.

— Métabolisation insuffisante des protéines qui entraîne la production de résidus non digérés.

— Putréfaction de ces déchets dans le gros intestin.

— Emission de toxines dans le sang.

Il est bien évident que, selon les individus, les symptômes d'une digestion perturbée seront plus ou moins évidents. Les troubles du métabolisme et les problèmes gastro-intestinaux ne se révèlent chez certains qu'à l'âge adulte, alors qu'ils ont pu commencer très tôt.

Il est donc important de savoir que de nombreuses maladies ont pour origine l'indigestion provoquée par les mauvaises combinaisons alimentaires.

Ne cherchez donc plus désespérément d'explication pour :
— l'acné,
— les allergies,
— la mauvaise haleine,
— les langues chargées,
— les aigreurs d'estomac,
— les ulcères,
— les prétendues maladies de foie,
— les colites,
— la constipation,
— le cancer du côlon,
— les selles nauséabondes,
— les lourdeurs d'estomac,
— la cellulite,
— les ballonnements,
— les angines chroniques,
— la chute des cheveux, les pellicules,
— les ventres gonflés (très fréquents chez les femmes),
— la séborrhée,
— la transpiration anormale ou forte,
— les hémorroïdes,
— les migraines,
— la bouche pâteuse, etc.

Un système digestif perturbé par de mauvaises combinaisons alimentaires est forcément soumis à un traitement qui constitue un facteur essentiel d'affaiblissement de l'organisme. Il entraîne donc une déperdition supplémentaire d'énergie et, par voie de conséquence, une moindre vitalité.

4

Le sucre est un poison

Le sucre est un poison! Les dégâts qu'il fait sur l'homme du XXᵉ siècle sont aussi importants que l'alcool et le tabac réunis. Tout le monde le sait. Tous les médecins du monde le dénoncent. Il n'est pas un colloque de pédiatres, cardiologues, psychiatres et dentistes qui ne mentionne les dangers du sucre, et particulièrement les dangers d'une consommation qui augmente selon un rythme exponentiel.

Dans l'Antiquité, le sucre n'existait pratiquement pas. A telle enseigne que les Grecs n'avaient même pas de mot pour le désigner.

Alexandre le Grand qui, vers 325 av. J.-C. avait poussé sa conquête du monde jusque dans les plaines de l'Indus, le décrivait comme «une sorte de miel que l'on trouve dans les cannes et les roseaux qui poussent au bord de l'eau».

Pline l'Ancien, au premier siècle de notre ère, le mentionne aussi comme le «miel de la canne».

Il faudra attendre l'époque de Néron pour que le mot *saccharum* soit créé pour désigner ce produit exotique.

C'est au VIIᵉ siècle que la culture de la canne à sucre commence à apparaître en Perse et en Sicile. Petit à petit, les pays arabes y prennent également goût.

Un savant allemand, le Dr Rauwolf, remarque dans son journal en 1573 que les «Turcs et les

Maures ne sont plus les guerriers intrépides qu'ils avaient été jadis depuis qu'ils mangent du sucre ».

C'est, en fait, à l'occasion des croisades que la canne à sucre est découverte par l'Occident. Les Espagnols en tenteront peu après la culture dans le sud de leur pays.

Mais c'est à partir de la conquête du Nouveau Monde et du trafic triangulaire que le commerce du sucre devient un enjeu économique. Le Portugal, l'Espagne et l'Angleterre s'enrichissent en échangeant la matière première contre des esclaves dont le travail va pouvoir précisément contribuer au développement de la culture de la canne à sucre. La France en 1700 avait déjà de nombreuses raffineries.

En 1780 la consommation de sucre par an et par habitant était en France de 0,6 kg.

C'est la défaite de Trafalgar en 1805 et le blocus continental qui s'installe ensuite qui poussent Napoléon, contrairement aux recommandations des scientifiques de l'époque, à développer la production de la betterave. Mais celle-ci fut véritablement possible après la découverte en 1812 du procédé d'extraction par Benjamin Delessert.

Le sucre commença alors à devenir un produit de grande consommation, étant donné son faible prix de revient.

En 1880, la consommation de sucre était par personne et par an de 8 kg, ce qui représente environ cinq morceaux de sucre par jour. Vingt ans plus tard, en 1900, elle a plus que doublé puisqu'on atteint 17 kg. En 1960, on est à 30 kg et en 1972 à 38 kg.

En deux siècles, la consommation de sucre des Français est passée de moins d'un kilo à près de quarante.

En cinquante millions d'années, jamais l'homme n'a connu une transformation aussi brutale de son alimentation dans un laps de temps aussi court.

Et pourtant les Français sont loin d'être les plus

mal lotis dans ce domaine. Les pays anglo-saxons connaissent, en effet, une situation plus dramatique encore puisque leur consommation, et particulièrement celle des Etats-Unis, tourne autour de 50 kg par habitant. D'après les statistiques les plus récentes, cette consommation de sucre est, malgré les cris d'alerte, sur une pente ascendante[1].

Mais ce qui est le plus inquiétant, c'est que la proportion de «sucre caché[2]» qu'elle représente augmente beaucoup plus rapidement. En 1970, la proportion de sucre ingéré indirectement (boissons, friandises, conserves, etc.) était de 58 %. En 1975, elle est passée à 63 %.

Cela révèle, en fait, une situation trompeuse. Car avec l'introduction des édulcorants de synthèse et l'attitude très ferme du corps médical, la consommation directe de sucre (en morceaux ou en poudre) tend à stagner, sinon à diminuer.

En revanche, comme nous l'avons signalé plus haut, c'est la consommation indirecte qui est préoccupante ; celle-ci touche particulièrement les enfants et les adolescents. Sachez par exemple qu'un verre de 150 ml de soda ou de cola représente l'équivalent de quatre morceaux de sucre. Sachez d'autre part que le goût sucré s'identifie d'autant moins facilement que le liquide est glacé.

L'attirance pour les boissons sucrées (sodas, limonades, colas) est maintenant parfaitement rentrée dans les comportements alimentaires. Les sociétés qui les fabriquent sont de très puissants trusts multinationaux et l'impact publicitaire qu'elles ont est absolument phénoménal. Il est

1. Ce n'est pas le cas de la France qui, ces dernières années, a fait de nombreux efforts. En 1978 la consommation était passée à 37 kg par habitant. Souhaitons que cette lente décélération se confirme.
2. Le sucre caché est celui qui est rajouté aux boissons ou aux aliments vendus dans le commerce.

même effrayant de voir comment elles ont pu s'installer dans des pays sous-développés où les besoins alimentaires primaires de la population ne sont parfois même pas assurés.

La consommation des crèmes glacées et autres «esquimaux», qui autrefois étaient achetés à l'occasion d'une fête ou d'une sortie, a été en quelque sorte banalisée avec la généralisation du congélateur. L'installation de distributeurs automatiques de friandises dans tous les lieux publics représente aussi une incitation permanente à la consommation. Et l'acquisition de ces friandises est d'autant plus facile et tentante qu'elles sont bon marché. On peut dans un supermarché acheter aujourd'hui un paquet d'un kilo de bonbons pour quelques francs. La sollicitation du consommateur potentiel est ainsi omniprésente et permanente. Y résister relève presque de l'acte d'héroïsme.

Il est banal de dire que le sucre est responsable d'un grand nombre de maladies. Tout le monde semble le savoir, mais ce n'est pas pour autant que l'on change nos comportements alimentaires et encore moins ceux de nos enfants.

Le sucre est le principal responsable des maladies cardio-vasculaires. Le Dr Yudkin cite le cas des tribus Massaï et Samburu dans l'Est africain dont l'alimentation, d'ailleurs très riche en graisses, est pratiquement dépourvue de sucre. Le taux des maladies coronariennes dans ces tribus est pratiquement inexistant. En revanche, les habitants de l'île de Sainte-Hélène, qui consomment beaucoup de sucre et peu de graisses, connaissent un taux de maladies coronariennes très élevé.

La carie dentaire, dont la consommation excessive de sucre est responsable, est à ce point répandue dans les pays occidentaux que l'O.M.S.[1] classe les maladies bucco-dentaires au troisième

1. O.M.S. : Organisation Mondiale de la Santé.

rang des fléaux de santé des pays industrialisés, après les maladies cardio-vasculaires et le cancer.

Quand on associe sucre et maladie, on pense naturellement au diabète. Mais on a tort de croire que le diabète ne touche que ceux qui ont des facteurs héréditaires. Tous les diabétiques ne sont pas obèses mais c'est généralement le cas. Allez aux Etats-Unis dans un lieu public, vous serez effaré par les «monstruosités» que vous y rencontrerez. Vous aurez ainsi une idée claire de ce que pourraient être dans vingt ans les petits Français d'aujourd'hui.

D'autre part, des études scientifiques font la démonstration que la consommation excessive de sucre est à l'origine de nombreuses maladies mentales.

On comprendra en tout cas facilement, à la lumière des chapitres précédents, que le sucre, qui est en fait un produit chimique pur, est à l'origine de l'hypoglycémie, perturbe le métabolisme d'une manière générale et provoque ainsi de trop nombreux troubles digestifs.

Enfin, et pour en terminer avec cette liste noire, il faut savoir que le sucre provoque un déficit en vitamine B. Cette vitamine est en effet nécessaire en grande quantité pour l'assimilation de tous les glucides. Le sucre, de la même façon que tous les amidons raffinés (farine blanche, riz blanc, etc.) est complètement dépourvu de vitamine B. Il va donc obliger l'organisme à aller puiser cette vitamine dans ses réserves, créant ainsi un déficit dont les conséquences sont généralement: neurasthénie, fatigue, dépression, difficultés de concentration, de mémoire et de perception.

Voilà en tout cas un domaine que l'on devrait plus souvent explorer pour les enfants qui ont des difficultés scolaires.

5

L'hypoglycémie, le mal du siècle

Nous avons vu que le métabolisme est la transformation des aliments en éléments vitaux pour le corps humain. Quand on parle par exemple de métabolisme des lipides, on désigne par là le processus de transformation des graisses. Ce qui nous intéresse particulièrement ici, c'est le métabolisme des glucides et ses conséquences.

Nous avons vu précédemment que l'insuline (hormone sécrétée par le pancréas) joue un rôle déterminant dans le métabolisme des glucides. La fonction basique de l'insuline est, en fait, d'agir sur le glucose contenu dans le sang de manière à le faire pénétrer dans les cellules et ainsi d'assurer le stockage du glycogène musculaire (énergie potentielle) et des graisses de réserve.

L'insuline chasse donc le glucose (sucre) du sang, ce qui a pour conséquence de faire baisser le taux de sucre contenu dans le sang.

Si la quantité d'insuline produite par le pancréas est trop forte et trop fréquente, si elle est en fait disproportionnée par rapport au glucose qu'elle doit aider à métaboliser, le taux de sucre contenu dans le sang va tomber à un niveau anormalement bas. On va se trouver, dans ce cas, en situation d'hypoglycémie.

L'hypoglycémie n'est donc pas due à une

carence en sucre dans l'alimentation mais à une sécrétion trop importante d'insuline (hyperinsulinisme).

Non seulement l'insuline est responsable de la constitution des graisses de réserve, mais elle a aussi pour effet d'empêcher l'organisme (le foie notamment) de rétablir la quantité de sucre dans le sang lorsque celle-ci est trop basse.

Si, par exemple, vous vous sentez tout à coup fatigué vers onze heures du matin, cela indique dans 95 % des cas que votre taux de sucre dans le sang est inférieur à la normale. Vous êtes en hypoglycémie.

Si vous ingérez un mauvais glucide sous la forme d'un petit gâteau sec ou d'une friandise quelconque, vous allez très rapidement le métaboliser en glucose. La présence de glucose dans le sang va faire remonter le taux de sucre et vous allez, en effet, ressentir un certain bien-être. Mais la présence de glucose dans le sang va automatiquement déclencher une sécrétion d'insuline qui aura pour effet de faire disparaître ce glucose et de vous restituer votre hypoglycémie avec un taux de sucre encore plus bas qu'au départ. C'est en fait le phénomène qui va déclencher le cercle vicieux qui conduit immédiatement aux abus.

Un grand nombre de scientifiques expliquent d'ailleurs l'alcoolisme comme étant la conséquence d'une hypoglycémie chronique. Dès que l'alcoolique a son taux de sucre dans le sang qui baisse, il se sent mal et éprouve le besoin de boire. L'alcool se métabolisant très rapidement en glucose, le taux de sucre dans le sang augmente et le buveur ressent donc un immense soulagement. Malheureusement, cette impression de bien-être va très rapidement disparaître car l'insuline va s'efforcer de faire baisser le taux de sucre dans le sang encore plus.

Quelques minutes après avoir terminé son premier verre, l'alcoolique ressent donc un besoin plus fort encore d'en prendre un autre pour faire disparaître, malheureusement pour peu de temps, les effets insupportables de l'hypoglycémie. On comprend mieux ainsi le phénomène de manque.

Les symptômes de l'hypoglycémie sont les suivants :

- — fatigue,
- — « coups de pompe »,
- — irritabilité,
- — nervosité,
- — agressivité,
- — impatience,
- — anxiété,
- — manque de concentration,
- — maux de tête,
- — transpiration excessive,
- — mains moites,
- — mauvais rendement scolaire,
- — troubles digestifs,
- — frigidité,
- — impuissance,
- — prédisposition ulcéreuse,
- — insomnie,
- — dépression,
- — désordres neuropsychiatriques, etc.

La liste n'est pas exhaustive et pourtant elle est impressionnante. Mais faire de l'hypoglycémie ne veut pas dire pour autant que l'on présente tous ces symptômes. Cela ne veut pas dire non plus que ces symptômes apparaissent d'une manière permanente. Certains, en effet, sont très éphémères et peuvent disparaître dès que l'on mange. Vous avez tous remarqué, par exemple, que certaines personnes deviennent progressivement nerveuses, instables, agressives même, au fur et à mesure que l'heure habituelle de leur repas arrive.

Parmi ces symptômes, il en est un cependant plus fréquent peut-être que les autres, que vous avez probablement remarqué sur vous-même et sur votre entourage, c'est la fatigue.

L'une des caractéristiques de notre époque est, en effet, la généralisation de la fatigue.

Plus ils dorment, plus ils ont de loisirs, de temps libre, de vacances, plus les gens sont fatigués. Le matin quand ils se lèvent, ils sont déjà «crevés». En fin de matinée, ils n'en peuvent plus. En début d'après-midi, ils dorment sur leur bureau. C'est le coup de pompe d'après déjeuner. En fin d'après-midi, ils épuisent leurs dernières ressources pour rentrer chez eux. Ils s'y traînent littéralement. Le soir, ils ne font rien, ils somnolent devant leur télévision. La nuit, ils cherchent le sommeil. Quand ils l'ont trouvé, ils se lèvent et un nouveau cycle recommence. Alors on accuse le stress de la vie moderne, le bruit, les transports, la pollution, le manque de magnésium. Et pour lutter contre le phénomène, on ne sait que faire sinon boire du café fort, manger des vitamines en boîte, des sels minéraux en tube ou faire du yoga. Dans neuf cas sur dix, la fatigue est un problème de glycémie.

Le taux de sucre dans le sang de nos contemporains est, chroniquement, anormalement bas. Et cette situation est la conséquence directe d'une alimentation excessive en mauvais glucides. Trop de sucre, trop de boissons sucrées, trop de pain blanc, trop de féculents. Trop de mauvais glucides qui entraînent une sécrétion excessive d'insuline.

Pendant longtemps on a pu croire que seuls les sujets qui avaient tendance à grossir facilement pouvaient être hypoglycémiques. De récentes études effectuées notamment aux Etats-Unis ces dix dernières années ont montré que de nombreux maigres sont eux aussi victimes de l'hypoglycémie, étant donné leur consommation excessive de sucre et de mauvais glucides. La différence avec les autres se trouve au niveau du métabolisme, les autres grossissent, eux pas. Mais, en ce qui concerne le taux de sucre dans le sang, le phénomène et ses conséquences sont les mêmes.

Ces études révèlent d'ailleurs que les femmes sont particulièrement sensibles aux variations glycémiques. Ce serait là, pense-t-on, une explication à leurs changements fréquents d'humeur. Il est, en tout cas, prouvé que les dépressions postnatales sont la conséquence directe d'un état hypoglycémique lié à l'accouchement.

Si vous mettez sérieusement en pratique les quelques principes que vous trouverez dans le chapitre suivant, vous pourrez très rapidement constater qu'en dehors d'une perte de poids (si vous avez des kilos en trop) et surtout d'un renouveau total de votre vitalité (plus de joie de vivre, d'enthousiasme et d'optimisme), il y aura d'autres conséquences positives.

Si vous étiez insomniaque, vous ne le serez plus ou beaucoup moins. Si vous aviez des «coups de pompe» vous n'en aurez plus. Vous retrouverez un réel renouveau physique et mental.

Car en supprimant la consommation de sucre et en limitant celle des glucides (aux seuls bons glucides), ce qui par voie de conséquence supprime toute sécrétion excessive d'insuline, le taux de sucre dans le sang se stabilise à son niveau idéal. S'il n'y a pas en effet d'apport extérieur de sucre et si la métabolisation en glucose reste modeste, l'organisme petit à petit retrouve ses instincts qui consistent à fabriquer lui-même le sucre dont il a besoin à partir des graisses de réserve. C'est à cette seule condition que le maintien d'un taux optimal dans le sang est assuré.

Selon les chercheurs et les spécialistes avec lesquels j'ai travaillé, l'hypoglycémie serait aujourd'hui l'une des maladies les plus mal diagnostiquées car les symptômes sont si nombreux et variés que les médecins généralistes ne l'admettent que très rarement.

La médecine officielle s'est contentée jusqu'à

maintenant de reconnaître qu'il y avait hypoglycémie au-dessous de 0,45 g par litre de sang alors que le taux normal est de 0,90 g/l à 1 g/l.

Selon les spécialistes actuels de cette question, il y aurait hypoglycémie, avec les symptômes que l'on connaît, dès que l'on tombait au-dessous du taux normal.

Mais le meilleur moyen de savoir si l'on fait ou non de l'hypoglycémie (et si vous êtes fatigué, c'est très probablement votre cas), c'est de mettre en pratique les règles alimentaires énoncées dans le chapitre suivant.

Moins d'une semaine après avoir commencé, vous constaterez avec enthousiasme l'amélioration phénoménale de votre forme et vous découvrirez en vous une vitalité que vous ne vous soupçonniez pas.

6

Une nouvelle hygiène alimentaire

Retrouver une plus grande vitalité et ainsi se débarrasser définitivement de la fatigue et notamment des «coups de pompe» est beaucoup plus simple que vous pouvez l'imaginer.

La méthode que je vous propose repose sur quatre critères:

1) La théorie des calories est fausse. Je la considère d'ailleurs comme la plus grande escroquerie du xxe siècle. C'est en effet une mine d'or inépuisable pour les diététiciens qui s'en réclament et l'industrie alimentaire qui en fait une exploitation sans limites.

La théorie des calories est fausse car l'organisme ajuste toujours ses besoins à la quantité d'énergie qu'on lui donne. C'est-à-dire que moins on lui donne, moins il consomme. Ce qui crée l'illusion, c'est qu'au départ il y a en effet une petite perte de poids. Mais cette perte est très éphémère.

Dès qu'il y a ajustement entre l'offre et le besoin la perte de poids cesse et dans la plupart des cas, le sujet a même tendance à reprendre du poids.

Pour continuer à maigrir, on est tenté de réduire encore l'apport de calories afin de retrouver une nouvelle phase de perte qui, comme la première, sera éphémère. Et c'est le cercle vicieux que tous les adeptes des régimes hypocaloriques connaissent bien.

L'application de la théorie des calories ne revient en effet qu'à obtenir (et à quel prix) des pertes artificielles de poids par sous-alimentation. La conséquence majeure est donc l'affaiblissement de l'organisme.

Si vous voulez retrouver la forme (ou bien si vous voulez maigrir d'une manière définitive[1]), arrêtez donc de calculer les calories.

2) Faire des repas équilibrés (comme le recommandent les diététiciens adeptes du calcul des calories) est une grossière erreur.

Ce qu'il faut faire, c'est en fait équilibrer son alimentation, mais sur plusieurs repas.

L'un des principes de la méthode que je vous propose est de manger du pain (exclusivement du pain complet) et des céréales une fois par jour au petit déjeuner et de s'abstenir ensuite d'en consommer au déjeuner et au dîner.

3) Certains mélanges alimentaires sont totalement contre nature et dans la plupart des cas ils peuvent donc, comme nous l'avons vu dans le chapitre sur la digestion déstabiliser tout le métabolisme, entraîner par voie de conséquence la constitution de graisses de réserve et même être à l'origine d'un certain nombre de maladies.

4) La plupart des glucides qui sont proposés à la consommation sont de très mauvaise qualité car ils sont raffinés. C'est notamment le cas du pain blanc et du riz. Ils font donc l'objet d'une forte métabolisation en glucose, ce qui contribue

---

1. Voir les deux livres de Michel Montignac : *Comment maigrir en faisant des repas d'affaires* (Editions Artulen), *Je mange, donc je maigris* (Editions Artulen).

à exciter, voire à dérégler, la sécrétion d'insuline du pancréas.

Les grands principes que je vous propose donc de mettre en œuvre pour retrouver une plus grande vitalité sont les suivants:

1º Supprimer totalement le sucre de votre alimentation.

Dans votre café ou sur votre fromage blanc, prendre l'habitude d'utiliser un édulcorant. Dans les pâtisseries ou les entremets (flans, œufs au lait, ...) utiliser aussi des édulcorants.

2º Ne manger que du **pain complet au son** ou fabriqué avec **des farines non raffinées**.

3º Ne manger du pain et des céréales qu'au petit déjeuner. Supprimer définitivement le pain à table au déjeuner et au dîner.

4º Ne jamais mélanger les glucides (et notamment les mauvais glucides tels que pain, farine, pommes de terre, pâtes, riz blanc...) avec les lipides (viandes, graisses, huiles) au cours d'un même repas.

5º **Manger les fruits à jeun** (le matin, 1/2 heure avant **votre petit déjeuner**, dans l'après-midi **entre 18 et 19 heures**). **Jamais à la fin des repas**.

6º Ne jamais manger de riz blanc. Manger exclusivement du **riz complet**.

7º Ne jamais manger des pâtes faites avec des farines raffinées. Manger exclusivement des **pâtes complètes**.

8º Ne jamais sauter de repas. Répartir les aliments en trois repas, si possible à la même heure.

9º **Boire peu en mangeant**. Ne jamais boire avant de commencer à manger.

10º **Ne jamais boire d'alcool à jeun**. Boire modérément du vin mais ne commencer à boire qu'après le plat de résistance.

11º Manger beaucoup de fibres alimentaires: **salade, poireaux, carottes, asperges, artichauts, courgettes, aubergines, céleri, épinards, choux, choux-fleurs, tomates, haricots verts...**

141

12º Limiter au minimum la consommation de pommes de terre, pâtes et riz. Dans tous les cas de figure, les remplacer le plus souvent possible par des légumes verts (fibres alimentaires).

13º Manger plutôt du poisson que de la viande à chaque fois que cela est possible.

L'adoption de ces quelques principes qui sont tout à fait compatibles avec une vie socioprofessionnelle normale devrait non seulement vous permettre de supprimer vos fatigues chroniques en vous redonnant une nouvelle vitalité mais vous faire découvrir par ailleurs que l'on peut véritablement arriver à concilier diététique et gastronomie.

CLASSIFICATION DES GLUCIDES

LES MAUVAIS GLUCIDES

Sucre de canne (blanc et
   roux)
Sucre de betterave
Cassonade
Miel
Sucreries
Mélasse
Confiture, gelées
Crème glacée
Boissons sucrées (sodas,
   colas)
Farines raffinées (baguette,
   miche, biscottes)
Gâteaux à la farine blanche
   et au sucre
Pizzas
Brioches, croissants, biscuits
Quiches, feuilletés,
Vol-au-vent
Pâtes (spaghetti, ravioli)
Riz blanc (raffiné)
Fécule de pomme de terre
Maïs
Fécule de maïs
Semoule, couscous
Amidon
Céréales raffinées
— Flocons de maïs
— Pétales de maïs
— Riz soufflé
Alcool (particulièrement de
   distillation)
Chocolat avec moins de
   60 % de cacao

LES BONS GLUCIDES

Céréales brutes (blé, avoine,
   orge, millet...)
Farines brutes (non raffinées)
Pains (aux farines non raffi-
   nées)
Pain complet — Pain au son
Riz complet
Pâtes complètes
Germes de blé
Fèves fraîches
Lentilles
Fruits
Céleri
Navet
Germes de soja
Pousses de bambous
Cœur de palmier
Salsifis
Aubergine
Courgette
Concombre - Tomate
Radis - Carotte
Champignons
Chou - Chou-fleur
Haricots verts
Poireau — Artichaut
Poivron
Salade verte
Epinards
Chocolat sans sucre
Pois chiches
Pois cassés — Haricots secs

TROISIÈME PARTIE

Réapprendre à gérer son énergie par la sophrologie

par le Dr Yves Davrou

Introduction

La fatigue ? Connais pas !

Ceci est évidemment une boutade. Mais, en fait, être fatigué est une notion d'ordre purement subjectif. Il y en a qui sont fatigués en se levant le matin. Pour d'autres, un rien les fatigue. D'autres, quant à eux, sont infatigables...

En fait, ce qui serait plus « objectivable », c'est l'épuisement. Après un long effort physique, par exemple, les déchets accumulés peuvent entraîner un épuisement du muscle qui se « tétanise » et ne peut plus se contracter normalement : la marche ou tout autre effort deviennent alors très difficiles.

L'asthénie, la psychasthénie, la neurasthénie, la lassitude, la dépression sont des termes qui définissent des « états d'âme » ou, mieux, des états de conscience qu'il était, jusqu'à il y a peu de temps, impossible de quantifier mais qui, pourtant, étaient manifestes.

Le Pr Miguel Rojo Sierra, professeur de psychiatrie à l'Université de Valence (Espagne), qui travaille sur les modifications des états de conscience depuis plus de trente ans, s'est rendu compte qu'il existait un paramètre de la conscience qui n'était jamais mentionné par les différents chercheurs et, surtout, jamais pris en compte par les médecins ou les électroencéphalographistes : la tonicité (le tonus) de la conscience.

En effet, les psychiatres n'utilisent, encore de nos jours, que le bon vieil électroencéphalographe, qui ne mesure que les modifications quantitatives de la conscience, c'est-à-dire ses niveaux de veille

et de sommeil (il montre aussi les «lésions» organiques). Or, quelqu'un de réveillé, par exemple,
peut être plus ou moins conscient, plus ou moins
attentif, plus ou moins gai, plus ou moins capable
de capter son environnement, plus ou moins
capable de se souvenir, d'apprendre, etc.

Il est certain que lorsqu'on est «fatigué», les différentes tâches nous paraissent plus difficiles et
«on n'a pas envie». Ce niveau de tonicité est
maintenant mesurable grâce à l'analyotopo-
gramme qui, en résumé, reproduit des histo-
grammes de fréquences permettant de définir la
quantité d'ondes (alpha, thêta, etc.) en chaque
point du scalp, aux différents niveaux de
conscience. Les courbes obtenues ont permis au
Pr Rojo Sierra de montrer que la baisse de ce
tonus entraînait des états pathologiques de la
conscience, allant de la simple «psychasthénie»,
ou fatigue mentale, à la psychose ou à la schizophrénie, en passant par tous les états intermédiaires et, notamment, la «dépression nerveuse»
qui est déjà caractérisée par un début d'hypotonie
de la conscience.

Cette hypotonie, qui est particulièrement mar-
quée dans la schizophrénie, est caractérisée par
une difficulté d'attention, de concentration et
d'intégration.

En effet, on peut distinguer trois grands paramètres de la conscience: sa luminosité (sa netteté), son champ et sa tonicité.

La luminosité varie avec la veille et le sommeil,
c'est-à-dire que la conscience est «claire» durant
la veille (on voit les choses clairement), et
«sombre» la nuit, avec des niveaux intermédiaires
là aussi et des extrêmes: «états crépusculaires»,
obnubilation ou, au contraire, hyper-vigilance
(amphétamines).

Le champ de la conscience est «balayé» par
l'attention: concentration ponctuelle, concentration diffuse, contemplation, distraction, etc.

La tonicité est l'énergie qui permet le maniement de cette attention et l'intégration des données : plus grande est la tonicité et plus rapide et durable est la concentration. Dans la dépression réactionnelle, par exemple, la personne est toujours en retard d'attention quand on lui demande de « prêter attention » à tel ou tel phénomène.

Nous avons d'autre part constaté que si certaines « drogues », comme les amphétamines, permettaient l'augmentation de la luminosité (hallucinations), elles abaissaient considérablement la tonicité. D'autres, comme le LSD, diminuant directement la tonicité, augmentent la luminosité par compensation. D'où les graves désordres, parfois irréductibles, avec de telles drogues.

Ces connaissances nouvelles nous ont permis de mettre en pratique certaines techniques ayant pour but la dynamisation de la conscience, c'est-à-dire le renforcement de sa tonicité. Ces techniques sont surtout issues de la sophrologie, méthode que nous devons au Pr A. Caycedo, neuropsychiatre colombien ayant beaucoup travaillé à Madrid, puis à Barcelone.

On peut considérer que la démarche sophrologique se déroule en quatre temps, parfaitement codifiés quant à sa méthodologie, ses objectifs, sa chronologie et sa stratégie relationnelle.

1

Les quatre temps de la démarche sophrologique

Du philosophe au physicien, du psychologue au biologiste, tout le monde s'accorde pour reconnaître qu'un changement fondamental est en train de s'opérer chez l'Homme.

Si, jusqu'à présent, l'être humain s'est contenté d'abord de s'adapter à son milieu naturel, puis de le dominer, il semble bien qu'il tente (enfin!) de prendre conscience de lui-même, de ses potentialités latentes, afin de croître et d'atteindre sa dimension transcendante[1].

La Neurophysiologie nous enseigne, depuis longtemps déjà, que l'individu n'utilise que le centième (au mieux le dixième) de ses neurones... L'Homme n'est donc pas «terminé».

Comme il n'était que très précairement armé pour sa défense, au sein d'une nature qui lui était hostile (il n'a ni crocs, ni griffes, il ne vole pas, ne court pas vite, ne nage pas bien...), l'Homme a développé son unique «arme»: la Raison. Il l'a même hypertrophiée, à tel point que l'on peut constater, aujourd'hui, que l'hémisphère cérébral

1. Dimension transcendante: ... sa véritable dimension qui est celle que l'on peut supposer en suivant l'évolution des êtres vivants: l'Homme est au sommet de l'évolution de la conscience.

gauche est plus gros et plus lourd que l'hémisphère droit... A l'autopsie on peut même noter une empreinte plus évidente de cet hémisphère sur les os du crâne...

Or cette hypertrophie, si elle a été nécessaire pour que l'Homme puisse s'adapter à son milieu, si elle lui a servi à survivre, elle risque aussi de lui être fatale si elle n'est pas compensée par le développement de l'hémisphère droit, celui de la synthèse, de la globalité, de l'intuition, de l'imaginaire et... de l'amour.

En effet, le sur-développement de la Raison a entraîné la constitution, en Occident, d'une culture que l'on pourrait appeler « analyticologique », au nom de laquelle la « Science », et son « objectivité », s'est emparée du Pouvoir, au détriment de l'Observation et de la subjectivité.

L'individu a donc perdu la primauté, au bénéfice de la masse, régie et évaluée par les lois du plus grand nombre et les statistiques.

Au nom de cette Science et de cette Logique, que d'erreurs sommes-nous en train de commettre, ne serait-ce que la destruction sûre et lente de la Nature qui est notre propre environnement !

La sophrologie n'a pourtant pas pour objectif de remplacer la Raison par l'Intuition, l'Analyse par la Synthèse, le langage logique par le langage symbolique... Elle propose le développement de toutes les fonctions de l'Individu et pas, exclusivement, celui de sa rationalité.

L'Homme est aussi sensoriel, c'est-à-dire qu'il possède, aussi, une Corporalité dont il n'a pas encore pris conscience, le corps étant considéré comme de la vulgaire chair. Il est aussi un être émotionnel, doté de sentiments, d'affects, du besoin d'aimer et d'être aimé. Enfin, il est, aussi, intuitif, c'est-à-dire qu'il est capable de perception subtile, de créativité, de dépassement de la simple expérience. Il est capable de transcendance...

c'est-à-dire d'aller au-delà de l'expérience. Et c'est le moment! Le changement de millénaire et d'ère que nous sommes en train de vivre est l'occasion à ne pas manquer. Le raisonnement n'est pas suffisant pour la captation du monde. La « quadridimensionnalité de l'Espace-Temps », par exemple, dont nous parlent les physiciens modernes, ne peut être « comprise »... elle ne peut être que pressentie et... observée.

Avec quoi appréhendons-nous le monde, l'Univers ? La Conscience. Notre conscience peut-elle être réduite à notre seule Rationalité ? Non !

La Conscience humaine est cette Force qui nous permet de capter et d'intégrer les données de notre environnement et de nous-mêmes. C'est cette Force que nous devons développer et accroître, si nous voulons poursuivre notre évolution.

La phylogenèse, ou recherche de l'arbre généalogique des organismes, nous apprend qu'une de ses caractéristiques les plus évidentes est le développement de la conscience... Depuis l'amibe jusqu'à nous, la « tendance » est à la croissance de la conscience... Un peu comme si l'Univers voulait, lui-même, « prendre conscience ».

Un de nos amis, ethnologue, faisant une étude comparative des « mœurs » des chimpanzés et des enfants, conclut que, jusqu'à l'âge de 7 ans, environ, l'enfant n'avait que très peu d'avantages sur le singe, en ce qui concerne la conscience. « Pour compter, dit-il, il vaut mieux prendre un enfant... (quoiqu'il ait réussi à apprendre à une guenon à compter jusqu'à 3 !), mais pour sauter d'un arbre à un autre... il vaut mieux prendre un singe »...! Cet ami, poursuivant son étude, affirme que la véritable différence entre l'Homme et l'animal réside dans le fait qu'à partir de 7 ans, l'être humain *peut* prendre conscience de sa conscience... mais l'animal, jamais. Et de conclure sa thèse, de manière dramaticocomique, en disant qu'hélas beaucoup d'êtres humains meurent... singes !

La caractéristique essentielle de l'Homme est donc de posséder une conscience réflexive, c'est-à-dire de pouvoir prendre conscience de sa propre conscience. Le Pr M. Rojo Sierra dit que l'Homme est doté d'une « autoconscience » ou, du moins, d'une possibilité d'autoconscience...

La sophrologie, comme beaucoup d'autres écoles, partage la conscience en trois « étages », correspondant, en fait, aux trois « strates » du cerveau :

— le cerveau reptilien, le plus profond et le plus ancien, correspond aux structures sous-jacentes de la conscience (l'inconscient de la psychanalyse),

— le cerveau limbique ou paléencéphale correspond aux structures latentes de la conscience (le subconscient) et, enfin,

— le cortex, le plus récent, correspond aux structures présentes de la conscience (le conscient).

Les écoles psychanalytiques s'intéressent aux « couches » profondes de la conscience. Les écoles comportementalistes s'intéressent aux couches superficielles. La Sophrologie et la Dynagogie (conduite de la Force) s'intéressent aux couches latentes, intermédiaires, propres à l'être humain, souvent sous-développées et immatures. En effet, lors de son développement, l'enfant, qui naît avec ces structures sous-jacentes, génétiques, qui forment son monde biologique et constituent son héritage, va devoir s'adapter à son milieu par le développement de ses structures présentes, superficielles, c'est-à-dire de son comportement face à l'éducation à laquelle il est confronté... souvent répressive. Il est alors placé entre le « marteau » (l'éducation) et l'« enclume » (ses pulsions « primitives »). Cet enfant peut très bien grandir avec

cette seule alternative : adapter son comportement au milieu, ou bien laisser ses pulsions
s'exprimer... Il parvient alors à l'âge adulte...
complètement immature ! Il lui reste à développer
l'essentiel : ses structures latentes, celles de ses
potentialités, de sa responsabilité, de son autonomie..., de son authentique liberté.

Comment ? En prenant conscience des autres
fonctions de sa conscience : la *sensorialité, le sentiment* et *l'intuition*, fonctions qui vont compléter
et compenser sa rationalité et qui vont lui permettre alors de prendre conscience de la Force de
sa Conscience.

La chronologie de la prise de conscience des
autres fonctions de la conscience pourra paraître
curieuse à certains rationalistes de la culture analytico-logique, car *la sensorialité*, fonction essentiellement corporelle, n'a jamais été privilégiée.
Le corps, d'un point de vue judéo-chrétien, a toujours été considéré comme l'enveloppe matérielle
et vile, la chair du péché, et restaurer son authentique valeur a été, pour la Sophrologie et la
Dynagogie, un écueil qui commence seulement à
être surmonté.

Cette réconciliation avec *la corporalité* est pourtant indispensable pour le développement des
autres fonctions de la conscience. En effet, toutes
les informations passent par *la sensorialité* : ce
que l'on voit, entend, touche, goûte et sent... sans
compter les sensations proprioceptives, c'est-à-
dire celles provenant de nos propres muscles, de
notre peau, etc., et les sensations intéroceptives,
c'est-à-dire celles qui nous viennent de nos viscères.

Ne pas prendre conscience de toutes ces sensations, c'est nous priver de la majeure partie de
nos capacités de réception des messages et des
données sur nous-mêmes et sur notre environnement.

Or, la conscience s'alimente de toutes ces données. Moins nous en recevons et moins la conscience se mobilise et se renforce.

La captation et l'intégration de ces manifestations de la conscience que sont les sensations requièrent que la concentration soit focalisée sur elles, et ce, de manière aussi exclusive que possible. Là réside la plus grande difficulté car la plupart des individus ont une conscience que l'on pourrait qualifier de «dispersée». Nous pensons, en général, à plusieurs choses à la fois, ce qui fait que nous ne captons rien de particulier avec les détails et les précisions qui s'imposent pour une parfaite intégration. Cette conscience en miettes ne nous permet pas une assimilation des messages, en profondeur, et nous nous contentons de la «surface» des choses.

La Sophrologie propose donc une modification du niveau de vigilance, pour une captation et une intégration profonde de l'information, quelle qu'elle soit.

1) LE NIVEAU SOPHRO-LIMINAL

On peut classer les niveaux de conscience en trois catégories : le niveau de veille, le niveau du sommeil et, entre les deux, le niveau sophro-liminal. Chacun de ces niveaux pouvant être, à son tour, subdivisé en plans plus ou moins profonds.

Le niveau entre veille et sommeil, beaucoup moins connu que les deux autres, possède des caractéristiques tout à fait intéressantes. C'est à ce niveau que notre concentration est la meilleure, les bruits et l'agitation extérieurs étant très amoindris en importance, les pensées et les images parasites aussi. C'est là aussi que l'intégration se fait le mieux, grâce probablement à une plus grande implication, à une plus grande motivation (neurophysiologiquement, il semble bien

156

que le circuit limbique[1] est «en alerte»). On a d'ailleurs pu noter, à ce niveau, un éveil du phénomène d'«expectative», d'attente, de désir de.

D'autres phénomènes ont été découverts à ce niveau, comme l'augmentation de la mémoire et de l'apprentissage, de l'imagination volontaire et spontanée, etc.

L'obtention de ce niveau naturel (on le «traverse» au moins deux fois par 24 heures, à l'endormissement et au réveil) est assez aisée, par la mise en route d'un processus de *désactivation*, grâce à la *relaxation musculaire*, processus prolongé ensuite par un «approfondissement mental», grâce surtout à l'expiration prolongée, de nature parasympathique.

La relaxation sophrologique est parfaitement codifiée : elle commence par la tête et le visage, pour se terminer par les pieds. Elle se fait donc de haut en bas, ce qui est tout à fait logique quand on sait que toute désactivation du système réticulaire[2] se fait aussi de haut en bas. Le bon sens populaire l'a d'ailleurs très bien compris : «la moutarde monte au nez» quand il y a énervement. L'accalmie se manifeste toujours par un «bon et gros soupir».

Cette relaxation entraîne donc *une baisse du tonus musculaire* mais aussi un début de *détente mentale* que l'on peut approfondir, les yeux fermés, par paliers successifs, grâce à l'expiration, pour atteindre un niveau de vigilance modifiée, entre veille et sommeil, où la communication avec le corps devient beaucoup plus intime et sa perception plus fine. La concentration est aussi beaucoup plus facile à maintenir sur son objectif, ce

1. Circuit limbique : il se situe au niveau du cerveau végétatif et il est responsable de tous les affects, de tous les sentiments, de tous les instincts : soif, faim, sexualité, amour, etc.
2. Système réticulaire : il est responsable du sommeil et de la veille, de la somnolence comme de la vigilance.

qui va permettre, grâce à la répétition de l'exercice, l'intégration de la corporalité au présent.

Il faut aussi noter que les recherches effectuées sur ce *niveau de vigilance*, nous ont permis de montrer qu'il possédait une autre capacité, très importante, celle d'augmenter la *tonicité de la conscience*.

En effet, on connaissait bien, jusqu'à présent, les trois niveaux de vigilance, par leurs différences d'un point de vue électroencéphalographique. La veille est caractérisée par des ondes rapides et amples, appelées ondes bêta, le sommeil par des ondes lentes et plates qui sont les ondes thêta et delta et, enfin, entre les deux, les ondes alpha.

Ces différentes ondes sont caractéristiques des différents «états» de clarté de la conscience. Il est, en effet, évident que lorsqu'on dort, la clarté de la conscience est en veilleuse... et qu'elle est beaucoup plus lumineuse lorsqu'on est éveillé. Cette plus ou moins grande clarté de la conscience se retrouve dans certaines maladies, comme celles que l'on nomme «états crépusculaires»... mais aussi dans les états obsessionnels, la schizophrénie (avec hyperclarté, comme en témoignent les tableaux peints par Van Gogh à la fin de sa vie). Ce paramètre de clarté pourrait être considéré comme étant celui de la netteté de la conscience.

Mais il existe un autre paramètre, tout aussi important, qui est celui de la tonicité, du tonus, de la conscience, connu depuis peu, grâce aux travaux du Pr M. Rojo Sierra. Si la clarté caractérise la luminosité, la tonicité caractérise la forme des objets, leurs limites, leur relief. Il ne suffit pas, pour prendre une photographie, de choisir la bonne ouverture du diaphragme, il faut aussi mettre au point la distance, il faut «zoomer» afin que les objets aient leur véritable relief, ne soient pas flous. La conscience étant une force, il n'est pas étonnant que l'on parle de la tonicité de cette force, tonicité qui peut être plus ou moins grande, tout comme pour le muscle.

La baisse de la tonicité de la conscience entraîne une dégradation progressive de la conscience qui commence par la dépression de la conscience, avec vision floue; l'exposition est satisfaisante mais la mise au point, le recul par rapport aux événements ne sont pas bons... Le sujet n'a plus la force nécessaire, n'a plus l'élan vital suffisant pour rétablir la réalité.

Cette dégradation peut aller jusqu'à la schizophrénie, dans laquelle le malade voit très clair, mais où il n'y a plus pour lui d'objets nettement définis : il y a surexposition et hypotonie de la conscience.

Or, le niveau sophro-liminal permet d'accroître la tonicité de la conscience...

Il serait trop long, ici, de décrire les différents travaux qui nous permettent d'affirmer cette observation. Mentionnons seulement les principaux auteurs à qui nous devons cette formidable découverte, le Pr M. Rojo Sierra, déjà cité, L. Rojo Moreno, J.M. Camara Teruel, dont la thèse de doctorat sur ce sujet a été soutenue en 1987, à l'Université de Valence, et dans laquelle l'auteur compare les effets de différents moyens de mobilisation de la conscience : le cannabis, le protoxyde d'azote (N_2O), la méditation transcendantale et la sophronisation (technique permettant d'atteindre le niveau sophro-liminal).

Les résultats obtenus grâce à un analyseur de fréquences sont tout à fait éloquents : seule la sophronisation augmente la tonicité de la conscience. Le cannabis la diminue, le N_2O et la méditation transcendantale n'ayant aucun effet.

C'est pourquoi des thérapeutes utilisent la sophrologie depuis quelques années, non seulement dans les cas pathologiques « légers », comme dans la dépression réactionnelle, où les résultats sont évidents, mais aussi dans les pathologies «lourdes», comme dans la schizophrénie et chez les drogués.

Mais ce qui est peut-être encore plus intéressant, c'est l'effet obtenu chez les sujets «normaux», en conscience «ordinaire»: l'augmentation de la tonicité de leur conscience leur permet d'évoluer, de progresser, de développer leurs potentialités, toutes les capacités de leur conscience.

C'est pour cette raison que la Sophrologie n'est pas uniquement une méthodologie thérapeutique, mais bien plutôt un outil formidable pour le développement et l'autonomisation de l'individu.

Cette démarche de maturation, de développement personnel, va passer par quatre étapes progressives, ou quatre temps, qui sont:

— le temps de *l'intégration de la corporalité*, pilier de base,

— le temps de *l'intégration et de la maîtrise émotionnelles*,

— le temps de *l'intégration de l'intuition*,

— le temps de *l'intégration* de la *dynamis*, de *l'énergie vitale*, de la Force.

2) L'INTÉGRATION DE LA CORPORALITÉ

Nous avons vu que le corps, dans notre culture judéo-chrétienne, a mauvaise réputation. Notre éducation, exclusivement orientée vers le développement de notre intellect, a non seulement oublié le corps, mais elle l'a bafoué. A tel point que nous ne le percevons que lorsqu'il «fait mal» («j'ai mal au ventre, au dos, partout...») et ce ne sont pas les quelques heures par mois de gymnastique (où l'on ne fait que bouger et muscler le corps) qui permettent son intégration. La médecine elle-même, par l'anatomie, s'est contentée de connaître le «corps physique» à travers la dissection de cadavres. La psychologie l'a complètement ignoré, de même que la psychanalyse.

La Sophrologie et la Dynagogie proposent donc la *réhabilitation du corps vécu*, du corps vivant, du corps «que nous sommes» et non pas du corps «que nous avons».

Le niveau sophro-liminal, permet une meilleure concentration et une captation intime des sensations. Aussi, une simple activation de ces sensations par des mouvements amplificateurs va permettre l'«écoute» et l'intégration de la corporalité, du dedans, de manière fine et détaillée. La répétition de la perception de ces sensations, au niveau sophro-liminal, va nous permettre, peu à peu, de «nous rendre compte» que nous sommes, aussi, notre corps vivant, c'est-à-dire notre «endo-corps». Il s'agit, en effet, d'une véritable «endo-scopie[1]» au cours de laquelle notre «regard intérieur» va se promener, par l'attention, à travers toute la corporalité, emmagasinant tous les messages sensoriels afin de construire notre «bleu existentiel».

Cette intégration, qui ne demande que quelques mois d'exercices quotidiens, nous apporte la gratification de nous sentir «bien chez nous», protégés dans cet habitacle douillet, chaud, vivant, plein de ressources. Cela va nous permettre de mieux utiliser notre système récepteur (les sens) pour une meilleure captation du monde (notre environnement) et notre système émetteur pour nous y adapter.

Sans corps, comment pouvons-nous exister? Toutes les personnes à qui nous avons demandé de nous parler de leurs sensations corporelles ont été incapables de nous décrire plus de deux ou trois «régions» sensibles... parce qu'elles en souffraient.

Plus même, non seulement le corps n'est perçu

---

1. L'endoscopie est un procédé médical qui permet d'aller voir ce qui se passe à l'intérieur d'organes comme l'estomac, les artères, etc.

par personne mais il n'est pas non plus «situé» dans l'espace. Si l'on demande à quelqu'un de fermer les yeux et de décrire l'environnement, la pièce, par exemple, il n'y a aucun problème et cette personne va pouvoir nous dépeindre le cadre environnant. Mais si on lui demande de «se décrire»... alors une véritable «dévaluation» est exprimée: trop gros, trop maigre, trop petit, trop grand, mal coiffé... Que peut-il rester d'une personne qui ne se perçoit pas «du-dedans» et qui ne se voit pas «du-dehors»?... des idées!

Aussi l'entraînement sophrologique va-t-il pouvoir combler cette grave lacune. En effet, si l'individu ne se sent pas et ne se voit pas, il devra, pour «exister», se référer aux autres, c'est-à-dire «se faire voir» par les autres, grâce à la mode, à la voiture, au «pignon sur rue», au changement de... look!

L'intégration de la corporalité par l'attention au niveau sophro-liminal des sensations amplifiées par les exercices corporels de la Relaxation dynamique procure aussi, nous l'avons vu, l'augmentation de la tonicité de la conscience, ce qui va permettre une plus grande et plus fine captation de soi-même et de l'environnement et, donc, une plus grande autonomie.

Remarquons aussi un point capital: cette démarche est effectuée *au présent*, quel qu'ait été le passé... Cela est, aussi, tout à fait original puisque dans notre culture analytico-logique, tout est effet de la cause... Or nous sommes, certes, l'effet de la cause et analyser cette cause est une démarche logique, mais nous ne sommes pas que l'effet de la cause... Nous sommes aussi ces potentialités non encore développées, ces capacités «vierges» de toute influence, ces possibilités d'«affirmation de la Vie». L'éducation et la culture ont donc fait ce que nous sommes, des êtres «intellectuels», mais sans corps, sans émotions matures, sans intuition créative valorisée et sans énergie spirituelle intégrée.

Ce premier pas, cette première étape, ce premier temps, nous permet donc d'intégrer un nouvel élément de notre conscience, *la corporalité*, pour une meilleure captation du monde et une meilleure adaptation au monde.

3) L'INTÉGRATION DE L'ÉMOTION

Nous avons vu que le nouveau-né naissait avec des structures sous-jacentes «bourrées» d'énergie, de pulsions, surtout manifestées par des états émotionnels : il crie, rit, s'agite, en fonction de ses besoins pulsionnels. Là encore, l'éducation «répressive» a vite fait (six mois?) de mettre le «holà»... «Arrête de crier, de pleurer, de bouger...!» Et cette répression de l'«énergie émotionnelle» va se poursuivre durant toute l'éducation... durant toute la vie, parfois. Nous arrivons ainsi à «l'âge adulte», parfaitement éduqués, «bon chic, bon genre», étant parvenus à l'inhibition de toute manifestation émotionnelle («On ne mélange pas les sentiments et les affaires»).

Cependant, cette puissance énergétique émotionnelle incontrôlée sort parfois «de ses gonds», dans des «crises» de colère, de rage, des coups de foudre, etc. C'est alors l'«animal» qui est en nous qui se déchaîne.

Cette énergie émotionnelle est le moteur primordial de notre existence et on ne peut en gérer les pulsions «primitives». Cependant, avant de «sortir», l'émotion va se manifester à travers trois expressions : le corps (encore!), l'image et le «monologue intérieur».

Souvenons-nous qu'en intégrant notre corporalité nous avons aussi développé la tonicité de notre conscience qui nous permet de «nous rendre compte» de ce qui se passe avec plus de finesse et de netteté. Aussi, à force d'approfondir notre «senti» corporel, nous découvrons, peu à peu, des «sensations» nouvelles, une sorte de «vibrance» intérieure, une plénitude émouvante, une «tension» profonde, une oppression qui peut être agréable ou désagréable. Ces manifestations émotionnelles se localisent en des régions privilégiées: le cœur, la gorge, le plexus solaire, les «tripes»... Il suffit alors de se souvenir d'un «événement émotionnel» pour ressentir les traces qu'il laisse au présent et établir ainsi, peu à peu, une sorte de «carte du tendre» des manifestations corporelles de notre émotion.

Ces traces corporelles s'accompagnent presque toujours d'images associatives caractéristiques qui, la plupart du temps, passent inaperçues ou, tout du moins, ne sont pas intégrées, conceptualisées. Mais l'entraînement à la prise de conscience corporelle permet aussi une meilleure... prise de conscience. On peut alors se rendre compte, non seulement des manifestations émotionnelles au niveau du corps, mais aussi au niveau de ces images associées et persistantes. En effet, ces images ne disparaissent pas facilement, elles ont la vie dure. Tant mieux si elles sont agréables car elles entraînent alors une sorte de rétro-alimentation du plaisir corporel... mais tant pis si elles sont négatives, car elles rétro-alimentent également la souffrance.

Une troisième manifestation de l'émotion est le «monologue intérieur» qui accompagne les sensations et les images émotionnelles. Là aussi manque, en général, la prise de conscience. La plupart d'entre nous ne se rendent pas compte des pensées qui traversent leur esprit et croient qu'elles sont volontaires. Or, des événements extérieurs peuvent déclencher, automatiquement, des séquences de «monologue» qui agissent comme des amplificateurs émotionnels, entretenant les traces corporelles et les images.

La maîtrise émotionnelle va donc comporter deux étapes. La première sera la reconnaissance des manifestations corporelles, des images et du monologue. C'est l'entraînement à la prise de conscience, au « se rendre compte », à la responsabilité. Une fois acquise cette faculté, il s'agira alors de gérer ces manifestations, c'est-à-dire de les vivre ou de les neutraliser, selon les objectifs du moment. En effet, ces manifestations de l'émotion sont tellement importantes qu'elles déterminent le comportement durant un laps de temps très long.

Or les situations varient et notre adaptation à ces situations réclame une grande flexibilité de disponibilité et il faut, autant que faire se peut, avoir « l'esprit de la première fois », face à toute nouvelle situation. Il ne s'agit pas, par exemple, de garder le fou rire attrapé avec des amis au café, lorsque, tout de suite après, on va présenter ses condoléances à une famille... Il faut donc apprendre à gérer et parfois à neutraliser. Il s'agit, nous le répétons, de gérer les manifestations de l'émotion et non l'émotion elle-même.

Nous pouvons apprendre à neutraliser les manifestations corporelles en défocalisant l'attention, c'est-à-dire en portant notre attention sur une région corporelle « neutre » du point de vue émotionnel. Nous avons vu que certaines régions étaient davantage concernées par ces manifestations : le cœur, les plexus, le tube digestif, etc. On pourra donc détacher notre attention de ces zones « touchées » émotionnellement et la porter sur les genoux ou les pieds, rarement impliqués dans ce genre de situation. C'est pourquoi il aura fallu, au préalable, intégrer la corporalité en profondeur, la connaître, la vivre intimement.

Pour les images, le procédé est le même : il faudra se détacher de cette image persistante qui accompagne l'émotion et « prendre » une image neutre, comme l'écorce d'un arbre, un nuage, un caillou, etc., et réussir à maintenir cette image « neutralisante ».

Enfin, en ce qui concerne le monologue, il suffit de s'entraîner à placer, dans l'expiration, un mot de notre choix, mot détendant, de calme, de paix, de quiétude et qui pourra, ainsi, remplacer le monologue actif et émotionnel. Il faut ajouter un phénomène très important, c'est qu'en plaçant ce mot dans l'expiration, on a une action physiologique directe : l'inspiration est orthosympathique, c'est-à-dire activatrice, et l'expiration est parasympathique, c'est-à-dire désactivatrice.

Afin de pouvoir exploiter au mieux ces facultés de neutralisation, in vivo, il est recommandé de s'entraîner au préalable en utilisant, par exemple, notre mémoire pour retrouver des souvenirs émotionnels heureux et en neutraliser les effets. Cela peut, parfois, paraître frustrant, mais nous avons constaté que les manifestations de l'émotion étaient comparables, quelle que soit la coloration affective. Aussi est-il prudent de ne travailler qu'avec les émotions positives... au cas où la neutralisation ne serait pas parfaite...

Il est aussi remarquable de constater que cette maîtrise émotionnelle apporte, peu à peu, l'autonomie en plus de la responsabilité, c'est-à-dire que la faculté de relativisation s'accroît. Les sentiments que l'on ressent envers les autres sont-ils aussi « altruistes » que nous le prétendons ? En d'autres termes, aimons-nous les autres pour eux ou bien pour l'émotion que cela nous procure dans notre corps et dans nos images ? Le « je t'aime » ne serait-il pas plutôt « j'aime t'aimer » ? Si tel est le cas, on comprendra mieux les sentiments de possession et de jalousie puisque ce n'est pas « l'autre » que l'on aime, mais bien le sentiment perçu grâce à l'autre... L'authenticité réclame donc la responsabilité et l'autonomie.

4) L'INTÉGRATION DE L'INTUITION

Cette authenticité, difficile à conceptualiser, deviendra une évidence lorsque l'on aura pris conscience des manifestations d'une autre fonction de la conscience : l'intuition.

Si, comme nous l'avons vu, les sensations se manifestent au niveau du corps, si l'émotion se manifeste au niveau corporel, mais aussi au niveau de l'image et du monologue, l'intuition, quant à elle, se manifeste, surtout, au niveau de l'image et du monologue accompagnants.

En effet, il existe deux sortes d'imaginations : l'imagination volontaire et l'imagination spontanée.

L'imagination volontaire est celle que nous utilisons, par exemple, lorsqu'on envisage un événement qui se déroulera dans un futur plus ou moins proche, lorsqu'on fait un projet, ou bien lorsqu'on retrouve un souvenir vécu. Il s'agit alors d'images fabriquées à l'avance.

Mais il existe d'autres images, involontaires, comme celles, par exemple, du rêve, et qui ont la caractéristique d'être spontanées, a-logiques, irrationnelles, très difficiles à «comprendre» immédiatement et qui laissent une «drôle d'impression» physique et émotionnelle. Etant donné que la raison n'en saisit pas le sens, elles sont très souvent rejetées comme étant des idées folles, sans fondement et inexplicables. Or ces images proviennent de nous-mêmes, de notre noyau profond, de notre *moi*. Il est tout à fait dommage de ne pas vouloir en tenir compte car elles sont révélatrices de notre authenticité existentielle.

La Sophrologie et la Dynagogie nous offrent la possibilité d'apprendre à décoder ces images par la seule fonction capable de le faire : l'intuition. En effet le langage de ces images est un langage symbolique. Et c'est l'hémisphère cérébral droit qui est celui de ce langage. Or l'entraînement que nous avons décrit jusqu'à présent a, aussi, permis le développement de cet hémisphère droit (le gauche étant celui du langage analytico-logique, conceptuel).

Il est relativement simple de se rendre compte de la différence existant entre ces deux catégories d'images en activant, au niveau sophro-liminal, une imagination volontaire comme, par exemple, une promenade au bord d'une rivière imaginaire dont on « construit » le paysage (la prairie d'où l'on part, les arbres, les rives, etc.). Puis, on décide de remonter cette rivière inconnue jusqu'à sa source... Et là, nous laissons venir les images qui se présentent, telles qu'elles sont, sans interprétation immédiate. Cela n'est pas très facile, au début, habitués que nous sommes à essayer de tout « comprendre ». Cependant, ce « laisser faire » s'apprend peu à peu et l'on pourra ainsi découvrir des capacités extraordinaires de créativité, tout à fait étonnantes.

On pourra ainsi apprendre à reconnaître ces images spontanées et le langage symbolique qu'elles recèlent. Il faudra cependant avoir la patience de ne pas avoir la rage de conclure, car la signification de ces images ne peut être appréhendée qu'après une incubation d'environ huit jours. Il y a, au début, une sorte d'aveuglement spécifique qui ne pourra être levé qu'au terme de cette incubation, grâce à une sorte de « révélation » évidente, un eurêka heuristique[1]...

L'intuition est bien une fonction qui permet d'appréhender la vérité, sans participation de la rationalité... Elle nous permet, ainsi, d'acquérir des certitudes, même si celles-ci ne sont pas étayées immédiatement par la rationalité. La Foi, par exemple, est un bon exemple de ce genre de certitudes, pour celui qui la vit.

1. Heuristique : qui éveille, qui révèle, qui illumine et éclaire : « *Mais oui, bon sang, bien sûr !* »

Ainsi armés d'un «nouveau» corps vécu, du contrôle émotionnel et d'une intuition prête à nous aider, et à partir, donc, de ce «nouveau» présent, nous allons pouvoir envisager un nouveau futur. En effet, un individu timide, par exemple, aussi savant qu'il soit sur un thème particulier, ne peut envisager d'exposer ses connaissances à un public, lors d'une conférence, car il ne «se voit pas», dans cet avenir proche, capable de parler sans bafouiller, sans rougir et sans trembler. Cette simple idée le met mal à l'aise au présent... Si cet individu acquiert l'intégration de sa corporalité, la maîtrise émotionnelle et le «feeling» intuitif, tout en gardant, c'est évident, ses connaissances rationnelles, il sera alors tout à fait capable d'envisager cette conférence qui désormais ne lui fait plus peur.

Donc, avant de développer les capacités de futurisation positive, il faut absolument «asseoir» le présent. C'est, en effet, du haut de ce nouveau présent que l'on pourra construire un nouveau futur.

Il en est d'ailleurs de même pour le passé et la méthode d'entraînement sophrologique de la mémoire[1] ne pourra être vraiment efficace qu'à ce moment de la progression, c'est-à-dire une fois le présent conforté, renforcé aux niveaux corporel, émotionnel et intuitif. En effet, un sujet immature ne pourra que revivre son passé avec son immaturité présente et il sera incapable de relativiser. Or les événements qui ont pu traumatiser l'enfant qu'il était ne devraient plus traumatiser l'adulte qu'il aurait dû devenir... Hélas, peu d'adultes le sont réellement, notamment au niveau émotionnel, aussi revivent-ils leurs «drames» émotionnels passés comme de véritables régressions et il faut un temps interminable pour qu'une psychanalyse, par exemple, parvienne à leur faire assumer leur

1. Voir *Les étonnantes possibilités de votre mémoire par la sophrologie*, Ed. Retz.

passé… en le «comprenant». Il est tellement plus facile et naturel de leur permettre de devenir, enfin, des adultes matures, responsables, autonomes et authentiques… au présent, capables d'envisager le futur avec ces mêmes qualités et, enfin, de reconstruire leur passé, à partir de ce nouveau présent, en le relativisant… Là réside sans doute la grande originalité de la Sophrologie et de la Dynagogie.

5) L'INTÉGRATION DE L'ÉNERGIE VITALE

Forts de ces nouvelles capacités, nous pouvons alors nous consacrer à la prise de conscience de cette Force qui nous anime et c'est là que la Dynagogie, héritière de la Sophrologie, propose d'aller un peu plus loin encore.

Les grands physiciens actuels, ceux qui s'occupent de l'infiniment petit comme les astrophysiciens modernes, qui s'occupent de l'infiniment grand, nous affirment que tout est énergie et que la matière n'est, en fait, qu'une «condensation» de cette énergie. Mais l'énergie qui nous anime, celle qui nous fait dire que nous sommes «en forme» ou pas, est-elle la même que l'énergie cosmique? Là réside sans doute la grande question actuelle…

Mais, qu'est-ce que l'énergie? On connaît divers types d'énergies: mécanique, électrique, magnétique, calorique, etc. Mais il y a aussi la vie, le «punch», le projet, l'amour, etc., qui sont des «formes» d'énergie très peu étudiées et, donc, mal connues.

Pour essayer de comprendre un peu mieux cette fabuleuse question, essayons de suivre le processus «historique»: au début était le «chaos»… d'où est née celle que l'on pourrait appeler l'Energie Primordiale, fruit des fissions et des fusions d'atomes, lors du grand «Big Bang» (ou d'autre chose!). C'est la première manifestation qui emplit alors le « vide » de l'Univers avec ses radiations. Ce sont les étoiles et notre soleil qui ont alors « nourri » notre terre afin que poussent les végétaux, les plantes, l'herbe, qui se sustentent d'une énergie inorganique primordiale pour la transformer en énergie organique, alors assimilable par les animaux, eux-mêmes « assimilés » par l'Homme... à moins qu'il ne mange directement de la salade!

Cette énergie primordiale subit donc des tas de transformations à travers les végétaux, les animaux et les êtres humains, dont une nous paraît fascinante : la transformation « en » conscience... On pourrait donc conclure que le sens de l'Univers — en fait, le sens de la vie — est l'évolution vers la conscience. En effet, c'est l'Homme qui transforme l'énergie des soleils en Energie-Conscience, cette « force » qui nous permet de capter les événements, de les intégrer et d'agir sur eux. L'être humain est donc un puissant transformateur d'énergie cosmique en force-autoconscience.

La conscience est la force qui éclaire et qui coordonne les informations, les phénomènes, les événements, ainsi que leurs significations. Pour ce faire, elle réalise une synthèse avec l'énergie cosmique qui est sienne, puisque la conscience l'habite « du dedans ». Et ce monde propre dans lequel la conscience peut trouver sa participation dans l'Energie Universelle n'est rien d'autre que son propre *endocorps*.

Cependant, la conscience doit-elle établir ce contact avec l'Energie dans n'importe quelle région de l'endocorps ?

L'image du corps se présente à nous sous la forme d'une mosaïque de zones spécialisées en messages particuliers : la tête, par exemple, se présente comme étant le siège de notre conscience et c'est à partir de là que descend la lumière qui éclaire le reste du corps, le tronc représente la force de la vie (le cœur, la nourriture, etc.), le bassin représente la force vive (la sexualité et la reproduction…), etc.

C'est d'ailleurs dans ce bassin que se situe notre «siège», la force de la gravitation.

Le corps se présente donc comme quelque chose de «plein», dans quoi circulent des courants de force, non pas de haut en bas, mais de bas en haut: c'est à partir du «chaudron» du bassin que l'on peut activer ou réactiver l'énergie insuffisante. Les Japonais ont bien compris cette vérité puisqu'ils placent le centre vital sous l'ombilic!

A partir de ce qui vient d'être exprimé, nous pouvons émettre une hypothèse: l'énergie cosmique, essentiellement photonique, moléculaire, atomique et gravitationnelle, rencontre une première barrière qui se trouve entre elle et le corps, c'est la barrière de la peau, ou barrière cosmosomatique. Les énergies cosmiques agissent sur tout le soma en lui transmettant un minimum d'énergie sous forme photonique (chaleur externe) et un maximum sous formes ionique et moléculaire, captée grâce aux végétaux qui sont les seuls à pouvoir transformer cette énergie photonique par photosynthèse. Derrière cette première barrière, le corps va alors pouvoir produire sa propre énergie interne.

Surgit alors une deuxième barrière, entre le corps anatomique (celui qui deviendra «cadavre») et le corps vécu, celui que l'on sent vivre en dedans, et c'est la barrière intérieure, ou barrière intersomatique. Nous pouvons, par exemple, avoir bien mangé et nous sentir «pleins», anatomiquement parlant, mais toujours aussi «vides», psychologiquement parlant.

Pour «remplir» ce «vide» endocorporel, qui peut être assimilé au psychisme, au sentiment de soi, il faut donc que s'opère une transformation de l'énergie «musculaire» en énergie «psychique»:

172

les exercices de Relaxation dynamique que nous propose la Sophrologie ont, entre autres, cet objectif. C'est en sentant la chaleur du corps, de manière répétée, que l'on peut devenir chaleureux... Peut-être n'en prenons-nous pas conscience au début de l'entraînement, préoccupés que nous sommes par la perception des sensations mais, peu à peu, nous sentons qu'une mobilisation énergétique s'opère et qu'une certaine « vibrance » s'installe en nous, qu'un certain « sentiment » apparaît. Parfois même, cette énergétisation est très forte et peut nous gêner : il faut alors apprendre à la gérer, à la maîtriser.

Les circuits de l'énergie vitale sont connus des Chinois depuis plus de 5000 ans ! Ils les ont décrits en détail... mais notre esprit cartésien, qui préfère les preuves « scientifiques » aux évidences pratiques, les a ignorés et négligés. Or, la sophronisation nous permet de nous mettre en contact avec eux, de suivre leurs trajets, de les mobiliser et de les contrôler. Ainsi, il devient évident que nous possédons une réserve énergétique dans le ventre, autour du nombril, et qu'une mobilisation adéquate de cette région nous permet de dynamiser cette force et de la suivre « subjectivement » : de là elle descend dans le pubis, passe par le périnée, le coccyx, remonte ensuite dans le dos, le long de la colonne vertébrale, jusqu'à l'occiput et jusqu'au sommet du crâne, redescend entre les sourcils, passe par la bouche (la langue est un « commutateur »), le menton, le sternum, et poursuit sa descente entre les mamelons, le plexus solaire, pour revenir au nombril.

Pratiquement, l'essentiel est, d'abord, de prendre conscience de cette énergie, de se rendre compte de sa présence pour, ensuite, mettre en route sa circulation et la laisser faire en relâchant toutes les tensions qui pourraient bloquer son libre cours.

Ne serait-il donc pas juste de penser que la synchronisation répétée d'exercices corporels et endocorporels pourrait aboutir à la transformation de l'énergie «physique» (calories, chaleur) en énergie psychique (sentiment «chaleureux»)? Pourquoi nier cette possibilité de transfert? Il suffit d'essayer…

Il s'agit là, bien entendu, d'une hypothèse, mais qui peut être facilement vérifiée. J'ai déjà remarqué qu'une personne fatiguée, déprimée, était «froide», et en quelque sorte «paralysée» et «asphyxiée»; je lui propose donc de pratiquer des exercices dynamiques qui la «réchauffent», qui la «mobilisent» et lui permettent de respirer amplement… Curieusement, ça marche! Et la répétition des exercices entraîne de nouvelles habitudes dynamiques.

Si cette hypothèse s'avère, non seulement nous pouvons en obtenir des bénéfices immédiats en cas de fatigue (il ne faut pas se coucher, mais se «bouger»!), mais notre communication avec le cosmos pourrait alors s'effectuer à travers la vivance de l'énergie qui est sa manifestation en nous. Or, cette communion avec l'Infini, l'immensément grand, la Source de Tout, n'est-elle pas le but de la Spiritualité?

L'Homme a dû, pour survivre, s'occuper du dehors en oubliant le dedans. Peut-être est-il temps aujourd'hui qu'il s'occupe du dedans, pour vivre, enfin, dans l'Univers dont il est une partie intégrante. Il n'a plus le droit à la paresse s'il veut vivre le temps du changement qui est le nôtre en cette fin de siècle et de millénaire. Et, sans paresse, sa «fatigabilité» sera moindre…

Mais, alors, quelle est la méthodologie qui va permettre le développement de ses potentialités? Elle est basée sur une stratégie progressive parfaitement codifiée:

— Approfondissement du niveau de vigilance.

— Maniement du champ de la conscience, c'est-à-dire maîtrise de la concentration.

— Perception de la corporalité.

— Intégration, c'est-à-dire «prise de conscience».

— Expression du vécu.

Ainsi, par exemple, si l'on s'entraîne régulièrement avec les techniques sophrologiques, on prendra conscience de notre cycle nycthéméral, c'est-à-dire des périodes de veille et de sommeil qui sont propres à chacun, selon un rythme particulier qu'il faut respecter.

La nuit, comme l'explique Pierre Fluchaire (voir Ire partie), nous dormons par cycles de 90 minutes environ et à l'intérieur de ces cycles se succèdent des tranches de sommeil dont la dernière, le sommeil paradoxal (qui correspond au rêve), est la plus importante car absolument indispensable.

La relaxation sophrologique peut d'une certaine manière nous permettre de récupérer du sommeil paradoxal car en état sophro-liminal, nous pouvons en quelque sorte rêver sans pour autant dormir... Mais cela demande non seulement une bonne connaissance de soi mais aussi et surtout une certaine pratique.

De la même manière, lorsque nos voyages nous entraînent à subir de fréquents décalages horaires, notre fatigue est indéniable car nous sommes, là encore, en dette de sommeil: il est alors très simple, par une sophronisation pratiquée à l'heure de notre pays, de respecter notre cycle et de ne pas souffrir du décalage.

Tout conducteur a déjà eu à lutter contre le sommeil, la nuit... en ouvrant les vitres, en mettant la radio à tue-tête, en se déchaussant, en buvant du café, etc. Il lui serait pourtant si facile de s'arrêter sur une aire de repos, de pratiquer une sophronisation, de «rêver», et un quart d'heure plus tard de reprendre la route... comme s'il avait dormi deux heures! Mais, pour cela, il faut bien se connaître... Un autre bon exemple est la préparation aux longues soirées afin d'éviter le « coup de barre » de minuit : il suffit de pratiquer une sophronisation lors de la phase paradoxale de jour, qui se déroule souvent dans l'après-midi, mais, pour cela, il faut bien connaître son cycle...

2

Premiers temps
de la pratique

Pour avancer, il faut d'abord reculer..., prendre l'élan nécessaire. Quand nous sommes fatigués, physiquement ou mentalement, sachons «lâcher prise» afin de récupérer. Et cela aussi s'apprend, car il ne s'agit pas de «s'affaler», mais bien de se restaurer.

Nous allons donc prendre une position assise, certes confortable, mais pas «avachie», afin de mettre en route un processus de restructuration.

— Approfondissement du niveau de vigilance.
— Concentration.
— Perception.

Ces trois premiers temps sont indispensables à l'obtention du premier objectif : *la responsabilité.*

L'approfondissement du niveau de vigilance demande, d'abord, un *relâchement physique*, puis une *détente mentale.*

Le relâchement physique a, en Sophrologie, une codification basée sur la neurophysiologie.

Premier exercice

On commence par prendre une position confortable, assise de préférence, car la position couchée entraîne plus un «avachissement» qu'une vraie relaxation, amenant au sommeil et non à un approfondissement du niveau de vigilance.

Une fois bien installé, on ferme les yeux et on commence par relâcher le cuir chevelu, le front, les tempes, puis tout le visage : les sourcils, la racine du nez et tout le nez ; les paupières et les globes oculaires ; les joues, les mâchoires, les lèvres, la langue. La concentration et la perception sont déjà exercées par l'accueil des modifications des sensations dues à cette décontraction.

On poursuit le relâchement par les épaules (souvent contractées), afin de libérer, entre la tête et les épaules, la région importante du cou, la gorge, la nuque. Ensuite, on laisse aller les bras, les avant-bras, les mains, jusqu'au bout des doigts, en suivant «mentalement» ce trajet et en percevant tous les *messages sensoriels* naissant de cette décompression. La concentration peut être améliorée en s'attardant quelques instants sur les mains (leur chaleur, leur fraîcheur, les picotements, etc.)

On relâche ensuite le dos : les omoplates, la colonne vertébrale, toute la région du dos, jusqu'à la charnière lombaire. Cette décompression libère aussi le thorax, la poitrine, la ceinture et tout le ventre. La respiration devient plus facile et plus ample, désentravée de toute contrainte. Le thorax et l'abdomen se gonflent à l'inspiration et se «dégonflent» à l'expiration.

Il faut aussi bien décontracter le bassin : les fesses, le bas-ventre et, surtout, le périnée, zone particulièrement tendue chez la plupart des personnes, ce qui peut entraîner des blocages énergétiques très importants (voir plus loin).

On termine par la décontraction des membres inférieurs, cuisses, jambes et pieds, en percevant bien les effets de cette décompression sur la facilitation circulatoire jusqu'aux orteils.

Une fois cette décontraction obtenue, on va pouvoir approfondir encore le niveau de vigilance, afin de «s'intérioriser» un peu plus, laisser de côté les bruits et l'agitation extérieure et accueillir tous les messages sensoriels que nous adresse le corps.

Au bout de deux à trois minutes de ce repos très récupérateur, on s'étire, on bâille si on en a envie, on respire amplement deux ou trois fois, et on ouvre les yeux.

Il suffit, en tout, de dix à douze minutes pour bénéficier d'une étonnante remise en forme.

Ce premier exercice est en quelque sorte l'exercice de base, suffisant en tout cas pour restaurer votre énergie dans la plupart des cas.

Si vous êtes chez vous, vous pouvez choisir un endroit calme et un fauteuil confortable. Mais, avec un peu de pratique, vous devez pouvoir le faire n'importe où : à votre bureau, en voiture, en train, en avion, sur un banc dans la rue ou dans n'importe quelle salle d'attente.

A chaque fois que vous avez un temps mort, et Dieu sait s'il y en a dans toutes les phases de transition que constitue le passage d'une séquence d'activité à une autre, profitez-en, au lieu de perdre inutilement votre temps, pour vous mettre en état de relaxation sophrologique. *Redynamisez en permanence vos forces vitales.* Réparez en quelque sorte les «niveaux» d'énergie.

Mais, mieux encore, on peut redynamiser l'énergie nécessaire à la reprise d'un quelconque travail, physique ou psychique.

Deuxième exercice

Pour ce faire, et après avoir vécu la récupération précédente, je vous propose de prendre la position debout, bien campé sur les pieds, avec une bonne «assise» dans le bassin, les épaules relâchées, la respiration libre. On ferme les yeux

expiration   inspiration

et on va, tout d'abord, établir une respiration énergétique :

— on place une main sur le ventre et l'autre au bas du dos, au niveau de la charnière lombaire, pour prendre conscience qu'à l'inspiration les deux mains s'écartent l'une de l'autre (le ventre se gonfle) et qu'à l'expiration, les mains se rapprochent (le ventre se «dégonfle»). On effectue ainsi une dizaine de respirations, amples et calmes ;

— ensuite, on prend une grande respiration en gonflant le ventre, on retient l'air et on hausse les épaules, plusieurs fois, avant d'expirer l'air en se relâchant. Cet exercice permet le renouvellement de l'air qui, chez la plupart des gens, est souvent vicié, par manque d'amplitude respiratoire. Or l'air est notre «supercarburant». En effet, notre principale source d'énergie est l'air. On peut se passer de nourriture durant plusieurs jours, de boire pendant un ou deux jours, mais de respirer... quelques secondes à deux minutes.

Apprendre à respirer convenablement devrait faire partie de l'apprentissage scolaire. Hélas!...

On pratique cet exercice du haussement d'épaules trois fois, puis on marque un temps de pause, de récupération, en essayant de percevoir toutes les sensations amplifiées, tous les messages que nous adresse le corps ainsi dynamisé : l'air dans les bronches et les poumons, la température, les battements du cœur, etc., mais aussi l'énergétisation obtenue par la pratique de cet exercice.

Cette pause peut se faire debout, les yeux fermés, dans le niveau de vigilance le plus bas possible, afin de profiter, toujours, de la dynamisation de la tonicité de la conscience. En effet, ces exercices ne sont pas seulement un moyen *d'énergétisation physique*, mais aussi psychique.

Troisième exercice

Après une à deux minutes de récupération, on va pratiquer l'exercice, remarquable, du «barattage abdominal». Il s'agit de mobiliser la zone ombilicale et la zone sous-ombilicale, en respiration synchronique. Tout le monde connaît l'importance attribuée par les Orientaux, et notamment les Japonais, à cette région, considérée comme un centre vital de toute première importance (le «hara»). Bien que nous n'ayons aucune preuve «scientifique», l'observation nous a permis de constater que la mobilisation de cette région permettait de dynamiser notre réserve énergétique. La Grande Tradition chinoise parle des centres énergétiques, des «foyers» et des «réchauffeurs» inférieurs situés dans cette zone et qui seraient à l'origine de l'énergie primordiale et de l'énergie alimentaire qui, associées à l'énergie comburante (la respiration, dynamisée par l'exercice précédent), engendreraient *l'énergie vitale*.

181

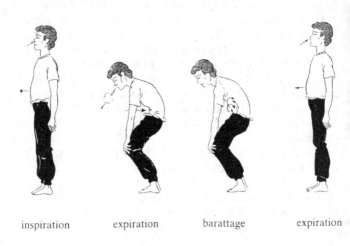

inspiration   expiration   barattage   expiration

Le barattage abdominal se pratique deux fois : une fois poumons « pleins », et une fois poumons « vides ». La première fois, on inspire l'air, toujours en gonflant le ventre, et, en rétention d'air, on rentre le ventre en fermant la glotte et en écartant les côtes, puis on fait bouger le ventre, en le rentrant et en le sortant plusieurs fois. On souffle alors l'air et on récupère quelques instants en prenant conscience des modifications apportées par cet exercice, avant de le pratiquer une deuxième fois, mais en expiration complète : on inspire en gonflant le ventre, puis on expire en se penchant en avant (on peut prendre appui, mains sur le dessus des genoux), et on bouge le ventre, en le rentrant et en le sortant, expiration bloquée. On reprend ensuite la respiration en se relevant et on apprécie toutes les sensations venant de cette région très méconnue en Occident. On essaye, surtout de se rendre compte de la mobilisation énergétique, grâce à la décontraction physique et à la détente mentale.

182

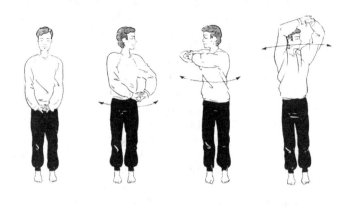

C'est un peu comme si on avait mis d'abord du super avec l'exercice des épaules, puis démarré le « moteur » avec cet exercice du barattage.

Quatrième exercice

Il ne nous reste plus qu'à faire circuler cette énergie et, pour cela, nous allons effectuer un exercice de rotation du tronc en élevant progressivement les mains jointes au-dessus de la tête, sur bassin immobile, avant de pratiquer une rotation complète sur les pieds immobiles. Cet exercice se fait en respiration libre. Ici nous nous appuyons sur le fait que l'énergie semble circuler le long de la colonne vertébrale et que celle-ci, souvent, n'est pas perçue par les Occidentaux que nous sommes... sauf lorsqu'elle est douloureuse, ce qui d'ailleurs la « bloque ».

Debout, les yeux fermés, on croise les mains devant soi, paumes vers le bas, et on tourne le buste, les bras et la tête vers la droite puis vers la gauche, le plus loin possible, lentement, tout en montant d'un cran les mains, à chaque rotation, jusqu'à ce que les mains atteignent le dessus de la tête. Puis on va les redescendre, de la même manière, jusqu'à ce qu'elles retrouvent leur position initiale. On termine alors cet exercice, les bras ballants, en faisant aussi «tourner» les jambes, sur pieds immobiles. Pendant tout l'exercice on essaye de «suivre mentalement» le trajet de l'énergie vitale, le long de la colonne vertébrale et au travers de tout le corps.

Puis, assis, on va s'offrir une période de récupération, toujours les yeux fermés et détendu mentalement, en savourant, à la fois, le repos et la dynamisation. C'est, en effet, ce paradoxe qui est la caractéristique de cette Relaxation dynamique, en même temps récupératrice et mobilisatrice.

Ces trois derniers exercices, le haussement des épaules, le barattage abdominal et la rotation du buste, sont trois exercices qui permettent la mise en branle de l'*énergie vitale*, tout en favorisant la concentration et la prise de conscience. Il faudra les pratiquer régulièrement, une à deux fois par jour, durant un à deux mois, avant d'envisager la pratique d'exercices tendant à la transformation de cette énergie «corporelle», biologique, en énergie psychique. Il est évident que cette transformation s'est déjà effectuée spontanément, sans que nous ayons à intervenir, mais nous pouvons grandement améliorer cette transformation, grâce à des techniques que nous avons mises au point.

1) TRANSFORMATION DE L'ÉMOTION

On peut dire que l'émotion est une réponse énergétique aux stimuli «affectants», exogènes et endogènes, et qui se manifestent au niveau du soma. Que ce soit le stress, la peur, l'angoisse, l'anxiété ou l'amour, la passion, la joie du bonheur, il s'agit toujours du même processus : stimulus-réponse.

Par stimuli «affectants», nous entendons ceux qui «touchent» profondément, qui atteignent notre affect, c'est-à-dire, anatomiquement parlant, notre cerveau végétatif et notamment le circuit limbique et l'hypothalamus. Au niveau corporel, c'est surtout notre «endocorps» qui est affecté par ces stimuli qui peuvent venir de l'intérieur, tels des souvenirs ou des images, ou de l'extérieur, tels des spectacles, la musique, des accidents, etc. Cette énergie peut être comparée à une «pulsion» émanant de nos profondeurs, de notre noyau organismique et qui, en général, se manifeste spontanément, sans possibilité de contrôle... sauf l'inhibition ou le «refoulement» qui est, souvent, un réflexe de survie. La prise de conscience des sensations, que nous avons entraînée avec les exercices précédents, permet une connaissance accrue de la corporalité qui va nous permettre de nous rendre compte de manifestations plus profondes et, donc, de percevoir la manifestation émotionnelle beaucoup plus tôt que d'habitude. En effet, une fois cette manifestation exprimée à «l'extérieur», il est trop tard pour la maîtriser : le bégaiement, la rougeur du visage, les tremblements, les larmes, le cri, etc. sont les expressions ultimes et il faut que «ça sorte»! Par contre, on peut les prévoir si notre attention est attirée dès les premières manifestations, plus profondes, c'est-à-dire au niveau des «muscles lisses», tels des spasmes de l'estomac ou de l'intestin, des «boules» dans l'œsophage, des «crispations», etc. Le contrôle est alors possible en neutralisant cette manifestation énergétique ou en la transformant.

Comment? Il suffit de faire appel à nos moyens physiologiques. Nous avons vu que l'émotion se manifestait par des tensions persistantes, des images persistantes et un monologue persistant.

Notre précédent entraînement nous a appris à nous rendre compte de cela, par le vécu. Aussi nous sera-t-il relativement facile de transformer une image négative en image neutre, voire en image positive, de focaliser notre attention, non plus sur le spasme ou la tension, mais sur une région corporelle non affectée (les pieds, par exemple). On pourra aussi neutraliser le monologue qui entretient le cercle vicieux de la manifestation émotionnelle pénible, en utilisant l'expiration longue (parasympathique) pour mentionner un mot de «calme», de «paix» ou de «quiétude». On peut aussi profiter d'un stimulus affectant positif, mais non conforme aux objectifs du moment, pour le transformer en «émotivation» adéquate. Par exemple, un professeur masculin de terminale féminine peut être affecté par la beauté d'une de ses élèves (ça peut arriver!). Au lieu de refouler ou d'inhiber ce sentiment, il peut, toujours grâce à un entraînement préalable, transformer cette énergie inadéquate quant aux objectifs de sa tâche, en «punch» pour ses cours... C'est ça la maîtrise!

L'inhibition ou le refoulement épuisent, la transformation dynamise.

L'entraînement à ces méthodes est simple. Il suffit, pour cela, d'utiliser le niveau de vigilance profond déjà vu et qui est obtenu par le relâchement musculaire et la détente mentale et, là, se souvenir d'une situation ayant provoqué une manifestation émotionnelle, positive de préférence, car nous nous sommes aperçu que les manifestations émotionnelles avaient tendance à s'exprimer sur des zones corporelles privilégiées, qu'elles soient positives ou négatives. Aussi, pour l'entraînement, il est inutile de stimuler des émotions négatives qui vont, automatiquement, induire des «traces» douloureuses. Autant activer des souvenirs positifs, agréables, qui vont engendrer des «traces» agréables. Ce choix est d'autant plus judicieux que nous soutenons l'idée que toute action sur l'un quelconque des éléments de la conscience (ici l'émotion) entraîne une répercussion sur toute la conscience. Une action négative va donc entraîner une répercussion négative et inversement une action positive une répercussion positive. Or, étant donné qu'il s'agit d'un entraînement à la maîtrise, à la *gestion émotionnelle*, il vaut mieux ne pas prendre le risque de manquer la neutralisation et de se retrouver avec une angoisse douloureuse.

On va donc «chercher» un souvenir émotionnel dans les archives de notre mémoire, afin de le revivre agréablement, de le savourer, d'en ressentir toutes les manifestations positives. Puis, on revient au présent afin de prendre conscience des «traces» suscitées au niveau du corps, des images persistantes et du monologue intérieur qui accompagne ces images et ces «tensions». Une fois «savourées» toutes ces manifestations, et avant de pratiquer la désophronisation, il s'agira de contrôler toute trace émotionnelle grâce à la neutralisation des images par celle de l'objet neutre naturel, du monologue par une respiration synchronique avec un mot de «calme» mentionné pendant une longue expiration (parasympathique désactivant) et par la défocalisation de l'attention par rapport aux manifestations corporelles en se concentrant sur une région «neutre», par exemple les pieds.

Cet entraînement, grâce à sa répétition, va permettre la mise en place d'un réflexe de neutralisation devant toute manifestation émotionnelle. Ce réflexe pourra, ensuite, être ou non utilisé, mis à profit.

Cette capacité de neutralisation va donc développer la maîtrise émotionnelle, c'est-à-dire la possibilité de contrôle des manifestations émotionnelles et non l'inhibition émotionnelle. Cela va donner à l'individu la possibilité de s'impliquer encore davantage dans la relation affective, puisqu'il pourra non seulement contrôler ses propres affects mais aussi saisir ceux de l'autre ou des autres. Cette affirmation pourra paraître paradoxale à certains, mais j'insiste sur le fait que mieux on contrôle les manifestations émotionnelles et plus les relations chaleureuses avec les autres sont possibles car la maîtrise réduit la vulnérabilité.

D'autre part, ce contrôle émotionnel peut être tout à fait comparé à une *maîtrise énergétique*, l'émotion étant une des manifestations de l'énergie primordiale. Quoi de plus fatigant, en effet, qu'une forte émotion non contrôlée, subie. La peur, l'angoisse «coupent les jambes»... l'amour aussi!

Mais, encore une fois, ce contrôle des manifestations émotionnelles n'est pas une inhibition de l'émotion elle-même qui est l'énergie intangible.

2) LE PROJET

Un des excellents moyens de diagnostic de la fatigue est la perte de la faculté de projeter. En effet, le sujet fatigué, las, asthénique, déprimé, ne peut entrevoir le futur. Ou alors il le conçoit de manière négative, à très court terme, sans enthousiasme aucun.

La futurisation positive est, aussi, un moyen de redynamisation que nous employons beaucoup en Sophrologie. Après les exercices d'énergisation corporelle et émotionnelle, cette futurisation positive redevient possible, à plus long terme.

Pour le vérifier, il suffit de reprendre le niveau profond de vigilance et d'imaginer une scène qui se déroulera, réellement, dans un délai choisi. On pourra y «mettre» tout ce que l'on a envie d'y «voir», c'est-à-dire imaginer cette scène dans un lieu préféré, à l'heure de la journée que l'on préfère, dans une atmosphère positive, etc. Mais, attention, tous les éléments projetés ne doivent que nous concerner nous-mêmes, et non les autres... ! On ne va pas imaginer la compagne ou le compagnon tels que nous voudrions qu'ils soient... Si l'on peut parfaitement intervenir sur nous-mêmes, nous ne le pouvons pas sur les autres !

Une fois la scène future bien plantée, on pourra la vivre, la savourer physiquement, émotionnellement, puis revenir aux sensations du présent afin de noter toutes les modifications apportées par cette activation positive du futur.

Nous avons pu constater que cet exercice favorisait grandement le phénomène d'expectative, c'est-à-dire le «désir de», «l'envie de», la motivation, un peu comme si le processus de futurisation positive permettait la mise en route du «moteur» existentiel, de l'«*émoteur*»... Cela n'a rien d'étonnant quand on sait que c'est l'image qui détermine l'action et que le cerveau ne fait guère de distinction entre ce qu'il voit et ce qu'il imagine... Si l'on s'imagine une jolie fille dans son lit, les réactions physiologiques, hormonales et autres, seront très proches de celles de la situation réelle. Aussi les images positives déterminent des actions positives et, hélas, les images négatives déterminent des réactions négatives, même au niveau biologique. Nous avons donc tout intérêt à apprendre à «programmer» notre futur de manière positive et volontaire, plutôt que de nous laisser mener par des «parasites» négatifs qui vont nous détruire à notre insu. C'est là que réside notre part de liberté, même si celle-ci est relative : nous pouvons, pour une certaine part, déterminer notre avenir en nous «auto-conditionnant» positivement. Nous augmentons ainsi nos chances de réussite.

Celui qui dit que «jamais il n'y arrivera» a de grandes chances de rater ses projets qui sont ainsi négativement programmés. Combien d'insomniaques ne se couchent-ils pas en disant ou en pensant qu'ils ne vont pas dormir... Hélas, ils y parviennent! Essayons donc de changer cet état d'esprit et de bâtir notre avenir d'une manière plus responsable et plus autonome, sans être systématiquement conditionnés par notre éducation ou notre culture.

Une application très intéressante de cette futurisation positive est la préparation positive à la résolution de problèmes ou d'obstacles futurs. En général, les individus butent toujours sur cet obstacle à venir, qu'ils ne voient que sous l'angle le plus négatif. Souvent d'ailleurs cet obstacle prend progressivement des dimensions très exagérées qui conditionnent alors inexorablement l'échec. La solution réside dans le dépassement positif de l'obstacle, c'est-à-dire dans une futurisation qui va au-delà du problème et qui peut n'avoir aucun rapport avec lui. Ce dépassement va permettre la relativisation de l'obstacle en le replaçant à sa juste place.

L'exemple de la préparation à l'accouchement est typique. En effet, beaucoup de futures mamans appréhendent ce moment et gâchent toute leur grossesse du fait de cette crainte, de leur angoisse même. En futurisant non plus l'accouchement, mais leur enfant à trois mois, puis à deux mois, puis à un mois, avec tout le positif que constitue la joie d'être mère, d'allaiter, de cajoler, etc., les mamans vont relativiser l'accouchement proprement dit qui ne sera plus que l'épiphénomène obligatoire et non plus un mur insurmontable. Elles ne seront plus «enceintes d'un accouchement», mais bien d'un bébé... Il en est exactement de même pour les préparations aux examens, où l'on demande à l'élève de commencer par futuriser les vacances qui suivront, lui en pleine forme... heureux d'avoir réussi. Non seulement cette préparation va déconditionner la peur de l'examen lui-même, mais va réamorcer la motivation au travail... puisque le résultat sera favorable...

Dans la préparation des sportifs aux épreuves de compétition, cette technique a prouvé son efficacité pour résoudre les «complexes» d'échec... ou de victoire! Nous avons obtenu d'excellents résultats dans les domaines de la voile, du football, de l'athlétisme, du tennis, du golf et du tir à l'arc, mais les applications peuvent être envisagées dans les autres sports également.

En thérapie, et notamment en kinésithérapie, les résultats ont été tout particulièrement probants. En effet, tout individu «blessé» dans son corps l'est aussi dans son esprit. Un sujet plâtré à la suite d'une fracture de jambe ne peut plus envisager facilement la marche normale, une fois la fracture consolidée, aussi n'est-il que très peu motivé à participer à la rééducation: il demeure très passif et c'est le kinésithérapeute qui doit effectuer tout le travail. Nous avons pu constater que non seulement ces techniques de futurisation positive de la marche réduisaient considérablement le délai de rééducation mais que, surtout, la consolidation de l'os s'effectuait aussi beaucoup plus rapidement (c'est l'image qui détermine l'action...!). Pouvoir constater que dans trois mois, par exemple, on va pouvoir marcher met en branle un processus positif, un mouvement de guérison, alors que le seul constat des dégâts au présent entraîne une passivité négative, une inertie, un «*à quoi bon, puisque...*».

La futurisation positive met donc en marche un processus énergétique constructif, structurant, actif, s'opposant à la stagnation passive, déstructurante. Elle est aussi un remarquable remède contre la plus grande tare de l'être humain, tare souvent appelée fatigue, mais qui, en fait, est de la paresse... C'est la paresse qui me paraît être le vrai péché originel. La fatigue n'est souvent que l'expression de cette paresse, son « excuse », son alibi ! Sa solution est la mobilisation de l'énergie...

3) LA CRÉATIVITÉ

La Créativité est l'un des moyens les plus sophistiqués qui permettent la mise en marche de l'énergie, afin de combattre la fatigue, mais c'est aussi l'un des moyens les plus prodigieux.

Comme il a été ici souvent répété, il est indispensable de mobiliser l'énergie physique avant d'entreprendre une mobilisation de l'énergie psychique. Nous avons vu les moyens d'une telle activation et l'on pourra, ensuite, la « transformer » en créativité.

La stimulation de la créativité exige la prise de conscience des modalités d'expression de sa fonction essentielle, je veux parler de l'intuition.

Si la *sensorialité* s'exprime principalement au niveau du corps et si l'émotion se manifeste corporellement par des images et par le monologue persistant, l'intuition s'exprime presque exclusivement par des images. Mais ces images ne sont pas celles de l'imagination volontaire, mais bien celles de l'imagination spontanée. En effet, on peut « fabriquer » volontairement des images, « créer » de toutes pièces des scènes, des personnages, etc., mais il ne semble pas que cela soit de l'authentique créativité. Celle-ci est le fruit de l'imagination spontanée, celle qui se manifeste sous forme d'images qui viennent « d'on ne sait où », de sortes de flashes imprévus et sidérants, mais emplissant de joie et de « certitude » celui qui les vit. Il se produit alors une énergisation immédiate, procurée par ce dépassement de l'expérience ordinaire, c'est-à-dire par une transcendance.

Cependant, là encore, l'entraînement préalable est nécessaire car, si la créativité peut être tout à fait naturelle et se produire spontanément, elle est cependant rare et imprévisible. Il s'agit donc de « s'habituer » à la créativité en l'invitant à se manifester...

Pour cela, nous utilisons le niveau profond de vigilance, ou niveau liminal, qui favorise, nous l'avons vu, la création d'images. Puis nous mettons en route l'imagination volontaire avant de laisser « filer » l'imagination spontanée.

Ces images nous surprennent toujours : des lieux jamais vus, des personnages inconnus, des animaux, d'épaisses forêts, etc. Nous ne saisissons que très rarement la signification profonde de ces images : il faut savoir attendre un certain délai. C'est un peu comme s'il y avait un aveuglement dans l'immédiat et que seule une « incubation » de quelques jours pouvait « dévoiler » le contenu de ce « rêve » éveillé. Car il s'agit bien de reproduire le phénomène onirique, mais de manière éveillée. Le rêve se produit lorsque nous dormons, mais pendant une phase toute particulière, nommée phase paradoxale, qui s'avère être une période indispensable à la survie des individus et sans laquelle nous mourrions rapidement. Il s'agirait donc d'une période de *récupération extraordinaire, d'énergétisation.* Par de multiples aspects, l'onirie éveillée ressemble beaucoup au vrai rêve. Les images elles-mêmes sont du même type que celles du rêve « nocturne », l'impression de récupération après ces expériences de rêve éveillé est extraordinaire...

L'avantage de cette onirie éveillée est que nous pouvons systématiquement nous souvenir des images vécues pendant l'expérience, ce qui n'est pas toujours le cas le matin, après une nuit au cours de laquelle nous avons sans doute vécu cinq rêves... La plupart du temps nous ne nous souvenons plus que du dernier... et encore !

De plus, tout le « matériel » recueilli va énormément nous servir pour une interprétation ultérieure. Mais attention, il ne s'agira pas d'une interprétation analytico-logique! Ces images oniriques doivent être interprétées comme on interprète Ronsard ou Mozart... Il faut laisser notre fonction intuitive «deviner», capter le sens du message contenu dans les images, message symbolique.

Or, le symbole est un transporteur et un tranformateur d'énergie. Il contient en lui les opposés, le + et le –, le blanc et le noir. Il n'y a pas de rêves négatifs, de cauchemars, il y a des rêves d'intensités significatives de différence.

Le symbole est le moyen d'expression de ce qui est appelé «l'inconscient». Le meilleur moyen de décrypter le symbole est de le laisser «incuber» un certain temps, de faire en sorte qu'il se révèle lui-même à la compréhension. Il se manifeste alors sous la forme d'une certitude «absolue» qui procure une force de conviction et de détermination incontestable, même s'il n'y a pas d'explication logique.

D'autres exercices peuvent être des «déclencheurs» d'images symboliques et le principe est toujours le même: mettre en route l'imagination volontaire puis laisser venir l'imagination spontanée. Ces exercices ont, en outre, l'avantage de permettre le développement de l'hémisphère droit qui, dans notre culture occidentale, est étouffé par le gauche, celui de l'analyse et de la logique.

4) LA MÉDITATION

Une fois «habitués» à cette nouvelle lecture de nous-mêmes, à l'écoute de nos messages symboliques, à la prise de conscience de ces structures sous-jacentes qui nous gouvernent, et une fois aussi harmonisées nos structures présentes qui pourront accueillir sans frémissement et sans aliénation toutes ces révélations profondes, nous pourrons aborder un autre moyen de dynamisation de notre conscience : la méditation.

Il s'agit sans doute ici du meilleur antidote de la fatigue mais nous ne pouvons efficacement l'utiliser qu'après avoir développé les trois fonctions essentielles que nous venons de voir : la corporalité, l'émotion et l'intuition.

En effet, la méditation, contrairement à une opinion souvent répandue, n'est pas un exercice « mental » mais une implication de tout notre être dans une ouverture totale, holistique, universelle. Il s'agit donc d'un exercice périlleux pour les pratiquants qui n'ont pas pris conscience de leur corporalité : s'il est relativement facile de « partir » dans un « autre monde ». Il faut « revenir » ici et maintenant assumer notre « quotidienneté ». Il ne s'agirait sinon que d'une évasion de notre responsabilité et de notre autonomie qui n'aurait, à mes yeux en tout cas, aucune valeur.

Une fois donc acquises ces prises de conscience du corps, du sentiment et de l'intuition, on pourra pratiquer la méditation qui va nous permettre, non seulement de « récupérer » dans un moment de fatigue, mais surtout de prévenir cette fatigue, si elle est régulièrement pratiquée. Je ne connais pas de moyen plus efficace.

Comme nous l'avons fait jusqu'à présent, nous pratiquerons, en position debout, une relaxation physique de la tête aux pieds, puis une détente mentale au rythme de l'expiration. Il sera bon, alors, d'effectuer un ou deux exercices de Relaxation dynamique, et notamment le barattage abdominal, avant de s'asseoir pour approfondir le niveau de vigilance.

Puis, il faudra prendre ce que nous appelons la « posture anatomique » : on quitte l'appui dorsal sur le dossier du siège et l'on place le bassin au bord de la chaise. Les genoux sont alors plus bas que le bassin, cuisses écartées, les pieds sous le siège, le dos est parfaitement droit, les épaules doucement en arrière et le menton légèrement rentré. Il s'agit d'une posture tirée de celle du Za Zen[1], mais occidentalisée par la chaise... Cette posture est, à la fois, confortable et élégante, et elle libère la respiration et toutes les fonctions vitales de l'individu. On place alors les mains sur le bas-ventre, un poing fermé et recouvert par l'autre main, entre ombilic et pubis. C'est sur cette région que se concentrera toute l'attention, sur cette «respiration» abdominale basse, les mains accompagnant l'expiration d'une très légère pression, relâchée à l'inspiration.

Ensuite, on va entrouvrir les paupières, le regard dirigé vers le sol, à un mètre, environ, des pieds, sans «voir» quoi que ce soit de particulier, en laissant le regard «vague».

Il s'agit alors de «laisser venir» l'énergie vitale, à partir de ce point particulier du bas-ventre, comme si son centre se situait là et qu'à chaque expiration, nous la mobilisions. Afin de faciliter la concentration, on peut ajouter une respiration synchronique avec la mention intériorisée des deux mots «énergie vitale»: chaque fois que l'on souffle l'air, on prononce intérieurement ces deux mots. Il faut alors posséder la patience d'attendre que cette énergie se manifeste, sous forme de sensations (chaleur, «vibrances», etc.), de couleurs (blanc, jaune, ocre, rouge, etc.), d'images (volcans, mer, cascades, etc.).

Lorsque l'on aura senti, vécu cette mobilisation énergétique assez extraordinaire, on pourra reprendre une position confortable, en appui dorsal, fermer les yeux et savourer tous les bénéfices acquis au cours de cette séance: l'énergétisation, la dynamisation, l'activation de toutes les fonctions. On pourra aussi «transformer» cette éner-

---

1. Za Zen: pratique méditative d'origine chinoise puis reprise par les Japonais. Il s'agit d'une posture assise sur un coussin, en silence, les yeux semi-ouverts.

gie mobilisée en une «qualité» que l'on a envie de renforcer et de développer.

Le langage symbolique peut aussi, évidemment, se manifester au cours de ces méditations et nous avons vu les effets bénéfiques et énergétisants de telles manifestations. Par cette technique, nous nous mettons en prise directe avec nos structures profondes, avec notre noyau «organismique», avec le «chaudron» de l'énergie primordiale qui nous anime tous. Si l'on a pris toutes les précautions déjà mentionnées, il n'y a aucun danger car nous nous sommes préparés à la réception de toutes les manifestations de notre monde intérieur.

La pratique régulière de cette méditation développe aussi l'intuition, favorise l'apparition nocturne des rêves et leur souvenir au matin, sans doute par la perméabilisation des «frontières» entre conscient et inconscient. L'énergie mobilisée favorisera le maintien de notre force vitale, de notre élan, de notre capacité d'enthousiasme, de nos facultés de futurisation et de projections positives.

On pourra, ensuite, placer directement le thème de notre méditation sur l'expiration de notre respiration dynamisante et, toujours, laisser venir ce que notre «être intérieur» a à nous révéler sur ce thème. Il faut baisser les phares de notre raison afin de laisser luire, à l'intérieur, l'illumination de l'intuition...

C'est en apprenant à développer ainsi toutes nos capacités que nous n'aurons plus le temps d'être fatigués...! Si le moteur de la motivation existentielle est en marche, la vie est une aventure merveilleuse dont le sens philogénétique est inscrit depuis toujours dans l'histoire de l'Univers : le développement et l'évolution. La fatigue n'est souvent que la manifestation d'un désintérêt chronique pour l'existence, qu'un ennui dû à la paresse de recherche et d'action. Or la découverte et la connaissance de ce que nous sommes entraînent l'enthousiasme et, alors...

Un cadeau en guise de conclusion

Je ne résiste pas à la tentation d'offrir au lecteur sceptique un cadeau qui lui permettra de prendre conscience, très rapidement, de la possibilité de mobiliser son énergie et de se «réveiller»...

J'ai trouvé les exercices de cette «toilette dynagogique» chez les anciens Chinois qui, mieux que quiconque, ont su observer la nature, ses cycles, ses lois, et en tirer des bénéfices de sagesse et de longévité.

Tous les matins, dans la salle de bains, debout et bien décontracté, massez d'abord les pavillons de vos oreilles, de haut en bas, en les prenant entre les pouces et les index repliés de chaque main. Une fois ce «massage» effectué neuf fois, vous marquez un temps d'arrêt, les yeux fermés, pour savourer les premiers effets de cette toilette.

Ensuite, vous placez la paume de vos mains sur les oreilles, les doigts dirigés en arrière et vers le haut, de telle manière que la protubérance de la base du pouce (l'éminence thénar) bouche le conduit auditif. Vous allez alors tapoter sur le crâne avec vos index en les faisant glisser sur vos médius, à la manière d'un tambour. Vous entendrez résonner ce tambour très profondément en vous.

Puis, après un instant de récupération, vous effectuerez un massage du visage avec la deuxième phalange de vos pouces repliés et préalablement échauffés en les frottant l'un avec l'autre : les sourcils, les paupières, de chaque côté du nez, les pommettes, les lèvres, le menton. Frottez alors les mains et massez-vous tout le visage, de haut en bas. Marquez un temps d'arrêt, les yeux fermés, et accueillez toutes les sensations qui vous parviennent, savourez l'énergétisation profonde.

Il faut remarquer que ce sont là des gestes que beaucoup d'entre nous pratiquent spontanément... Ne nous frottons-nous pas les paupières, lorsque nous sommes fatigués?

Ensuite, effectuez un massage de la région ombilicale avec la paume de vos mains, en tournant autour de l'ombilic, tantôt dans un sens avec votre main droite, tantôt dans l'autre avec votre main gauche.

Enfin, massez-vous la région lombaire en vous penchant légèrement en avant et en frottant de bas en haut et de haut en bas, alternativement, les masses musculaires qui se trouvent de chaque côté de la colonne vertébrale, au niveau de la charnière.

Maintenant, asseyez-vous quelques instants, relâchez-vous bien et appréciez toutes les modifications apportées par cette toilette dynagogique... Savourez la circulation énergétique.

Après ces dix minutes, vous allez débuter la journée en pleine forme. La fatigue ne doit pas être combattue seulement lorsqu'elle est là, mais avant qu'elle apparaisse. Prévenons-la et nous n'aurons pas besoin de la guérir. Mais, si elle apparaît quand même, sachons la respecter et l'écouter: apprenons aussi à nous arrêter de temps à autre...

QUATRIÈME PARTIE

Les ions négatifs en plus la fatigue en moins! ou comment réapprendre à respirer

par le Dr Hervé Robert

Introduction

Il était une fois un vieil homme très sage, nommé Lao-tseu qui vivait il y a vingt-six siècles en Chine. Un jour, il réunit toutes ses pensées et élabora une doctrine philosophique. Ainsi naquit le Taoïsme qui considère que l'Homme est le siège d'une Energie vitale qui a deux composantes, le Yin et le Yang, qui ne s'opposent pas, mais se complètent :

— l'homme est Yang, la femme est Yin,
— la lumière est Yang, l'ombre est Yin,
— l'extérieur est Yang, l'intérieur est Yin,
— l'activité est Yang, la passivité est Yin.

La science moderne a retrouvé aujourd'hui cette dualité dans notre corps :

— à un muscle fléchisseur agoniste correspond un muscle extenseur antagoniste,
— notre système neurovégétatif, qui régit le fonctionnement de nos organes et de nos viscères, comprend le sympathique et le parasympathique aux effets contraires,
— une sécrétion hormonale est un phénomène positif ; quand la quantité produite est suffisante, elle est inhibée par un système de régulation à effet négatif.

Et si nous descendons dans l'infiniment petit, au plus profond de la Matière : l'atome est formé d'un noyau chargé positivement, entouré d'électrons négatifs.

La médecine chinoise traditionnelle définissait la santé comme l'harmonie entre le Yin et le Yang. Tout déséquilibre, qu'il s'agisse d'un excès de Yang, ou d'un manque de Yin ou le contraire, favorise la maladie.

L'Homme est un microcosme fait à l'image du macrocosme, il est un reflet de l'Univers dont le ciel est Yang et la terre est Yin. Notre organisme est en interaction constante avec le monde où il vit : il subit notamment les influences des saisons et des changements météorologiques, ainsi que de la pollution. Que ses effets soient nocifs ou bénéfiques, nous sommes en résonance avec la Nature, elle agit sur nous comme nous pouvons agir sur elle...

Vous avez certainement perçu un jour cette sensation de bien-être dans une odorante forêt de pins ou dans un champ qui sent l'herbe mouillée, après l'orage, ou encore au pied d'une cascade ou sur une jetée, le visage tendu vers les embruns marins.

Au risque de paraître bien terre à terre et peu sensible à la poésie, je dois vous dire que ces impressions délicieuses ne sont pas seulement dues au fait d'être près de la nature ou à l'air pur. Elles viennent surtout d'une importante concentration d'ions négatifs dans l'atmosphère ($8000/cm^3$ à la montagne, $1200/cm^3$ à la campagne).

Par contre, avant un orage, n'avez-vous jamais ressenti cette sensation d'oppression respiratoire et de jambes lourdes aboutissant à une grande fatigue, avec l'impression de ne plus pouvoir avancer et de vous « traîner » ?

Les alpinistes savent qu'il existe au sein des montagnes des passages maudits où ils sont pris de malaises avec asphyxie, vomissements et chute de la tension artérielle pouvant aboutir à une perte de connaissance.

Quant au fœhn, ce vent chaud qui vient d'Italie

et traverse les Alpes, son apparition entraîne un état d'irritabilité, la survenue d'idées noires, un manque de conccntration et une grande asthénie avec baisse de la capacité de travail.

Dans l'air confiné d'un bureau enfumé et malgré la climatisation, s'installe une «ambiance électrique» entre employés qui peuvent par ailleurs souffrir de maux de tête, de troubles de la mémoire et d'une fatigabilité accrue.

Contrairement à ce que l'on croit trop souvent, ces phénomènes ne sont pas dus seulement à une ambiance stressante ou à des «états d'âme». Ces impressions désagréables, génératrices d'asthénie, sont désormais expliquées: les scientifiques ont en effet montré que ces perturbations correspondent à la présence dans l'air d'un excès d'ions positifs, mais surtout à l'effondrement des ions négatifs. Ces derniers se trouvent à des concentrations de 50/cm^3 dans un bureau où travaillent plusieurs personnes; or, pour être «bien dans son élément», l'homme doit vivre dans une atmosphère contenant au moins 1200 ions négatifs par cm^3.

Nous allons essayer de mieux faire connaissance avec ces ions positifs et négatifs en voyant comment ils se forment dans l'air atmosphérique, puisque leur présence y est indispensable à notre survie, car leur déséquilibre quantitatif et qualitatif est un facteur important de fatigue.

Cette découverte vous permettra ainsi de comprendre que ce sont (contrairement à leur nom) les ions négatifs qui sont les plus bénéfiques pour notre santé et que leur absence ou une trop forte concentration d'ions positifs constitue un important facteur de fatigabilité.

I. L'IONISATION ATMOSPHÉRIQUE

1) HISTORIQUE

Dans la Bible, il est écrit : «Tu ne jugeras pas quand souffle le sharav.» Il s'agit d'un vent qui va du désert arabique vers le Moyen-Orient et provoque des troubles de l'humeur avec une instabilité du caractère, ce qui ne crée pas en effet les conditions de sérénité idéales pour rendre la justice. On sait aujourd'hui que le sharav est chargé d'ions positifs aux effets néfastes.

L'influence sur l'homme des modifications météorologiques avait déjà été perçue dans la Grèce antique. Hippocrate notait dans son traité *Des airs, des lieux et des eaux* qu'il fallait, pour expliquer un trouble «tenir compte avant tout d'une modification du temps et du climat».

En 1750, Benjamin Franklin découvrait l'électricité atmosphérique. En fixant un fil métallique sous un cerf-volant qu'il fit voler à très haute altitude, il constata qu'un courant électrique parcourait le fil et que, si on le mettait au contact d'un objet métallique, il se produisait une étincelle. Cette expérience audacieuse et particulièrement dangereuse fut d'ailleurs fatale à plusieurs scientifiques qui voulurent la répéter.

En 1775, le père Beccaria écrivait : «La nature fait un grand usage de l'électricité atmosphérique pour développer la végétation», mais ce ne fut qu'en 1780 que l'abbé Berthelon mit au point un appareil électrique baptisé «l'électro-végéto-mètre» qui favorisait la croissance végétale. Il produisait en fait des ions sans que son concepteur le sache.

Dès 1783 furent publiés les premiers travaux sur les bienfaits de l'électricité atmosphérique dans le traitement de nombreuses maladies.

A la fin du XVIIIᵉ siècle, de Saussure mentionnait

la santé surprenante et l'étonnante longévité de personnes vivant dans une maison située au pied d'une cascade.

Mais ce ne fut qu'en 1899 qu'Elster et Geitel prouvèrent l'existence des ions, responsables de la charge électrique de l'air.

Plus près de nous, ce furent les Russes et surtout Tchijevski qui, vers 1930, étudièrent l'action des ions sur les phénomènes vitaux. Au même moment, aux Etats-Unis, Honselle notait qu'un de ses collègues de laboratoire avait des sautes d'humeur qui coïncidaient avec le changement de polarité d'un générateur électrostatique avec lequel il faisait des recherches. Quand la polarité était positive, il était fatigué et irritable. Lorsqu'elle était négative, il était en pleine forme et euphorique.

En France, ces vingt dernières années, Métadier, Olivereau et Breton furent les principaux universitaires à s'intéresser à l'ionisation de l'air mais leurs travaux n'eurent guère d'impact dans la vie courante, contrairement à ce qui se produisit en Union soviétique et surtout aux Etats-Unis après les publications de Rager.

2) QU'EST-CE QU'UN ION?

La matière est faite de molécules, elles-mêmes formées d'un certain nombre d'atomes qui sont constitués d'une part d'un noyau positif, et d'autre part de charges négatives appelées électrons.

L'atome d'oxygène, par exemple, comporte un noyau central positif à 8 protons, entouré de 8 électrons qui gravitent en orbite sur 2 couches concentriques (cf. schéma 1).

Les 2 charges étant égales, cet atome est neutre, on dit qu'il est à l'état fondamental; l'atome d'oxygène est neutre.

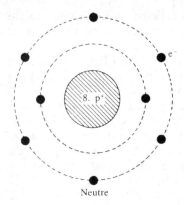

Neutre

Mais dans certaines conditions, que nous verrons plus loin, grâce à un apport d'énergie, un atome peut perdre ou gagner un ou plusieurs électrons. Il se charge alors électriquement et devient un ion. La capture d'un ou plusieurs électrons crée un ion négatif; la perte d'électrons crée un ion positif car, en l'absence de ces électrons, c'est la charge positive du noyau qui l'emporte.

Les molécules elles aussi peuvent être ionisées. Il en est ainsi dans l'air pour l'azote, le gaz carbonique, l'hydrogène et l'eau qui se chargent positivement. Les ions négatifs sont surtout des ions d'oxygène et c'est de leur présence en quantité suffisante dans notre environnement que dépendra notre sensation de bien-être.

3) FORMATION DES IONS

Diverses sources existent, nous allons les envisager successivement.

a) Les rayons cosmiques et les rayons ultraviolets

Chaque seconde, des trillions de particules cosmiques venant du système solaire pénètrent dans l'environnement terrestre. Quand ces particules entrent en collision avec les molécules de l'air atmosphérique, le choc arrache des électrons à ces molécules qui s'ionisent. Leur grande pénétration leur permet de traverser les toits et les murs les plus épais. C'est ainsi que même un local clos peut avoir un air ionisé. Plus l'altitude est élevée, plus cette action ionisante est importante, d'autant que s'y ajoute l'effet des rayons ultraviolets.

b) La radioactivité naturelle

Grâce aux roches terrestres et notamment celles qui sont granitiques, il existe des éléments radioactifs dans la nature (comme le radium, l'uranium ou l'actinium) dont la désintégration dans l'air produit des gaz comme le radon. Au cours de ces réactions sont émis des rayonnements ionisants alpha, bêta et gamma dont la vitesse est proche de celle de la lumière et qui produisent dans l'air de 30 000 (rayons gamma) à 250 000 paires d'ions (rayonnement alpha).

Ce phénomène disparaît au-dessus de 1 000 mètres et n'existe pas au niveau des mers et des océans.

c) La photosynthèse des plantes

Sous l'action de la lumière solaire, on a une captation de l'hydrogène ionisé par la chlorophylle qui libère ensuite des ions négatifs d'oxygène dans l'air ; d'où l'importance des espaces verts dans les villes où l'atmosphère est chargée de poussières et de fumée.

De même, le plancton marin fournit 80 % de l'oxygène ionisé de notre atmosphère, il faut donc préserver la propreté de la mer et des océans car, si leur surface est polluée par du mazout ou des substances non biodégradables, l'énergie solaire pénètre mal dans l'eau.

d) La pulvérisation des liquides

Il existe une double couche électrique à la surface de l'eau. Lors d'une pulvérisation aqueuse on a une dispersion des gouttes qui, en retombant sur une surface solide, produisent des ions négatifs en grande quantité. C'est «l'effet Lenard» qui survient lors de grosses pluies, près des cascades et des jets d'eau ainsi que des vagues déferlantes. On peut aussi créer le même phénomène en prenant tout simplement une douche.

e) Les orages

Au cours d'un orage, les champs électriques des nuages créent des décharges avec la terre, augmentant de façon importante l'ionisation de l'air que nous respirons. Compte tenu de l'existence de 30 000 éclairs par heure dans le monde, ce phénomène constitue une source notable d'ionisation.

f) Les incendies de forêt et les éruptions volcaniques

Ils occasionnent une élévation thermique favorisant des réactions chimiques qui apportent aux molécules un surcroît d'énergie qui permet l'ionisation et contribue (malheureusement cette fois...) à enrichir l'air en ions négatifs.

g) Les aiguilles de pin

Une triboélectricité est produite grâce au vent par le frottement des aiguilles de pin (ou même à un moindre degré des brins d'herbe). Le principe de cette production d'ions par «effet de pointe» est d'ailleurs utilisé dans la conception des ioniseurs d'air.

4) COMMENT DISPARAISSENT LES IONS ?

En même temps que se créent des ions, d'autres sont détruits : d'une part quand un ion positif rencontre un ion négatif, d'autre part quand ils sont absorbés par les surfaces solides qu'ils percutent (objet, mur, gaine de ventilation) et par les grains de poussière et de fumée qui sont eux-mêmes, ensuite, attirés par un support auquel ils adhèrent fortement.

5) LES IONS SONT-ILS INDISPENSABLES ?

Dans un cm^3 d'air il y a environ 27 milliards de molécules neutres et seulement quelques milliers d'ions. On pourrait penser que le rôle de ces derniers est négligeable et pourtant des expériences nous prouvent le contraire :
— Tchijevski fit respirer à des animaux de laboratoire un air privé d'ions, ils moururent en quelques jours.
— Des plongeurs de la Marine nationale, dont les bouteilles d'air comprimé avaient été remplies depuis trop longtemps, durent remonter rapidement à la surface malgré un mélange gazeux correct. Au fil des jours, les ions s'étaient fixés sur la paroi métallique des bouteilles et leur absence dans le mélange ne permettait plus de respirer normalement.

La présence d'ions est donc nécessaire à la vie, ils agissent même en très faible quantité, comme les enzymes, les vitamines ou les oligo-éléments.

6) CONCENTRATION DES IONS DANS L'AIR

La quantité d'ions dans l'atmosphère varie en fonction de nombreux facteurs (nature du lieu, altitude, conditions météorologiques, pollution). Mais pour fixer les idées, donnons quelques chiffres :

Lieu	nombre d'ions négatifs par cm³
Au pied d'une cascade	10 000 à 50 000
A la montagne	8 000
Au bord de la mer	4 000
En forêt	3 000
A la campagne	1 200
Dans une ville peu polluée	300
Dans une ville enfumée	50
Dans un local habité	25
Dans une voiture	15

Cette ionisation a une double polarité électrique. Rappelons que schématiquement, les ions positifs ont des effets néfastes alors que les ions négatifs ont une action bénéfique.

On constate une augmentation de la concentration dans l'air d'ions négatifs dans les circonstances suivantes :

— après l'orage et la pluie,
— au soleil,
— en forêt,
— en altitude,
— au bord de la mer, près des vagues,
— non loin d'une cascade, d'un jet d'eau et sous une douche.

Inversement, d'autres facteurs favorisent l'apparition d'ions positifs (et par là même la baisse du nombre d'ions négatifs) :

— avant l'orage (temps lourd),

— aux équinoxes (fatigue des changements de saison),

— lors de la nouvelle lune et de la pleine lune,

— en hiver,

— en cas de vents chauds et secs (fœhn, sharav, autan),

— dans certains lieux à la montagne («trous de l'Enfer», «trous du Diable»),

— par l'augmentation de l'humidité ambiante (d'où l'aggravation des douleurs rhumatismales),

— par l'augmentation de l'activité solaire,

— par la présence de brouillard (*fog* de Londres),

— en air confiné (domicile, auto, transports en commun, école, bureau, usine),

— en air conditionné,

— près d'un appareil de chauffage électrique,

— devant un écran d'ordinateur ou de télévision,

— près d'un four à micro-ondes,

— par la pollution due au tabac, à la poussière, aux gaz de combustion des voitures ou de chauffage.

A la campagne, il y a environ 12 ions positifs pour 10 ions négatifs mais, dans un local fermé et habité, la proportion est de 50 ions positifs pour 1 ion négatif.

Yaglou a montré que dans un local de 16 m^2 non aéré et vide où il y avait au départ 240 ions/cm^3, 20 minutes après et du fait de la présence de 6 personnes, on n'en retrouvait plus que 50.

Il faut savoir que les ions négatifs, plus mobiles et plus petits, se détruisent plus vite que les gros ions positifs qui sont fixés sur des poussières et des particules de fumée, ce qui les rend d'autant plus nocifs.

Notre organisme est surtout sensible à ces brusques variations de concentration ionique, et principalement à la baisse du nombre d'ions négatifs. En fait, ce sont presque tous des ions oxygène qui ont une action d'une part grâce à l'oxygène, qui est nécessaire à tous les phénomènes vitaux et d'autre part par l'intermédiaire de leur charge électrique qui apporte une énergie utilisable pour les échanges biochimiques au niveau des membranes cellulaires.

7) ACTION BIOLOGIQUE DES IONS

Si l'action des ions n'avait été étudiée que sur l'homme, on aurait toujours pu suspecter la subjectivité de ses réactions ou la suggestion induite par les expérimentateurs. Mais fort heureusement, de nombreux travaux ont aussi porté sur les microbes, les végétaux et les animaux.

a) Action sur les micro-organismes

Des cultures de germes « bombardées » par des ions négatifs sont détruites à 97 % au bout de 100 minutes. Quant à l'air d'un local soumis à une ionisation d'ambiance, on remarque qu'il est stérilisé à 88 %. Ces ions s'opposent donc à la prolifération des microbes et leur présence permet une protection contre la transmission des maladies contagieuses, notamment en collectivité.

b) Action sur les plantes

En présence d'ions négatifs, les végétaux connaissent une augmentation de leur poids sec et de la longueur de leur tige, ces résultats étant proportionnels à la concentration de ces ions dans l'air. Inversement, si l'atmosphère de culture ne contient que 30 ions négatifs/cm^3, au bout d'un mois, les tiges sont anormalement petites et les feuilles toutes molles. Les scientifiques ont montré qu'en présence d'ions, les plantes augmentent leur consommation d'oxygène et subissent une activation du cytochrome C.

c) Action sur les animaux

Au niveau microscopique, si l'on s'intéresse à la culture de cellules isolées à partir du tissu conjonctif, on constate que leur croissance est augmentée en présence d'ions négatifs mais ralentie dans une atmosphère où prédominent les ions positifs.

Chez les insectes, diverses expériences furent effectuées :

— dans une culture de vers à soie effectuée en air ionisé négativement, on note :

• une nette augmentation du taux de croissance des larves,

• une majoration de la synthèse de nombreuses enzymes indispensables au métabolisme,

• un début plus précoce de filage du cocon,

• un cocon aux couches de soie plus épaisses et de poids plus important ;

— chez des mouches à viande soumises à des ions positifs pendant 45 minutes, on constate une hyperactivité fébrile ;

— par contre, si on retrouve une agitation chez des pucerons mis en atmosphère d'ions positifs, on note au contraire une baisse de l'activité de ces animaux qui deviennent plus calmes si on augmente brutalement la quantité d'ions négatifs (avec une chute soudaine des ions positifs).

De ces expériences, on tire deux enseignements :

— d'une part l'activité des ions négatifs est

incontestable et s'observe chez l'animal dans un contexte qui élimine l'effet possible de l'action psychologique ;

— d'autre part, on a le plus souvent une action des ions positifs contraire à celle des ions négatifs, ce que l'on confirme lors de multiples études sur l'organisme humain.

d) Chez l'homme

— Vog et Guillerm ont gardé des volontaires dans un air contenant 20 000 ions négatifs/cm^3 pendant 24 heures. Ils ont trouvé, en étudiant les gaz du sang, une majoration de la concentration en oxygène et une diminution de gaz carbonique alors que les ions positifs provoquent l'effet contraire.

— Windsor et Becker soumirent des sujets à l'inhalation de 32 000 ions/cm^3 émis à quelques centimètres du nez pendant 20 minutes. Ceux qui étaient exposés aux ions positifs constatèrent l'apparition d'un dessèchement de la gorge, d'une raucité de la voix, de maux de tête et d'une baisse de la capacité respiratoire de 30 %. Ceux qui respirèrent des ions négatifs ne se plaignirent d'aucun trouble, tout au plus d'un très léger picotement des yeux et de la gorge pendant l'exposition mais rien au-delà.

En fin de compte, si nous concentrons notre intérêt sur l'action de l'ionisation négative, qui est bénéfique pour notre organisme, nous constatons d'après les expériences effectuées que les ions négatifs :

— augmentent le nombre de globules rouges,
— rendent le sang plus fluide,
— régularisent la tension artérielle,
— améliorent la capacité respiratoire,
— luttent contre les phénomènes allergiques,

— évitent les migraines,
— cicatrisent les lésions digestives,
— favorisent la disparition des lésions de la peau,
— rendent rapidement indolores les brûlures,
— préviennent les infections,
— aident à lutter contre le stress,
— calment l'angoisse,
— harmonisent le sommeil,
— améliorent les performances musculaires,
— combattent le vieillissement.

C'est dire combien notre corps peut tirer bénéfice de l'ionisation négative.

II. L'IONISATION ARTIFICIELLE

Dans les endroits fermés et habités (domicile, bureau, atelier, auto) la quantité d'ions négatifs est insuffisante dans l'air puisqu'elle est constamment inférieure à 50 ions/cm^3; nous sommes donc forcés d'avoir recours à l'ionisation artificielle pour obtenir une concentration souhaitable d'environ 1 200 ions/cm^3 afin d'annuler les effets pervers des ions positifs et de retrouver une sensation de bien-être.

1) QU'EST-CE QU'UN IONISEUR ?

L'enrichissement de l'air que nous respirons en ions négatifs peut se faire grâce à des appareils d'aéro-ionisation, appelés plus simplement ioniseurs.

Il existe trois façons de produire des ions négatifs :

— L'appareil contient un corps radioactif

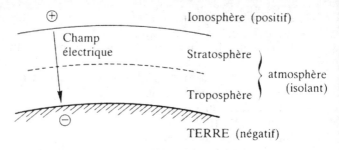

Fig. 2. Le condensateur terrestre.

comme le tritium dont le rayonnement alpha produit des ions; les ions positifs sont attirés par un champ électrique qui laisse seulement passer les ions négatifs qui sont envoyés dans l'air. Mais, pour des raisons de sécurité, la radioactivité est limitée à 50 microcuries. Dans ce cas, la concentration ionique à la sortie de l'appareil n'est que de 1 000 000 d'ions/cm³, ce qui est insuffisant. Par ailleurs, la fixation des ions positifs étant incomplète, ils se recombinent à une partie des ions négatifs pour reformer une molécule neutre. Cette méthode aboutit donc à une production trop faible pour ioniser une pièce de 30 à 50 m³.

— La deuxième technique utilisable est basée sur «l'effet Lenard»: on fait barboter de l'air dans un liquide mais les ions ainsi produits sont fixés à des gouttes d'eau. Ce procédé n'est donc pas adapté à l'ionisation d'ambiance d'un local mais trouve une application médicale avec les aérosols indiqués comme traitement des affections du nez, des sinus et des poumons.

— La troisième méthode possible est basée sur «l'effet de pointe».

Rappelons ce qui se passe dans la nature: la terre est chargée négativement; l'ionosphère, en très haute altitude, est électriquement positive.

218

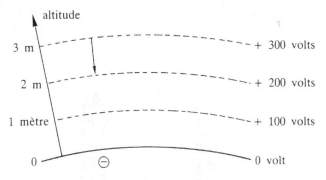

Fig. 3. Les équipotentiels du champ électrique terrestre sont parallèles à la surface du sol.

Entre les deux se trouve l'atmosphère terrestre (d'environ 40 km de hauteur) qui est peu conductrice. Ainsi est constitué une sorte de condensateur, entre les armatures duquel se crée un champ électrique dirigé du haut vers le bas (fig. 2).

Au-dessus d'un terrain plat, ce champ électrique est constant et évalué à 100 volts par mètre (fig. 3). Si un objet est placé sur la surface de la terre, sa base a un potentiel voisin de zéro ; mais s'il possède une hauteur suffisante (clocher d'église, paratonnerre, arbre) et une extrémité supérieure très fine et pointue, les ions positifs sont captés et partent à la terre, tandis que les électrons sont attirés par le champ électrique au sommet de cette pointe et sont émis dans l'atmosphère qui s'ionise (fig. 4).

Les appareils d'ionisation sont composés d'un transformateur, abaisseur de tension, suivi d'un bloc redresseur, élévateur de tension, qui fournit la très haute tension nécessaire à l'alimentation des électrodes métalliques (fig. 5).

Ce dispositif basé sur « l'effet de pointe » ou « effet Corona » a néanmoins deux inconvénients

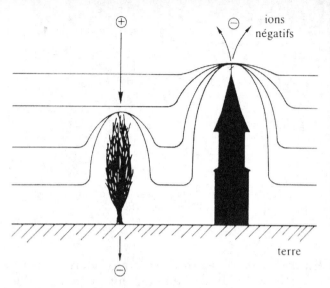

Fig. 4. Modifications des équipotentiels en fonction des accidents du sol (arbre, clocher).

qu'il faut éliminer par des perfectionnements techniques:

— d'une part, il existe une production d'ozone qui est dangereuse à une certaine concentration,

— d'autre part, les ions négatifs émis ne parcourent spontanément que 2 cm par seconde. Il faut donc leur assurer une diffusion suffisante par un système de ventilation sinon leur concentration dans l'air à distance de l'appareil peut être trop faible.

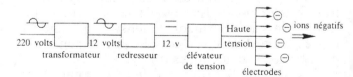

Fig. 5. Schéma d'un ioniseur.

2) COMMENT CHOISIR UN IONISEUR ?

Il doit avoir une puissance suffisante, sa production d'ions avoisinera plusieurs milliards d'ions par seconde et par cm^3.

Dans une voiture, l'air pulsé par la marche du véhicule suffit à diffuser correctement les ions. Mais dans un local, une ventilation doit être assurée pour que les ions se répartissent dans toute la pièce ; il suffit de créer un fort courant d'air par un ventilateur qui doit pouvoir être commandé indépendamment de la production d'ions.

Ce ventilateur devra être parfaitement silencieux pour ne pas être gênant, notamment si l'ioniseur reste branché la nuit pendant le sommeil. Les appareils sans ventilateur sont peu onéreux (environ 1 000 francs en 1988) mais peuvent ne pas assurer une concentration suffisante d'ions à distance des aiguilles productrices. En fait, il faut surtout vérifier, dans les caractéristiques techniques de l'appareil, la quantité d'ions retrouvée à 1,2 ou 4 mètres de l'orifice de sortie des ions. Ce chiffre est finalement le plus important car il permet d'apprécier les performances de l'ioniseur. La présence d'une ventilation entraîne une consommation électrique d'environ 30 Wh, soit une dépense de 30 centimes par jour, et nécessite du matériel très performant en ce qui concerne l'insonorisation, ce qui augmente le coût de l'ioniseur (2 000 à 8 600 francs). Mais ces appareils permettent la purification de 50 à 200 m^3 d'air par heure en le débarrassant de ses poussières, du pollen, de la fumée du tabac et des mauvaises odeurs. De même que, pour éclairer une grande salle, on n'utilisera pas une forte lampe unique mais de multiples lustres ou appliques, de même s'il faut ioniser un vaste local, il est inutile de s'équiper d'un unique appareil, fut-il très puissant, car les personnes trop éloignées de cette seule source n'auront pas une densité ionique suffisante. Il est préférable, pour les grands volumes, d'utiliser plusieurs ioniseurs de puissance normale. Cette puissance dépend en fait de 4 facteurs :

— la tension électrique obtenue à l'extrémité des pointes,
— le nombre de pointes,
— le mode de disposition des pointes,
— le montage du circuit électrique de l'appareil.

Il faut éliminer les gaz dangereux produits en même temps que l'ionisation, comme les oxydes d'azote et l'ozone. Heureusement, le bioxyde d'azote ou le peroxyde d'azote sont en grande partie détruits par les ions négatifs car on en retrouve plus à l'entrée de l'appareil qu'à sa sortie et les taux restent toujours très inférieurs au seuil de toxicité.

Par contre, l'ozone, molécule de 3 atomes d'oxygène (O_3), oxydant puissant, est un gaz irritant pour les yeux, le nez, la gorge et les poumons. Pour limiter sa production, les ioniseurs doivent avoir des pointes spécialement traitées et borner à 4 000 volts la tension qui leur est appliquée. En France, aucun chiffre n'a été fixé comme taux maximal autorisé ; aux Etats-Unis, il est de 0,1 partie par million (0,1 ppm), soit 0,1 cm^3 d'ozone pour 1 million de cm^3 d'air. Les ioniseurs en vente dans notre pays sont toujours en dessous de ces normes, puisque les traces d'ozone y sont inférieures à 0,05 ppm.

Au total, la fiche signalétique technique correcte et complète d'un ioniseur devrait être la suivante (les chiffres donnés ci-dessous sont des valeurs moyennes mais ne correspondent pas à un appareil précis) :

Caractéristiques techniques

— Principe : effet de pointe ou effet « Corona ».
— Alimentation : 220 volts.
— Consommation : 3 watts/heure sans ventilateur, 30 watts/heure avec ventilateur (soit un coût d'environ 30 centimes par jour).
— Ventilateur silencieux à commande indépendante à 2 vitesses.
— Capacité d'épuration de l'air :
en vitesse lente : 30 m^3/heure,
en vitesse rapide : 80 m^3/heure.
— Débit d'ions : 4 réglages 6 000, 7 000, 8 500 et 10 000 milliards d'ions par seconde/cm^3.
— Densité d'ions : 250 000/cm^3 à 1 mètre, 50 000/cm^3 à 2 mètres, 4 000/cm^3 à 4 mètres.
— Ozone : inférieur à 0,01 ppm.
— Peroxyde d'azote : indétectable.
— Application : en ionisation d'ambiance pour une pièce de 25 m^2, en inhalation pour toutes indications médicales.
— Sécurité électrique : conforme aux règles de la C.E.E.
— Poids : 400 g.
— Dimensions : 20 × 5 × 7 cm.
— Entretien : nettoyage régulier des pointes.
— Garantie : 1 an.

3) COMMENT UTILISER SON IONISEUR ?

Trois techniques sont possibles qui ont chacune des indications bien précises.

a) L'inhalation

Cette modalité est utilisée pour le traitement des maladies.
Dans l'idéal, il faudrait réunir les conditions

suivantes : une pièce non enfumée, la plus dépoussiérée possible, à 18°, d'hygrométrie à 60 %.

L'appareil est placé sur une table, à 50 cm d'un mur au moins, rehaussé par de gros livres, pour être mis à hauteur du visage, les orifices de sortie des ions étant situés à 10 cm de la figure du malade. Vous respirerez normalement mais, toutes les minutes, vous ferez 2 inspirations profondes, l'une par le nez, l'autre par la bouche. Le temps de la séance, la fréquence des séances et le débit des ions seront fonction de la maladie à traiter. Un médecin formé à ces techniques vous donnera toutes les précisions nécessaires. Disons, schématiquement, que vous pourrez faire 2 séances par jour de 5 à 10 minutes chacune, le débit étant réglé à 8 000 ions/cm^3 environ. Les expérimentations n'ont pas montré de réelles différences entre une exposition courte à de fortes concentrations d'ions et une séance plus longue avec une densité ionique plus faible.

Comme pour toute ionisation, il n'y a aucune contre-indication à ce type de traitement mais, avec ce mode d'inhalation rapprochée peuvent survenir deux effets secondaires bénins :

— soit un léger picotement des yeux,
— soit une aggravation passagère de certains troubles.

Dans les deux cas, on interrompra le traitement pendant 2 jours pour le reprendre ensuite en réduisant le temps des séances, pour le réaugmenter enfin très progressivement. En aucun cas, ces incidents mineurs ne doivent faire interrompre définitivement le traitement.

Les principales indications thérapeutiques de l'inhalation ionique sont :

— *en pneumologie :* • l'insuffisance respiratoire,
• l'emphysème,
• la bronchite chronique,

	• l'asthme,
	• les sinusites,
	• les rhinites allergiques;
— *en cardiologie :*	• les anomalies de la tension artérielle,
	• l'artérite;
— *en gastro-* *entérologie :*	• l'ulcère gastrique et duodénal;
— *en psychiatrie :*	• la névrose d'angoisse,
	• la spasmophilie,
	• les troubles du sommeil.

b) L'ionisation d'ambiance

C'est la deuxième technique possible. Vous l'utiliserez pour les affections chroniques ou en traitement d'entretien après amélioration du trouble aigu. Mais surtout pour augmenter la concentration ionique spontanément trop faible dans votre voiture, chez vous ou sur votre lieu de travail, afin d'améliorer votre état général et pour prévenir et traiter la fatigue.

— Dans votre voiture

Dans votre auto, nous avons vu que la quantité d'ions dans l'air était très faible, de l'ordre de 15 ions/cm^3 avec une augmentation des ions positifs : d'une part en raison du dégagement de gaz carbonique du fait de la respiration des passagers dans un faible volume, mais aussi à cause de la carcasse métallique du véhicule qui supprime le champ électrique naturel de la terre.

La présence d'un ioniseur supprimera les nausées (notamment celles des enfants), gommera la sensation de fatigue, améliorera la vigilance et les réflexes du conducteur et évitera son énervement. C'est donc un facteur de sécurité. Ce type d'ioniseur sans ventilateur vous coûtera moins de

1 000 francs; vous le laisserez branché tout le temps du trajet. Il fonctionnera sur son propre accumulateur ou sur la batterie du véhicule.

— Chez vous, à votre domicile

Rappelez-vous que si, dans une pièce vide, il y a à peu près 250 ions/cm^3, par contre dans un logement habité, la concentration ionique tombe à 25 ions/cm^3, même si la fenêtre est ouverte. Quoi qu'il en soit, il y a toujours moins de 1 200 ions/cm^3, quantité souhaitable pour se sentir en forme; l'ionisation artificielle s'impose donc.

Dans une chambre d'enfant, l'ioniseur peut n'être branché qu'à partir de son retour de l'école et jusqu'au coucher. L'apprentissage sera ainsi facilité, les performances scolaires seront meilleures et il sera moins vulnérable aux maladies infectieuses.

Au salon, où toute la famille est rassemblée, l'ioniseur évitera une «ambiance électrique», elle combattra les effets nocifs du tabagisme, supprimera l'électricité statique due aux radiateurs électriques, aux moquettes synthétiques et au téléviseur qui produisent des ions positifs nocifs.

Dans votre chambre, posé sur la table de nuit, l'ioniseur réharmonisera votre sommeil. La nuit, si le bruit, même faible, du ventilateur vous gêne, vous procéderez de la manière suivante : deux heures avant le coucher, branchez l'appareil au maximum de sa puissance avec la ventilation et au moment de vous mettre au lit, arrêtez le ventilateur en laissant l'ionisation active.

— Au bureau ou à l'atelier

Vous annulerez les effets pervers de la raréfaction des ions négatifs due :

- au tabagisme,

- au surpeuplement d'un local,
- à l'air climatisé,
- à l'air confiné,
- aux appareils de chauffage électrique,
- aux photocopieurs,
- aux écrans d'ordinateurs.

L'ambiance de travail en sera améliorée, la fatigue amoindrie, le rendement meilleur. Les accidents du travail seront plus rares et le taux d'absentéisme sera en chute libre...

L'ionisation d'ambiance fonctionnera pendant toute la période de présence des employés sur le lieu de travail ou en continu.

c) L'application sur la peau

L'ioniseur est mis à 10 cm de la peau, au-dessus de la zone à traiter, qu'il s'agisse d'une maladie de peau ou d'une douleur locale.

— En dermatologie, bénéficieront de cette modalité d'application :
- l'acné,
- les furoncles,
- l'urticaire,
- l'eczéma,
- les plaies,
- les ulcères variqueux,
- les brûlures.

— En rhumatologie : on pourra procéder de la même façon, ainsi qu'en projection de zones réflexes, pour des douleurs cervicales, lombaires ou dans les cas de névralgies, en les «criblant» d'ions.

— Les migraines pourront également bénéficier de cette modalité thérapeutique.

III. COMMENT ÉVITER LA FATIGUE
GRÂCE À L'IONISATION

1) QU'EST-CE QUE LA FATIGUE ?

Que l'on parle de lassitude, de manque d'énergie, d'asthénie ou de fatigue, il s'agit toujours d'une brusque prise de conscience de la nécessité de cesser toute activité pour se reposer. Ce symptôme a d'ailleurs la même signification que celui de l'apparition d'une douleur. C'est un signe d'alarme qui survient pour empêcher l'épuisement de l'individu. Il a, en quelque sorte, une fonction de sauvegarde.

Au XVIIᵉ siècle, en définissant la fatigue dans son dictionnaire, Furetière considérait que «c'est une peine qui lasse et qui travaille». Plus tard, au XIXᵉ, on peut lire dans Littré que «la fatigue résulte d'une activité exagérée de toutes les parties du corps».

Longtemps, la notion de fatigue a donc été centrée sur la fatigue physique qui peut même dans certains cas être considérée comme positive. Un dicton populaire ne laisse-t-il pas entendre que «la fatigue du corps est la santé de l'âme»?

Mais au XXᵉ siècle, tout bascule et notamment avec Gide lorsqu'il écrit: «La tristesse n'est en moi qu'une forme de la fatigue.» En inversant la phrase, on peut donc dire qu'une des formes de la fatigue est la tristesse. La dimension psychique est ainsi apparue et elle s'ajoute à la carence relative d'énergie par mauvaise gestion des ressources de l'organisme.

2) Y A-T-IL «UNE» FATIGUE OU «DES» FATIGUES ?

Une grande enquête effectuée pour *L'Essentiel médical* nous éclaire par ses chiffres: 27 % des Français se disent fatigués (55 % de femmes et

45 % d'hommes) et 65 % de nos concitoyens reconnaissent avoir été fatigués dans les deux ans passés, ce qui aboutit, dans 23 % des cas, à la prescription d'un arrêt de travail. Devant cet état de fait, comment réagit-on ? 30 % ne font rien, 10 % se traitent eux-mêmes et 60 % consultent un médecin ; on admet ainsi que chaque jour 500 000 consultations ont pour objet la fatigue, ce qui représente 30 % de l'activité des praticiens.

Quelle que soit l'origine du manque de tonus, les plaintes des fatigués sont souvent les mêmes, associant, à des degrés divers, des troubles psychiques mais surtout des troubles physiques, car c'est d'abord avec notre corps que nous parlons.

• Sur le plan physique, citons :
— les douleurs, les secousses et les crampes musculaires,
— les palpitations,
— l'oppression respiratoire,
— la baisse d'acuité visuelle,
— les maux de tête,
— les vertiges,
— les ballonnements intestinaux,
— la transpiration,
— le besoin fréquent d'uriner,
— les troubles sexuels.

• Au niveau psychique, on retrouve :
— une difficulté à soutenir un effort,
— du mal à récupérer,
— des troubles de la mémoire,
— un manque de concentration,
— une gêne pour associer les idées,
— une perte de l'initiative et de la curiosité intellectuelle,
— une absence de projets,
— une appréhension de l'avenir,
— une tristesse teintée d'inquiétude,
— une agressivité inhabituelle,

— une émotivité anormale,
— des peurs irrationnelles,
— une gêne à l'endormissement,
— de fréquents réveils nocturnes,
— une difficulté à se lever le matin,
— une inhibition générale, en conséquence, une inaptitude au travail...

Devant cette sensation d'épuisement, la tâche du médecin sera de faire la part des choses pour déterminer la cause réelle de la fatigue : l'interrogatoire précisera son mode d'apparition, son temps d'évolution et son horaire. Dans la plupart des cas une prise de sang sera souhaitable, des radios ou d'autres examens pourront s'avérer nécessaires. Car l'asthénie peut être l'un des premiers signes d'une maladie grave qu'il convient de diagnostiquer au plus tôt, pour la traiter sans retard.

• En effet, dans 25 % des cas, le bilan mettra en évidence une *affection précise* :
— hypoglycémie ou diabète,
— troubles thyroïdiens,
— insuffisance surrénale,
— obésité ou amaigrissement,
— hypotension ou hypertension artérielle,
— insuffisance rénale,
— cancer,
— anémie,
— manque de potassium ou de magnésium,
— excès de calcium,
— infection, avec ou sans fièvre, comme une hépatite virale, une mononucléose infectieuse, une grippe ou encore le Sida.

Mais la consommation de certains médicaments peut aussi être responsable de l'apparition de fatigue :
— les laxatifs,

230

— les diurétiques,
— les antihypertenseurs et notamment les béta-bloquants,
— les anxiolytiques,
— les tranquillisants,
— les hypnotiques,
— les antibiotiques,
— la cortisone.

Des toxiques peuvent aussi être en cause comme l'oxyde de carbone, le tabac, l'alcool ou la drogue.

• Dans 1/4 des cas, il s'agit d'une *fatigue réactionnelle* :
— que ce soit la fatigue aiguë musculaire consécutive à un effort physique ou sportif (qui est tout à fait normale et la seule à toujours régresser après le repos),
— ou une lassitude survenant lors de circonstances éprouvantes, qui reflète un trouble de l'adaptation. C'est notamment ce que l'on rencontre en milieu professionnel où l'air respiré est trop riche en ions positifs et appauvri en ions négatifs. C'est aussi le cas lorsque l'air est confiné ou climatisé mais aussi dans les atmosphères de tabagie, ou celles chargées en électricité statique produite par les radiateurs électriques, les photocopieuses et les écrans d'ordinateurs.

• Mais chez la moitié des sujets, *la fatigue est dite «psychique»* : c'est en quelque sorte un «mal d'être» et qui ne touche pas seulement les gens qui travaillent. On retrouve en effet, dans cette catégorie, presque la moitié d'inactifs qui s'ennuient ou souffrent d'un brusque changement de rythme, ce qui est le cas par exemple lors d'une mise anticipée à la retraite. Mais, le plus souvent, il s'agit de sujets victimes du stress de la vie moderne, des ruptures de rythme du travail posté, des décalages horaires, notamment pour les globe-trotters des entreprises ou de ceux qui ne s'habituent pas aux changements d'horaires d'été ou d'hiver. C'est aussi le cas de ceux qui supportent difficilement le bruit. Sans oublier ceux qui craquent devant un surmenage imposé par une ambiance de travail difficile où règne une concurrence permanente, car il faut toujours être et rester performant pour garder sa place et ne pas être licencié.

A cette pression professionnelle continuelle s'ajoutent les difficultés conjugales, les insomnies et, lorsque les troubles nerveux s'installent, ils constituent la première étape sur le chemin de la dépression nerveuse. Il s'agit en fait d'un véritable syndrome de désadaptation. La vie devient un fardeau trop lourd à porter et les forces pour y faire face font défaut.

Mais il est bien évident que, dans de nombreux cas, plusieurs facteurs sont combinés : une même personne peut en effet subir des soucis professionnels, être en instance de divorce et avoir du mal à se remettre d'une grippe récente.

Voyons maintenant deux cas particuliers : l'enfant et la personne âgée :

La fatigue de l'enfant

Chez le jeune enfant, la fréquentation de la crèche puis de l'école favorise les infections O.R.L. Et la prise d'antibiotiques qui s'ensuit constitue une cause supplémentaire de fatigue dès les premières années de la vie. Ensuite surviennent les asthénies dues à la croissance, et depuis quelques années, il y a une nouvelle cause de fatigue, c'est le passage à l'heure d'été : 30 % des enfants ne s'y adaptent pas. Au cours du dernier trimestre, ils ont des difficultés scolaires liées à une baisse de l'attention et une perturbation du sommeil. L'enfant refuse en effet d'aller se coucher avant que ne tombe la nuit. Car pendant six mois, nous sommes en avance de deux heures sur le temps solaire qui est lui-même synchrone avec notre rythme biologique. Ces enfants n'assimilent pas ce biorythme imposé, et ils deviennent des «chrono-fatigués» dont la pendule interne est déréglée.

Il y a en effet un décalage entre le temps biologique tel qu'il est fixé par l'organisme et le temps social tel qu'il est imposé.

La fatigue de la personne âgée

Avec le poids des ans et notamment la mise à la retraite apparaissent la crainte des nouveautés, un rétrécissement des centres d'intérêt, des difficultés de mémorisation, une fatigabilité à l'effort, le tout souvent amplifié par la solitude. Dans les maisons de retraite, les horaires trop stricts imposent un petit déjeuner trop tôt le matin et un dîner trop tôt en fin d'après-midi car il faut libérer le personnel. Ce décalage par rapport au rythme habituel s'aggrave encore avec le passage à l'horaire d'été où l'on oblige quasiment les pensionnaires à se coucher en plein jour.

Le manque de motivation à vivre entraîne forcément une asthénie qui est en fait une dépression masquée qui aboutit souvent à une surconsommation médicamenteuse, elle-même facteur de fatigue.

3) LE TRAITEMENT DE LA FATIGUE
   PAR IONISATION NÉGATIVE

Quel peut être le rôle de l'ionisation dans le traitement de la fatigue? Il serait prétentieux de dire que c'est la panacée et qu'elle peut tout

233

résoudre. C'est vrai qu'elle est capable, à elle seule, de supprimer les troubles liés à la pollution de l'air et à la climatisation. Mais, dans la plupart des cas, elle ne peut être qu'un traitement d'appoint parmi un éventail de thérapeutiques.

Dans le domaine de la fatigue, il est souhaitable de rester naturel, les «médecines douces» auront donc une place privilégiée. L'ionisation pourra compléter l'effet bénéfique de l'acupuncture, de l'homéopathie, des oligo-éléments et de la relaxation.

Voyons, dans les différents cas de fatigue énumérés précédemment, quelle réponse pourra apporter l'ionisation.

Dans les maladies graves

Il y a lieu, évidemment, d'instituer les traitements spécifiques nécessaires. Mais l'ionisation pourra, à titre complémentaire, accélérer la guérison, favoriser la convalescence et permettre de se retrouver rapidement en pleine forme. Une séance d'inhalation chaque jour pendant 15 minutes sera dans la plupart des cas suffisante.

Dans l'hypertension artérielle d'origine nerveuse

• Chez les adolescents de 13 à 18 ans, on a pu constater après trois semaines de traitement que la maxima a baissé de 147 ± 10 mm de mercure à 129 ± 9 et la minima de 88 ± 9 à 80 ± 7 mm de mercure. Dans tous les cas l'effet a persisté au moins 12 semaines.

• Chez des étudiants de 20 à 24 ans, l'ionisation est tout aussi efficace : la maxima passe de 165 ± 10 à 126 ± 8 tandis que la minima baisse de 101 à 80 ± 10.

• Chez l'adulte, Métadier note que dès la première séance, au bout de 15 minutes d'ionisation, la tension artérielle baisse de 20 à 40 mm de mercure.

Quant à Boulatov et Gorevitch, ils obtiennent 80 % de succès avec disparition totale des maux de tête, de la fatigue, des vertiges et des bourdonnements d'oreilles.

Dans l'hypotension artérielle

— Chez des sujets hypotendus, après ionisation, la maxima est passée de 94 ± à 106 ± 6 et la minima de 59 ± 3 à 66 ± 3. L'amélioration a persisté cinq semaines après la fin du traitement.

— Chez le sujet sain dont la tension artérielle est normale, on constate que l'ionisation ne la modifie pas. C'est ce qu'ont montré des études effectuées sur l'équipage d'un sous-marin dont l'atmosphère était ionisée.

Les ions négatifs ont donc une action normalisante, régulatrice sur la tension artérielle. En pratique, on pourra faire chaque jour pendant vingt jours une inhalation ionique de 15 minutes, ce qui conduira très souvent à une stabilisation des chiffres tensionnels pendant plusieurs mois.

Minch a par ailleurs montré qu'une ionisation d'ambiance de 8 heures par jour à une concentration de 3 000 ions/cm^3 permettait d'obtenir les mêmes résultats.

Dans la fatigue musculaire

Qu'elle soit liée à des efforts physiques pendant les heures de travail ou apparaisse à la suite d'une activité sportive, la fatigue musculaire sera très nettement améliorée par l'ionisation négative.

L'activité physique intense augmente de 50 fois le métabolisme musculaire basal et nécessite une consommation maximale en oxygène. Quand l'effort est très important, les apports en oxygène sont insuffisants et c'est alors qu'apparaît la fatigue par altération de la contraction musculaire et apparition d'une acidose.

Les travaux de Minch, Olivereau et Rager permettent de conclure que grâce à l'ionisation négative :

— la contraction musculaire est plus rapide (par diminution de la chronaxie et de la rhéobase),

— l'excitabilité neuro-musculaire est accrue,

— l'oxydation des glucides est favorisée, permettant l'élimination des déchets, et notamment de l'acide lactique responsable de l'acidose,

— le métabolisme est stimulé par les ions négatifs qui augmentent l'oxygénation du sang, d'une part en majorant la pression partielle en oxygène au niveau des alvéoles pulmonaires, d'autre part en diminuant la pression artérielle en gaz carbonique et enfin en élevant la teneur en oxygène de l'hémoglobine.

Les ions négatifs agissent également sur la fatigue en favorisant la sécrétion de cortisol[1]. On obtient ainsi une meilleure endurance, un doublement de la capacité de travail musculaire et une moindre sensation de douleur à l'effort prolongé. L'ionisation négative fait aussi sécréter de la sérotonine[2] qui diminue la sensation de douleur musculaire (la rendant moins pénible) et qui, par son effet apaisant, élimine par exemple le trac et redonne ainsi toute sa confiance à l'athlète avant une compétition.

---

1. Hormone sécrétée par la glande surrénale.
2. Médiateur chimique du système nerveux.

Pour Lepekhina, la meilleure formule de préparation des sportifs est donc d'effectuer une inhalation de 10 000 ions/cm^3 quinze minutes par jour pendant les dix jours précédant une compétition. Au bout d'un mois d'ionisation, la résistance à l'effort est accrue de 240 %. L'effet se prolonge d'ailleurs pendant dix mois, en baissant progressivement pour se fixer à 38 %, même en l'absence de tout nouveau traitement ionique.

Après tout effort physique générateur de douleurs musculaires, de courbatures ou de gêne articulaire localisée, la technique d'application directe des ions sur la peau en regard des zones douloureuses sera utilisée avec profit, réalisant un véritable «massage ionique» et stimulant les zones réflexes correspondantes.

Portnov a eu des résultats indéniables en bombardant de flux ionisés certains points d'acupuncture. Car, s'il semble établi que les ions ne traversent pas la peau, Tchijevsky a montré qu'ils induisent la formation de courants électriques au niveau des récepteurs de la peau. Mac Donald a ainsi réalisé l'expérience suivante : il a étudié l'effet des ions sur des rats dont seule la peau du dos était exposée (ils ne respiraient pas un air ionisé). Le rythme cardiaque s'est trouvé inchangé avec les ions négatifs, alors qu'il fut accéléré par les ions positifs. Finogarov signale pour sa part 95 % de bons résultats en focalisant un faisceau d'ions négatifs très abondants à 10 cm de la peau en face de zones douloureuses (cervicalgies, lombalgies).

La fatigue en milieu professionnel

Elle a souvent pour origine un excès d'ions positifs et une raréfaction des ions négatifs en raison de l'air confiné, de l'électricité statique et de l'air conditionné. Cette asthénie s'accompagne très souvent d'irritation aux yeux, de nausées, de transpiration, de migraines et d'irritabilité.

• En air confiné, la quantité d'ions chute vite par le dégagement de gaz carbonique dû à la respiration, par le tabagisme et le port de vêtements synthétiques.

Tchijevsky montre que dans une salle close de 65 m^3 vide où il y avait au départ 230 ions/cm^3, au bout de 2 heures, en présence de 16 personnes, on ne retrouve plus que 20 ions/cm^3.

Benjamin et Yaglou trouvent 300 ions/cm^3 dans un réfectoire vide de 400 m^3 comportant 4 fenêtres. Au bout de 20 minutes, avec 26 personnes prenant leur repas, la quantité d'ions a chuté à 60/cm^3. Il faudra une heure après le départ du dernier convive pour que la concentration d'ions revienne à 300/cm^3.

• En air conditionné, les ions négatifs sont absorbés par les filtres, les ventilations et les conduites d'aération métalliques.

Nos poumons respirent chaque jour 10 000 litres d'air ; or la climatisation véhicule des germes, des poussières, la fumée du tabac et les composés organiques volatils des bombes-aérosols désinfectantes, insecticides ou d'entretien des meubles. Les ions positifs ont la propriété de se fixer sur toutes ces particules que l'on trouve dans l'air et deviennent donc particulièrement toxiques.

Les grosses particules polluantes sont pour la plupart bloquées au niveau des fosses nasales. Plus bas, la trachée et les bronches sont normalement tapissées de cellules sécrétant du mucus qui fixe ces particules et de petits cils qui remontent les mucosités vers le haut où elles sont crachées ou dégluties. Mais la fumée du tabac détruit une partie des cellules à mucus et paralyse le fonctionnement des cils, d'où l'apparition d'un encombrement bronchique qui aboutit à la toux. Certaines particules arrivent à atteindre les alvéoles pulmonaires où des cellules tueuses (les macrophages) les attendent de pied ferme pour les absorber. En présence de fumée de tabac, ces cellules de défense de l'organisme n'arrivent même pas à se défendre elles-mêmes, les macrophages sont détruits. Dans un bureau, il n'y a pas que les fumeurs qui sont concernés car ceux qui ne fument pas, mais vivent dans une atmosphère enfumée, sont victimes d'un tabagisme passif qui est loin d'être négligeable. Des études ont en effet montré qu'une personne travaillant en compagnie de fumeurs inhale l'équivalent de 10 cigarettes fumées à l'air libre... De même chez un non-fumeur séjournant quelques heures dans une pièce enfumée on décèle des taux de nicotine dans les urines semblables à ceux des fumeurs.

Les appareils d'ionisation munis de ventilateur assainissent 50 à 100 m^3 d'air par heure, ils sont donc un élément capital de lutte contre les méfaits du tabagisme. De plus, on a montré que les ions négatifs restaurent les fonctions ciliaires au niveau de la trachée et des bronches, qui filtrent ainsi plus efficacement les particules nocives inhalées.

Dans de nombreux locaux, aux installations anciennes ou mal entretenues, l'eau stagne dans les conduits de climatisation et les bouches d'aération sont situées trop près des tours de refroidissement, projetant ainsi des microbes dans les bâtiments. On se rappelle la «maladie du légionnaire» qui fut responsable d'une épidémie auprès des vétérans de l'armée américaine à Philadelphie en 1976 et plus récemment d'une infection identique à l'hôpital Bichat de Paris.

D'autres germes moins toxiques mais plus sournois existent partout et sont de grands pourvoyeurs de rhinites, de sinusites, de trachéites et de bronchites. Or, l'ionisation artificielle, nous l'avons vu, détruit les micro-organismes en stérilisant l'air ambiant comme le montrent plusieurs enquêtes réalisées en milieu industriel.

La société Bahlsen de Hanovre a constaté que dans l'air de ses ateliers équipés d'ioniseurs, la destruction des microbes était de 87 % au bout de 30 minutes, de 90 % au bout d'une heure et de 97 % au bout de 100 minutes. Si dans l'industrie alimentaire, l'ionisation est un gage d'hygiène, dans n'importe quelle entreprise, c'est toujours un facteur de prévention des infections pour le personnel. En Suisse, on cite le cas d'une usine qui comprenait deux ateliers séparés où travaillaient dans chacun 22 personnes. Le premier atelier fut équipé d'ioniseurs qui ne fonctionnaient pas : on nota pendant les trois mois d'hiver, 64 jours d'absence pour maladies infectieuses, dont 40 jours lors d'une épidémie de grippe. Dans le deuxième atelier, où les ioniseurs fonctionnaient, on ne nota que 22 jours d'absence dont 4 jours pendant la période de grippe.

Dans certaines professions, le travail exige rapidité et précision. Or l'ionisation négative améliore les performances. Halcomb et Kirk ont montré un raccourcissement des temps de réaction et une moindre fatigabilité. Minch a noté qu'avec 15 minutes d'ionisation par jour, on trouvait, au neuvième jour de traitement, une amélioration de la capacité de travail statique et dynamique ainsi qu'une réduction du temps de réaction motrice.

L'électricité statique provenant des moquettes synthétiques, des radiateurs électriques, des photocopieuses et surtout des écrans d'ordinateurs est un formidable « piège » pour les ions négatifs. Le tube cathodique d'un écran émet des charges électriques positives nuisibles. Jusqu'ici, on croyait que la puissance d'émission était trop faible pour être dangereuse mais des recherches récentes effectuées en Scandinavie et aux Etats-Unis ont prouvé le contraire.

Edström en Suède a montré que les effets nuisibles dus à l'irradiation étaient très différents si le sujet était à 40 cm ou à 4 mètres de l'écran. Il est donc moins nocif de regarder sa télévision que de travailler sur un écran... Olsen en Norvège a calculé que les charges émises allaient de 2 000 à 10 000 volts et décroissaient proportionnellement à mesure que l'on s'éloignait de l'écran. Aux Etats-Unis, on a calculé qu'un sujet assis à 45 cm d'un écran à tube cathodique reçoit en moyenne une charge positive de 150 volts/$2,5$ cm^2 alors que dans l'air ambiant normal, la charge n'est que de 3 volts/$2,5$ cm^2. Cette charge positive élevée attire et emprisonne les ions négatifs vers l'écran alors qu'elle propulse vers l'opérateur les ions positifs à raison de 1 million de particules/$2,5$ cm^2/minute. Ce bombardement d'ions positifs reçus à faible distance, plaçant ainsi le sujet en situation d'inhalation, est généralement à l'origine de troubles bronchiques et cutanés, de conjonctivites, de maux de tête, de malaises et d'irritabilité accrue de la part des opérateurs. On a pu constater que l'installation d'ioniseurs dans la salle d'informatique de la Standard Bank de Johannesburg a fait chuter le taux d'erreurs de 2,5 à 0,5 %, mais a permis aussi de supprimer les charges statiques, de diminuer l'encrassage des bandes magnétiques et enfin d'éliminer les poussières et les odeurs.

L'étude la plus complète et la plus intéressante effectuée sur les conditions de travail dans les bureaux a été faite de novembre 1979 à février 1980 dans les locaux d'une compagnie d'assurances à Londres par le Dr Hawkins, directeur du département de Biologie humaine de l'université du Surrey en Grande-Bretagne. Ce travail, publié dans la revue *Focus on Research*, visait à vérifier l'effet des conditions atmosphériques sur les variations quotidiennes de l'état de santé du personnel dans certains sites d'observation choisis à

Sites	Nombre d'ions par cm³ d'air			
	Ioniseurs hors fonction		Ioniseurs en fonction	
	Ions positifs	Ions négatifs	Ions positifs	Ions négatifs
Service dactylo	350	350	50	2 500
Bureau réclamations	730	70	125	2 030
Service informatique	500	550	100	3 500
Air extérieur	700	700		

Fig. 6. Concentration des ions sur les lieux de travail.

cause de la fréquence relativement élevée de troubles dont se plaignaient les employés.

Le premier site choisi était le service de dactylographie comprenant 20 personnes, toutes de sexe féminin. Le deuxième site était le service d'enregistrement des déclarations de dommages, occupé par 32 personnes, 15 hommes et 17 femmes. Le troisième site était le service informatique comprenant 54 personnes dont 50 hommes et 4 femmes travaillant en postes (8 h 30-16 h, 16 h-24 h, 24 h-8 h 30).

Les employés de bureau étaient répartis sur une grande surface dans un bureau équipé d'air conditionné. Quant au service informatique, où le personnel travaillait dans un espace restreint et confiné, il était lui aussi climatisé.

Dans tous les locaux furent installés des ioniseurs. Pendant les quatre premières semaines de l'étude, les appareils ne fonctionnaient pas mais le personnel n'en était pas informé. Puis, de la cinquième à la douzième semaine, les ioniseurs furent branchés de façon continue sur les sites 1 et 3 et sur le site 2 pendant des périodes déterminées au hasard. Sur les ioniseurs, existait un interrupteur à 2 positions mais personne ne savait dans quelle position les appareils fonctionnaient, pas même les observateurs, ce qui permettait d'avoir une procédure strictement objective. Sur chacun des 3 sites, on a noté quotidiennement la température, le taux d'humidité et la concentration d'ions dans l'air. A la fin de chaque journée de travail, tous les membres du personnel remplissaient un même questionnaire évaluant divers paramètres de confort personnel et de perception de l'environnement en précisant l'importance des migraines, nausées et vertiges, troubles fréquemment déclarés au préalable. La participation à l'étude a été très bonne puisque 82 à 97 % des questionnaires furent rendus chaque semaine.

Dans le site 2, les résultats ont été compliqués par un effet retard se manifestant une semaine ou deux après l'arrêt du fonctionnement des ioniseurs. On constate par exemple une diminution des maux de tête sur les semaines 5, 6 et 7 par rapport aux quatre premières semaines (ioniseurs débranchés), mais cette baisse persiste la huitième semaine (ioniseurs hors fonction), et ne s'inverse que la 9e semaine. La dixième semaine (ioniseurs en fonction), il y a de nouveau une baisse des maux de tête qui persiste les onzième et douzième semaines (ioniseurs hors fonction). Cet effet retard fait l'objet de nouvelles recherches qui sont en cours, les résultats présentés dans la suite de cette étude ne concernent donc que les sites 1 et 3 où l'ionisation était permanente.

Résultats de l'étude

— Dans les migraines, on constate :

• une augmentation significative des migraines aux températures plus basses ;
• une tendance à l'augmentation des migraines avec un taux d'humidité élevé mais non significatif ;

• une diminution significative des migraines en présence d'ionisation artificielle quelles que soient la température et l'humidité.

Dans le service informatique, on a pu observer l'effet du travail posté : les migraines augmentent respectivement du poste de jour à celui du soir et à celui de la nuit. Ici encore, l'ionisation de l'air diminuait fortement les troubles, sans relation apparente avec les postes.

Sur le site 2, on a essayé de déterminer s'il existait une différence due au sexe des sujets. En l'absence d'ionisation, la fréquence des troubles déclarés était presque identique. Avec l'ionisation artificielle, la diminution des troubles fut plus nette pour les femmes que pour les hommes, bien que la différence ne semble pas significative. Néanmoins, dans le site 3 où il y avait essentiellement des hommes, l'amélioration due à l'ionisation était très significative. Il n'est donc pas évident qu'il y ait une différence majeure entre les hommes et les femmes quant à la fréquence des troubles ou même en ce qui concerne leur réaction à l'ionisation.

D'autres auteurs ont montré que l'ionisation agissait sur les migraines en favorisant la constriction des vaisseaux par baisse du taux de sérotonine.

— Dans les nausées et les vertiges, on constate :

• une diminution de leur incidence aux températures plus élevées,

• une diminution plus intense encore avec l'ionisation quelle que soit la température,

• une baisse des troubles avec l'augmentation de l'humidité de l'air sans ionisation,

• une diminution des troubles avec l'ionisation, diminution considérable, mais légèrement moindre quand l'humidité augmente.

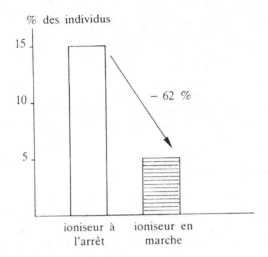

Evaluation subjective :

Comme on pouvait s'y attendre, la température et l'humidité ont eu des effets significatifs sur l'appréciation subjective donnée dans le questionnaire :

• au-dessus de 23°C, les sujets percevaient l'atmosphère ambiante comme plus chaude mais aussi plus renfermée qu'à température inférieure,

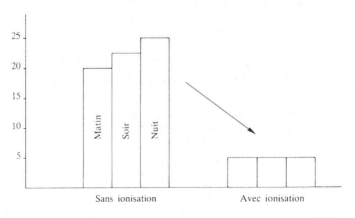

• avec une humidité supérieure à 65 %, ils avaient trop chaud, se sentaient gênés et notaient que l'atmosphère était trop chaude, trop renfermée, inconfortable et mauvaise.

Avec l'ionisation, les sujets se sentaient plus à l'aise et notaient des sensations accrues de fraîcheur, d'éveil, de confort et de bonne humeur.

Analyse des résultats

Selon les déclarations des occupants des immeubles modernes, l'air conditionné favorise de nombreux troubles. Leur apparition est-elle due à des facteurs psychologiques et sociaux associés au type de travail effectué ou à l'aménagement du lieu de travail? Dans cette étude, deux facteurs au moins peuvent être impliqués: la température et l'ionisation de l'air. On a pu démontrer que l'utilisation d'ioniseurs fait diminuer significativement les migraines, les nausées et les vertiges. Mais il est intéressant de noter que la baisse de fréquence des maux de tête n'est pas aussi nette à 16°-19°C qu'à la température supérieure de 20°C. Pour éviter la fatigue et son cortège de signes pendant le temps de travail, la «formule idéale» semble donc être: une température aux alentours de 20°C, un taux d'humidité aux environs de 50 % et l'utilisation d'une ionisation artificielle.

On peut donc en conclure que l'ionisation de l'air sur le lieu de travail :

• améliore la qualité de la vie du personnel,
• fait baisser le taux d'accidents de travail,
• diminue l'absentéisme,
• augmente le rendement.

De nombreuses entreprises l'ont compris et sont équipées d'ioniseurs. Citons à Londres : la

Banque du Crédit et du Commerce, les disques E.M.I., la B.B.C., Radio-Luxembourg, le ministère de la Défense, Rank Xerox et le Commissariat à l'Energie Atomique.

La modalité d'application la plus simple est l'ionisation d'ambiance des locaux professionnels de façon continue. Exceptionnellement, certains employés pourront faire quelques minutes d'inhalation ionique, par exemple en cas de crise de migraine.

La fatigue psychique

Lors d'une réunion de travail dans une salle où règne une forte concentration d'ions positifs, la fatigue apparaît rapidement, l'énervement gagne les participants et l'atmosphère devient «électrique». On retrouve d'ailleurs ce type de comportement chez l'animal.

Bachmann montra, par exemple, que des rats qui respirent des ions positifs mordent les barreaux de leur cage, urinent et défèquent partout. On note l'effet contraire si on met les rongeurs en ionisation négative.

Frey a souligné l'effet anxiolytique des ions négatifs pour des rats conditionnés à recevoir leur nourriture en appuyant sur un levier. Voyons leur réaction si on introduit un stress sous forme de décharge électrique au niveau de la queue lorsque le rat touche le levier. Quand les animaux sont élevés en air normal, on voit vite s'installer une perturbation de leur comportement, avec refus de nourriture. Si les rats respirent une concentration d'ions négatifs, trois fois plus d'animaux continuent à se nourrir normalement, ils ont ainsi surmonté le stress du choc électrique.

On sait que le stress fait intervenir la glande surrénale. Des expériences ont montré en fait que les ions positifs favorisaient la sécrétion de minéralocorticoïdes par la glande surrénale, ce qui diminue la production d'urine. Par contre, les ions négatifs augmentent la sécrétion de glucocorticoïdes, c'est-à-dire de cortisol qui a pour effet de lutter puissamment contre les effets pervers du stress.

Deleanu, Ucha et Macaluso ont montré que l'effet anxiolytique des ions négatifs est également dû à leur action régulatrice sur le métabolisme d'un médiateur chimique du système nerveux : la sérotonine.

L'expérience la plus simple et la plus démonstrative est celle de Bonnevie qui réalisa 3 cages pour des souris. La première contenait de l'air ambiant, la deuxième était ionisée positivement et la troisième était enrichie en ions négatifs. Lorsque les souris furent lâchées, elles se répartirent à leur gré. La deuxième cage ionisée positivement resta vide, quelques souris allèrent dans la première cage mais la grande majorité vint s'agglutiner dans la troisième cage où l'air contenait des ions négatifs. L'animal sait donc trouver l'atmosphère la plus agréable où son instinct le pousse à vivre parce qu'il y ressent une sensation de bien-être.

Chez l'homme aussi, l'ionisation négative diminue nettement l'anxiété, l'angoisse et la nervosité :

• Le Pr Ucha-Dabe, de Buenos Aires, a traité des personnes atteintes de névrose d'angoisse par l'ionisation négative. Il note :

— une tolérance parfaite du traitement,
— une amélioration pour 80 % des sujets,
— la persistance de l'effet 6 à 8 mois après la fin du traitement.

• Le Pr Hawkins, quant à lui, trouve 79 % d'améliorations lors du traitement de troubles psychiques variés par les ions négatifs.
• Le Pr Rager a étudié les sujets anxieux âgés de 20 à 78 ans, en les installant dans une salle à

20°C et 60 % d'hygrométrie. Les sujets font une inhalation à 20 centimètres devant un ioniseur qui produit 40 milliards d'ions négatifs/s/cm^3. La séance est quotidienne et dure en moyenne 30 minutes (minimum 15 mn; maximum 2 heures). On effectue un premier traitement pendant 4 semaines puis un deuxième traitement identique après 3 mois d'arrêt. Les résultats sur l'anxiété sont les suivants : 32 % de guérisons, 45 % d'améliorations nettes, 20 % d'améliorations légères et 3 % d'échecs. Après l'arrêt du deuxième traitement, l'effet bénéfique des ions négatifs se prolonge de 6 à 8 mois selon les personnes. Dans cette série, 30 % des malades ont cependant signalé, au début du traitement, pendant 1 à 3 jours, certains effets secondaires (très légères sensations de nausée, faibles maux de tête). Rappelons que ces phénomènes, bénins et transitoires, identiques à ceux que l'on rencontre au cours des cures thermales, ne doivent pas faire renoncer pour autant au traitement, comme nous l'avons précisé par ailleurs.

Dans les troubles du sommeil, l'action des ions négatifs s'avère également bénéfique : le sommeil est amélioré quant à sa durée, sa profondeur, la rapidité de l'endormissement, la disparition des cauchemars et la sensation de repos au réveil.

• Deleanu, en Roumanie, a appliqué le protocole suivant : inhalation de 10 000 ions négatifs/cm^3 pendant 20 jours. Les séances duraient 5 minutes le premier jour, 10 minutes le deuxième jour, 15 minutes le troisième jour et 20 minutes à partir du quatrième jour. En cas de résultat insuffisant, on pratiquait deux séances de 20 minutes séparées par 15 minutes d'interruption. Il note 65 % de résultats favorables, l'amélioration étant stable pendant une période de 3 à 15 mois. Cet «effet retard» s'explique car les ions négatifs doivent faire sécréter par l'organisme des substances chimiques qui s'accumulent dans les structures nerveuses pendant le temps du traitement.

Ensuite, même après l'arrêt de l'ionisation, ces médiateurs chimiques sont progressivement libérés dans notre corps, permettant, tant que leur stock est suffisant, de garder une efficacité d'action. Signalons que, parmi les quelques cas d'échecs de cette expérience, on retrouve essentiellement des sujets atteints de troubles psychiques graves (psychoses ou dépressions sévères) chez qui l'insomnie est particulièrement forte et rebelle.

• Sulinan, qui a procédé à des études de courbes d'enregistrements d'électroencéphalogrammes, a démontré que les ions négatifs agissent en augmentant l'amplitude des ondes alpha tout en diminuant leur fréquence, ce qui induit une sensation de calme et de détente qui favorise la relaxation et le sommeil. A l'inverse, un sujet soumis à des ions positifs voit ses ondes alpha perdre de leur amplitude et augmenter de fréquence, ce qui se traduit au bout de 60 minutes par l'apparition de signes de fatigue, d'énervement et d'irritabilité.

Pour traiter l'insomnie, on pourra donc, soit procéder à une ionisation d'ambiance de la chambre à coucher pendant la nuit, soit faire une inhalation par jour selon le protocole de Deleanu.

Dans les fatigues de l'enfant

Dans le cadre de la prévention des maladies infectieuses, il serait souhaitable que les nourrissons soient élevés dans une atmosphère ionisée négativement. Il faudrait donc que les crèches (lieu de concentration de germes et donc de contagion) soient équipées d'ioniseurs.

La croissance de l'enfant peut en effet être modifiée en fonction de l'environnement dans lequel il vit : en Pennsylvanie, comme en Tchécoslovaquie, deux études concordantes ont montré

que des enfants vivant en zones fortement pol-
luées manifestaient un retard du développement
staturo-pondéral.

Aux États-Unis, le Pr Needlemen a affirmé que
la pollution affectait « le comportement, la faculté
d'attention et la vivacité intellectuelle des
enfants ».

L'ionisation négative peut par ailleurs être utilisée de façon tout à fait intéressante en milieu scolaire ; le Dr Métadier rapporte le cas d'un
établissement dont seules les classes du rez-de-
chaussée bénéficiaient de l'ionisation artificielle.
Leurs élèves eurent un taux d'absentéisme de
10 % contre 40 % l'année précédente. Lorsqu'une
épidémie d'oreillons se déclara, aucun des enfants
de l'étage ionisé ne fut atteint, malgré des contacts
avec les autres élèves lors des entrées et des sor-
ties de l'école et pendant les récréations.

Van Kaesteren, en 1984, a effectué une étude en
milieu scolaire qui a porté sur deux groupes
d'enfants ayant des caractéristiques identiques. Il
s'intéressa aux progrès scolaires, au pouvoir de
concentration et au rythme de travail des écoliers.
Les scores moyens du test de progrès scolaires
démontrent que les élèves du groupe expérimental ionisé ont progressé de façon plus importante
que les élèves du groupe témoin. Les données du
test de concentration montrent que le groupe
expérimental ionisé fait, dès le début, nettement
moins d'erreurs. De plus, la quantité d'erreurs
augmente dès que l'ionisation est supprimée. Les
données concernant le rythme de travail permettent de la même façon de constater un progrès net
pour le groupe ionisé, alors qu'un tel progrès ne
se manifeste pas avec le groupe témoin. Une
légère baisse est à noter lors du quatrième test,
qui traduit tout simplement le fait que les ioniseurs avaient été débranchés après le troisième
test.

Au moment de la puberté, les fonctions hormonales peuvent être équilibrées par l'ionisation négative. Elle a pour effet d'augmenter l'activité des noyaux de l'hypothalamus (au niveau du cerveau) qui sécrète les médiateurs chimiques stimulant le fonctionnement de l'hypophyse, ce véritable « chef d'orchestre » qui agit sur toutes les glandes de l'organisme et en particulier sur les ovaires et les testicules.

L'ionisation négative corrigera aussi les troubles nerveux de l'enfant et harmonisera son sommeil.

Sur le plan pratique, en l'absence de maladie précise, l'inhalation sera peu pratiquée chez l'enfant. On lui préférera l'ionisation d'ambiance à la maison dès son retour de l'école et jusqu'au coucher.

Fatigue et vieillissement

Nous savons que les ions négatifs permettent la prévention des maladies infectieuses, la régulation de la tension artérielle et l'harmonisation du sommeil. Ils rendent par ailleurs le sang moins fluide et préviennent la constriction des vaisseaux, ce qui en fait un facteur de prévention des accidents vasculaires. Il faut savoir que la pénétration dans l'organisme d'un ion oxygène permet le passage de 80 molécules d'oxygène neutres, favorisant ainsi une meilleure oxygénation cérébrale, ce qui garantit le maintien d'un bon niveau de performances tant physiques que psychiques. L'un des objectifs poursuivis dans le cadre de la lutte contre le vieillissement est en effet de garder le maximum d'aptitudes intellectuelles.

Dulf et Koontz ont montré qu'en présence d'ions négatifs, des rats ont une meilleure facilité de reconnaissance dans un labyrinthe.

Jordan et Sokoloff complètent l'expérience en testant la faculté de compréhension des rats dans un dédale en « T multiples ». En atmosphère normale, les erreurs des rats âgés étaient trois fois plus nombreuses que celles des jeunes. Après exposition aux ions négatifs, les rats âgés étaient capables de fournir les mêmes performances que les plus jeunes.

Olivereau a prouvé que si l'activité physique baisse de 20 % en atmosphère ionisée positivement, par contre, en présence d'ions négatifs, la mobilité et le dynamisme sont augmentés de 60 %. On peut donc en déduire que les personnes âgées qui se plaignent d'un ralentissement de leurs fonctions peuvent tirer un grand bénéfice d'une ionisation artificielle. Bachmann arrive lui aussi aux mêmes conclusions, confirmant l'action dynamisante des ions négatifs : « Cet effet apparaît très rapidement en quelques minutes. Il est probable que ce sont des circuits nerveux qui sont mis en jeu et non pas une sécrétion hormonale particulière », prétend-il.

J.B. Bial, responsable à la NASA de l'environnement dans les vaisseaux spatiaux, déclare : « L'espèce humaine s'est développée en air ionisé. La Nature utilise les ions pour réaliser les processus biologiques. » Effectivement, l'équilibre physiologique de l'organisme dépend de l'intensité du champ électrique terrestre et de la densité ionique de l'atmosphère. La membrane cellulaire, depuis des millénaires, est programmée pour intégrer une ionisation équilibrée de l'air où doivent prédominer les ions négatifs liés à l'oxygène.

Cette membrane est baignée d'une solution électrolytique comportant des ions, certains chargés positivement : le sodium (Na^+), le potassium (K^+) et le magnésium (Mg^{2+}), d'autres négativement : le chlore (Cl^-) et l'oxhydryle (OH^-).

La face interne de la membrane cellulaire est chargée négativement, la face externe positivement ; cette dernière va donc attirer les ions négatifs puisque les charges contraires s'attirent. Il se crée ainsi une champ électrique transmembranaire (de 10^5 volts/mn) qui permet le passage ionique, indispensable à la vie. Un excès d'ions positifs entraîne de très faibles perturbations électriques qui sont un facteur de ralentissement des échanges ioniques et de dérèglement physiologique et donc, à terme, favorise une usure cellulaire. La restauration artificielle d'une atmosphère électrique normale aboutira à une restructuration des fonctions biologiques, elle évitera l'accumulation des déchets, facteur de sclérose des tissus. Les ions négatifs luttent donc contre le vieillissement cellulaire.

Citons, à ce propos, le grand savant que fut le Pr Langevin qui déclarait : «L'action des ions négatifs ne se limite pas à un effet biologique local mais influence l'ensemble des fonctions vitales. Ces faits, solidement établis, sont particulièrement importants en ce qui concerne la lutte contre le vieillissement de l'organisme.»

Chez le sujet sain

Si vous êtes en bonne santé avec l'impression d'être toujours en pleine forme sans jamais ressentir la fatigue, peut-être ne vous sentirez-vous pas tout à fait concerné par les bienfaits de l'ionisation artificielle.

Personne n'est cependant à l'abri d'une défaillance, qui peut survenir à tout instant. Aussi, faut-il, pour «ménager sa monture», savoir gérer avec harmonie son énergie vitale et avoir un souci de prévention à travers une bonne hygiène de vie.

Chacun doit s'efforcer de renforcer le potentiel de son organisme pour mieux résister à tout ce qui peut attaquer son intégrité physique ou fragiliser son état psychique.

En ce sens, toutes les propriétés bénéfiques que nous avons énumérées précédemment peuvent être exploitées par un individu en bonne santé et qui souhaite le rester. En effet, les ions négatifs :

— éviteront les perturbations dues aux lunaisons et aux changements de saison,

— moduleront la sensibilité aux variations climatiques,

— préviendront l'éventualité de maladies infectieuses,

— renforceront le potentiel musculaire permettant d'assumer au mieux les efforts physiques, et notamment sportifs,

— amélioreront la mémoire, la concentration et l'efficience intellectuelle,

— renforceront la résistance au stress,

— harmoniseront l'équilibre psychique et faciliteront le sommeil.

L'ionisation négative pourra avoir par ailleurs un effet tout à fait stimulant sur votre sexualité.

Commencez donc par ioniser votre lieu de travail, vous ne dépenserez pas ainsi toute votre vitalité à lutter contre un environnement «électriquement hostile». Vous rentrerez chez vous en ayant évité l'excès de fatigue ou d'irritabilité qui inhibe toute pulsion sexuelle. Plusieurs communications scientifiques ont souligné un effet réel de l'ionisation négative sur les glandes génitales et le comportement sexuel :

— Krueger, le premier, nota que sous l'effet des ions négatifs, les chenilles de vers à soie se développaient plus vite et se transformaient plus rapidement en adultes qui ainsi copulaient plus tôt.

— Gualtieratti trouva une augmentation du nombre de cellules testiculaires lors du processus de maturation des souris albinos mâles après 4 jours de traitement.

— Volkov constata une amélioration de la qualité du sperme des taureaux et une augmentation de leur activité sexuelle.

— Olivereau et Aimar, poursuivant des expérimentations sur les amphibiens, aboutissent à des conclusions semblables : il y a, disent-ils, une majoration de 39 % de l'activité sexuelle en air ionisé négativement et une baisse de 48 % en air chargé en ions positifs.

— Rager confirme ces résultats en trouvant chez l'homme une recrudescence des coïts si la chambre à coucher bénéficie d'une ionisation d'ambiance !

Conclusion

La fatigue n'est ni une fatalité, ni une maladie. C'est tout simplement la résultante d'un déséquilibre passager de certaines fonctions biologiques. Prescrire d'emblée, à ce stade, un traitement médicamenteux allopathique, c'est considérer un peu prématurément que l'organisme est « dépassé par les événements » et qu'il est incapable de réharmoniser ses fonctions. Une thérapeutique naturelle fait au contraire confiance aux ressources de notre corps en partant du principe qu'il suffit de stimuler un mécanisme défaillant pour qu'il recommence à fonctionner normalement.

Aussi, à côté de traitements tels que l'acupuncture, l'homéopathie, les oligo-éléments ou la relaxation dont l'objectif est de relancer ou de rééquilibrer les processus vitaux perturbés et qui sont donc des traitements de biostimulation, l'ionisation artificielle a, elle aussi, sa place. Nous savons désormais que les ions négatifs :

— augmentent l'oxygénation du sang,

— harmonisent le potentiel de la membrane des cellules,

— interviennent dans le métabolisme de la sérotonine,

— favorisent la sécrétion de cortisol,

— activent la mobilité ciliaire des voies respiratoires et stimulent les moyens de défenses immunitaires de l'organisme qui luttent contre les infections.

A l'heure où la diététique entre sérieusement dans les mœurs, car nous avons désormais à cœur de ne pas nourrir n'importe comment notre corps, à l'époque où la pratique du sport est généralisée, recommandée même, pour éviter les effets pernicieux de la sédentarité, n'est-il pas devenu aussi important de se préoccuper de la qualité de l'air, dont nous respirons des milliers de litres par jour?

La pollution ne doit pas être vécue comme une fatalité, pas plus d'ailleurs que les effets secondaires de l'air climatisé ou seulement confiné. L'ionisation artificielle peut heureusement vous permettre d'assainir l'air et de rééquilibrer la concentration ionique atmosphérique, enrichissant ainsi votre environnement quotidien pour permettre une véritable amélioration de la qualité de vie.

Si chaque foyer est aujourd'hui équipé d'appareils de chauffage et d'un réfrigérateur qui constituent des objets modernes de confort, l'ioniseur est, quant à lui, le seul appareil qui peut devenir le garant de votre bien-être et du maintien de votre santé.

Il stimulera et rééquilibrera votre métabolisme, il éliminera votre fatigue et dynamisera vos activités en augmentant votre vitalité.

Il vous permettra enfin de «respirer la forme» parce que vous vivrez chez vous ou à votre bureau comme si vous étiez à la montagne ou au bord de la mer c'est-à-dire dans les meilleures conditions climatiques.

Laissons le mot de la fin au Pr Breton qui déclarait: «La supplémentation en ions négatifs n'est pas un luxe superflu mais bien une nécessité, une exigence vitale destinée à assurer la permanence et le respect des mécanismes fondamentaux de la Vie.»

Bibliographie

Plus de 6 000 publications scientifiques traitent de l'ionisation de l'air mais elles ont été éditées dans des revues spécialisées, d'accès souvent difficile pour le grand public.

Nous ne citerons donc que quelques ouvrages de référence où vous pourrez éventuellement trouver des références bibliographiques complémentaires.

MÉTADIER J., *L'ionisation de l'air et son utilisation*, Ed. Maloine, Paris, 1978.

MÉTADIER J., *Les oxions*, Ed. Godefroy, 1983.

RAGER G.R., *Problèmes d'ionisation et d'aéro-ionisation*, Ed. Maloine, 1975.

SOYKA F., EDMONDS A., *Etes-vous victime de l'effet «N»?* (Titre original : «The ion effect»), Ed. Godefroy, 1988.

DONADIEU Y., *L'aéro-ionisation*, Ed. Maloine, 1987.

OLIVEREAU J.-M., «Incidences psycho-physiologiques de l'ionisation atmosphérique», Thèse de Doctorat d'Etat de Sciences, Université de Paris-VI, 1971.

BOURDIOL R.J., *Iono-négativo-thérapie*, Ed. Maisonneuve, 1988.

PRINCIPAUX FABRICANTS D'IONISEURS

ATMOSTAT, 31, rue René-Hamon, 94 800 Villejuif. Tél. (1) 46.77.67.27.

BIOSTAT, Sté EMA, Zone d'activité, Gondrecourt. Tél. (16) 20.90.31.96.

THAL'ION, Sté SOMODIA, 5, rue du Général-Leclerc, 29 221 Plouescat. Tél. (16) 98.69.69.65.

CINQUIÈME PARTIE

Fatigue et géobiologie ou comment réapprendre à « gérer son habitat »

par Jean-Paul Dillenseger

Introduction

En tant qu'architecte, et plus particulièrement architecte expert près les tribunaux, j'ai été amené à constater des phénomènes a priori inexplicables, dont la compréhension dépassait en tout cas largement les compétences techniques qui m'avaient été inculquées au cours de ma formation.

Certaines fissurations de murs, ou certaines déformations de fondations par exemple, ne pouvaient manifestement pas être le résultat de négligences, voire de malfaçons de la part des constructeurs.

Mais ce qui m'a toujours le plus frappé, c'est une évidente interaction entre l'habitation et l'état de santé de ses occupants.

Le lieu de l'habitation, ses formes et surtout la qualité de ses matériaux semblent en effet avoir un lien étroit avec les différents troubles dont peuvent souffrir ses habitants.

Peut-on honnêtement nier l'existence de quelque chose lorsqu'on n'en a pas l'explication scientifique alors qu'on en voit les effets ? Non, bien sûr !

C'est pourtant ce que font la plupart des détenteurs de connaissances établies selon les règles scientifiques traditionnelles et dont l'étroitesse d'esprit est telle qu'ils vont souvent jusqu'à nier l'évidence.

Il y a d'ailleurs, d'une manière générale, un paradoxe assez navrant dans l'attitude des milieux scientifiques, qui manifestent à l'égard des phénomènes qu'ils n'expliquent pas une méfiance systématique qui va jusqu'au refus même de les étudier.

Le xxe siècle, et particulièrement les dernières décennies, a développé une société économique basée exclusivement sur la «production-vente». Produire pour vendre et vendre pour produire sont les seuls leitmotive et c'est un courant qui s'exprime malheureusement trop bien dans le secteur de la construction.

Le bâtiment est l'une des mamelles du pays, vu le nombre d'intervenants qu'il nourrit, le nombre de corps de métier qu'il implique et surtout les diverses industries qui, directement, en tirent profit.

Sous prétexte que les besoins de la population devaient être rapidement satisfaits, on s'est mis à construire n'importe où et n'importe quoi.

L'obsession d'un prix de revient toujours plus bas a conduit les responsables à céder au gigantisme et à utiliser des matériaux et des techniques sans les avoir préalablement éprouvés.

Les matériaux anciens, ceux qui avaient fait leurs preuves depuis des millénaires, sont ainsi tombés en désuétude et avec eux les règles d'or de la tradition mais aussi l'amour du métier et du travail bien fait si fièrement défendus par le compagnonnage.

Oublié l'habitant! Oubliés le bien-être et l'équilibre humains! Oubliée la nocivité de certains matériaux! La chimie et la productivité mais aussi la facilité ont rapidement pris le pas.

Si les grands ensembles engendrent la délinquance ou si des matériaux et certaines structures provoquent la maladie, les corporations du bâtiment et tous ceux qui en vivent ne s'en sentent pas pour autant responsables. Construisons, semblent-ils dire, les psychologues et les médecins feront le reste!

L'habitat moderne est très souvent à l'origine de maladies. Mais, avant d'en arriver à ce stade extrême, il est la cause d'un des principaux fléaux de notre époque : la fatigue.

La maison devrait être le lieu privilégié des équilibres naturels comme le lieu d'élection pour vivre en harmonie, se reposer et s'épanouir hors des atteintes extérieures.

Or, elle est trop souvent aujourd'hui un facteur supplémentaire d'affaiblissement de notre pauvre organisme déjà si maltraité par le stress de la vie déséquilibrée que notre époque moderne nous inflige.

L'homme est en fait constamment soumis à des *champs d'ondes*, sortes de micro-énergies présentes partout dans notre univers terrestre. Les champs électromagnétiques peuvent en effet avoir des effets pathogènes divers, affectant aussi bien la construction elle-même que l'état de santé de ceux qui y séjournent.

Dans notre monde moderne régi par des ingénieurs, les ondes nocives sont laissées sans contrôle. Et pourtant leur agression est permanente et se fait toujours d'une manière insidieuse.

La redécouverte de la sagesse des anciens est souvent la meilleure réponse à nos questions. Encore faut-il savoir les poser et avoir surtout le courage de remettre en cause les pratiques nouvelles et la science officielle.

C'est, entre autres, l'une des missions de la géobiologie.

La géobiologie est une science qui étudie l'influence d'un lieu et de son environnement. Les anciens en avaient une connaissance expérimentale et intuitive. Elle est, de nos jours, une discipline qui s'intéresse à la compréhension des rapports harmonieux entre tout être vivant et son environnement.

La géobiologie s'intéresse au domaine des énergies. Elle étudie les interactions des forces et leur impact sur la matière physique et organique. Sa finalité, c'est de permettre à chacun l'accès à une meilleure santé, à un meilleur épanouissement et à la réalisation de lui-même par rapport au monde qui l'entoure.

1

L'environnement vibratoire

L'homme (comme l'animal et le végétal) est en permanence l'objet de vibrations diverses qui émanent de son environnement.

Il est sous l'influence des forces cosmiques (celles qui viennent du ciel) et des forces telluriques (celles qui viennent de la terre).

Et selon l'endroit où il se trouve, ces influences peuvent être plus ou moins positives ou plus ou moins négatives.

Mais il est par ailleurs l'objet d'une multitude de vibrations supplémentaires qui sont, la plupart du temps, la conséquence directe de la manière dont il a aménagé son espace de vie, et notamment au niveau de son habitation.

L'ensemble de ces forces agissent sur son équilibre vital et sont particulièrement déterminantes pour son état de santé.

A) LES FORCES COSMIQUES

Le Soleil est, pour nous Terriens, le centre de l'univers, et c'est généralement en tant que source d'énergie qu'il nous intéresse.

Mais il faut savoir que c'est aussi un émetteur

puissant dont les influences s'exercent sous la forme d'ondes que la terre reçoit et qui se caractérisent par leur longueur, leur fréquence et leur amplitude.

Le Soleil émet des particules électrisées négatives (électrons) et positives (protons) mais aussi des ondes électromagnétiques (rayons gamma, rayons X, rayons U.V., rayons cosmiques...).

Ces rayonnements atteignent la terre en 8 minutes grâce à leur très grande vitesse (300 000 km/s) et provoquent, lors de leur entrée dans l'atmosphère, une ionisation des atomes de particules.

Mais le Soleil n'est pas le seul astre à nous bombarder de ses ondes. Nous connaissons bien l'influence de la Lune, notamment sur les marées mais aussi sur les esprits (caractère lunatique). Les autres planètes (Mars, Mercure, Jupiter, Saturne, Vénus...) nous envoient également leur contribution ondique.

Toutes ces ondes qui viennent de l'espace interstellaire exercent ainsi leur influence sur la nature humaine.

B) LES FORCES TELLURIQUES

La Terre agit inversement sur l'espace qui l'environne par son magnétisme. Elle se comporte un peu comme un barreau aimanté qui serait légèrement incliné par rapport à l'axe de rotation du globe (23° environ). Il y a donc autour de notre Terre un champ magnétique caractérisé en chaque point de l'espace par une induction magnétique qui se manifeste en particulier par deux effets :

— l'orientation de l'aiguille aimantée d'une boussole,

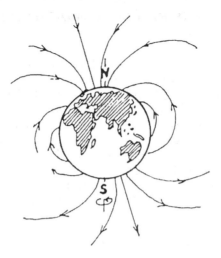

Lignes magnétiques du globe terrestre.

— la déviation de trajectoire des particules électrisées (protons, électrons, ions) qui se trouvent dans le champ terrestre dont le déplacement se fait sous forme de spirale.

C'est donc ce champ magnétique terrestre qui va constituer l'une des forces telluriques principales.

Mais la terre recèle par ailleurs, dans les profondeurs de son sous-sol, des éléments dont les rayonnements importants doivent être pris en considération, étant donné l'action qu'ils peuvent avoir sur la nature en général et l'espèce humaine en particulier.

La configuration du sous-sol (cavités, failles...) mais aussi et surtout la présence de l'eau sous toutes ses formes (nappes, sources, rivières souterraines...) peuvent constituer des facteurs géopathogènes particulièrement néfastes, notamment pour la santé.

C) LE PHÉNOMÈNE COSMO-TELLURIQUE

Il y a entre le ciel et la terre une différence de polarité. Les forces cosmiques ont une polarité positive alors que les forces telluriques ont une polarité négative. C'est d'ailleurs cette différence de polarité qui est à l'origine de la pousse des arbres. C'est en effet la différence de polarité qui permet à la sève de monter et d'alimenter toutes les branches de l'arbre.

La différence de polarité entre le ciel et la terre explique aussi le phénomène de la foudre, où l'éclair, contrairement à ce que l'on croit, monte de la terre vers le ciel.

La compensation des forces cosmiques et des forces telluriques doit se faire normalement au niveau du sol ou dans le sol mais, lorsque les effets telluriques sont plus importants que les effets cosmiques, les ondes du sol montent dans l'atmosphère et deviennent ainsi néfastes pour le corps humain qui y séjourne. Inversement, lorsque les ondes cosmiques sont plus fortes et que l'équilibre se fait dans le sous-sol, l'atmosphère devient particulièrement saine et bénéfique.

D) LES QUADRILLAGES COSMO-TELLURIQUES

Le Pr Hartmann a par ailleurs mis en évidence l'existence d'un réseau tellurique formant une grille sur l'ensemble de la planète. Cette grille est elle-même formée d'une résille orientée nord-sud et composée d'un champ électrique et d'un champ magnétique espacés de 21 cm environ. Cette résille est espacée de 2 m environ dans le sens nord-sud et de 2,50 m environ dans le sens est-ouest dans nos latitudes.

Mais en même temps que s'exerce sur nous le réseau Hartmann, s'exerce également un autre réseau appelé Curry (en mémoire du Dr Curry, médecin et chercheur allemand) qui correspond à peu près aux diagonales du réseau Hartmann. Il est également constitué d'une résille d'une largeur moyenne de 50 cm espacée d'environ 3,50 m dans les deux sens.

La superposition des intersections des 2 résilles ou la superposition d'une intersection de résilles avec un autre effet tellurique constitue un point géopathogène qui peut engendrer des déséquilibres pour l'organisme humain s'il y séjourne plusieurs heures.

E) LES ÉNERGIES
ARTIFICIELLEMENT CRÉÉES
PAR L'HOMME

Comme nous venons de le voir, la nature nous soumet à un ensemble vibratoire qui correspond à des effets énergétiques divers.

Mais l'homme a par ailleurs (notamment depuis ces dernières décennies) entrepris sans le savoir la création dans son environnement (et particulièrement celui de son habitation) d'une quantité importante de nouvelles énergies dont les effets pernicieux sont particulièrement redoutables pour la santé. Nous n'en citerons ici que quelques-uns :

— *Les champs électromagnétiques* créés par le transport de l'électricité et sa transformation (lignes à haute tension et transformateurs).

— *Les champs de courants différentiels* créés

notamment par la radio, la télévision, l'éclairage domestique, les appareils électroménagers…

— *Les rayonnements d'électricité statique* créés par les matériaux de synthèse (matières plastiques, tissus et moquettes synthétiques…).

— *Les rayonnements du froid et de la chaleur.* Certains matériaux sont par exemple mauvais conducteurs et hydrophobes et ont un rayonnement qui augmente le besoin en énergie calorifique.

— *Les rayonnements radioactifs de certains matériaux.*

— *Le rayonnement des couleurs.* Certaines couleurs sont à proscrire, comme le rouge dans une chambre à coucher.

— *L'effet de l'énergie chimique.* Les composantes chimiques de produits tels que peintures, isolants, détergents et autres colles peuvent être particulièrement nocives.

— *Le rayonnement de la lumière artificielle*, notamment en cas de mauvaise installation (inversion de fils et absence de prise de terre).

— *Les ondes de forme.* Ce sont celles créées par des constructions anarchiques (et non moins originales) ou la disposition de certains éléments (meubles).

— *Les champs de non-cohérence* qui correspondent à des phénomènes difficilement explicables liés la plupart du temps à des drames ayant eu lieu dans des endroits précis (mémoire des murs).

L'être humain vit donc dans un environnement vibratoire permanent dont certaines ondes peuvent perturber son équilibre biologique du fait de leur nocivité en créant notamment des déperditions énergétiques qui sont à l'origine de la fatigue d'abord, mais aussi de la maladie si elles se prolongent.

2

Les ondes nocives de l'environnement

La nature, aussi belle soit-elle, peut nous réserver bien des surprises. Une belle vue sur la vallée peut en effet inciter à construire au sommet d'une colline. On se plaindra ensuite du vent et des pluies dominants qui conduisent à un entretien coûteux. Un terrain bon marché délaissé par l'agriculture pourrait paraître idéal pour construire. Le propriétaire déchantera vite quand il découvrira les problèmes qui ne manqueront pas de se produire.

Lorsqu'ils choisissaient un terrain pour y construire leur habitation, les anciens le faisaient d'une manière objective. Ils se mettaient à l'abri des intempéries et il ne leur venait pas à l'idée par exemple d'implanter leur maison dans un marécage où les moustiques abondent. Ils pouvaient en revanche choisir de se mettre près d'une source, non pas uniquement pour avoir de l'eau à proximité, mais aussi pour profiter de la constance de la polarité négative de l'eau. C'est cette constance qui agit sur l'apaisement des nerfs, bien connu à travers le légendaire calme du pêcheur au bord de l'eau.

Les Romains, avant de construire un village, y faisaient paître d'abord des moutons. C'est l'état de santé de ces animaux (vérifié par autopsie) qui les conduisait à prendre la décision qui convenait.

Les Celtes et les druides avaient eux aussi une grande connaissance des secrets de la nature. Ils savaient identifier les lieux maléfiques pour les éviter et reconnaître les endroits bénéfiques pour en faire des lieux sacrés et y construire des édifices de culte. Leur perception subtile du monde leur permettait d'analyser les micro-énergies de leur environnement et de déterminer les points forts du niveau magnétique terrestre.

Quant aux Orientaux, et notamment les Chinois, ils savent encore aujourd'hui éviter ce qu'ils appellent «la Veine du dragon» lors de l'implantation de leurs constructions. Le permis de construire est d'ailleurs dans ce pays comme en Pologne assorti de l'obligation de faire tester le terrain par un sourcier.

Certains endroits sont littéralement des zones anti-vie. L'homme moderne n'hésite pourtant pas un instant à y construire son habitation.

1) LES ZONES ANTI-VIE DU SOUS-SOL

Vivre, et particulièrement dormir, au-dessus d'une source est néfaste parce que l'eau dans le sous-sol profond provoque des frottements du fait de son écoulement. Ce sont ces frottements qui créent des charges électriques nocives pour la santé.

Une faille géologique sèche est aussi un endroit à éviter. Une faille, c'est une rupture de terrain avec un écartement. Le vide qui se crée ainsi constitue une poche qui va faire l'objet d'une forte ionisation. C'est cette ionisation de l'air qui, progressivement, va se transmettre à travers le champ électromagnétique du terrain, affectant ainsi l'organisme humain, notamment dans les zones sensibles.

Tout ce qui ressemble à une cavité souterraine fermée et sans circulation d'air produira les mêmes phénomènes. Au même titre que les failles, il faudra donc se méfier des fosses d'aisances inutilisées, des puits désaffectés et autres cavernes souterraines comme les champignonnières.

Les gisements de minéraux et en particulier ceux qui sont radioactifs constituent des zones géopathogènes par l'émanation de radon. Le radon est un gaz incolore et inodore produit par la désintégration des minerais radioactifs riches en uranium. Il émane du sous-sol par les conduits naturels. Les constructions en béton sont particulièrement vulnérables car ce gaz toxique peut émaner directement des murs. Aux Etats-Unis, en Grande-Bretagne et en Suède, ce gaz naturel radioactif est considéré comme l'une des causes principales du cancer. Son inhalation provoque d'abord une grande fatigue puis affecte les organes les plus vulnérables.

Il faut en fait se méfier de tout ce qui est actif dans le sous-sol, comme les sources, mais aussi de tout ce qui y stagne, comme les matières en décomposition, arbres, cadavres d'animaux, mais aussi d'humains. L'implantation d'une maison sur un ancien cimetière peut en effet se traduire par de sérieux troubles au niveau de la santé physique et morale de ses habitants.

2) LA POLLUTION ÉLECTRIQUE :
LE PROBLÈME DES LIGNES À HAUTE TENSION

Depuis le début de l'électrification intense de nos pays occidentaux, le problème de la nocivité des lignes à haute tension, des transformateurs comme de l'électrification des chemins de fer, a été soulevé.

On a pu noter que les habitants des maisons surplombées par des lignes à haute tension étaient victimes de fatigue anormale et de troubles de la santé. On remarque en effet que ces personnes ont des comportements plutôt agressifs car elles vivent dans un perpétuel état de tension nerveuse. Les plantes de jardin ne résistent pas mieux aux actions néfastes du champ électromagnétique ainsi créé et périclitent de la même façon. On a pu constater par ailleurs que les ruches d'abeilles disposées dans la zone nocive connaissaient une production complètement déréglée. Les abeilles sont surexcitées, déséquilibrées et montrent une agressivité particulièrement forte. Leur travail est très supérieur à la normale et comme elles ne se reposent jamais, leur longévité est très nettement raccourcie.

Le meilleur moyen de lutter contre le champ électromagnétique d'une ligne à haute tension est de tendre un filet métallique dessous en le reliant à la terre. C'est ainsi que certains cas quelque peu dramatiques ont été réglés.

Ce qui est inquiétant, c'est que la nocivité du courant augmente avec le voltage. Or, E.D.F. envisage l'installation de 40 000 pylônes nouveaux de 40 à 50 mètres de haut (représentant 20 000 kilomètres de câbles) dont le voltage sera de 750 000 à 1 million de volts.

L'effet pervers des lignes à haute tension se manifeste de trois manières :

— *L'effet électromagnétique.* C'est lui notamment qui est responsable de l'état de nervosité des riverains mais aussi des bourdonnements dans les chaînes hi-fi et de l'altération des bandes magnétiques.

— *L'effet électrostatique.* L'environnement est électrifié, notamment tous les objets métalliques du voisinage se «chargent», ce qui peut être particulièrement dangereux en cas d'orage.

— *L'effet Corona* qui est dû à l'ionisation positive de l'air (voir IVe partie du livre) avec production de grésillements mais aussi de gaz nocifs et irritants tels que l'ozone et l'oxyde d'azote. C'est l'effet Corona qui est aussi à l'origine des parasites hertziens qui perturbent la réception des radios et des télévisions. Il faut savoir enfin que les lignes électrifiées de chemins de fer comme les transformateurs produisent les mêmes effets nocifs pour les riverains, ce qui ne constitue pas pour autant une préoccupation pour les pouvoirs publics.

3

L'habitat pollué

Toutes les enquêtes montrent que le rêve principal de nos concitoyens est d'être propriétaires de leur logement et notamment de parvenir un jour à se faire construire un pavillon. Mais ce qui aurait dû être « la maison du bonheur » devient malheureusement dans de trop nombreux cas « la maison à problèmes » quand elle n'est pas comme le dit Roger de Lafforest[1] « Une maison qui tue ».

L'implantation de la construction et notamment son orientation, sa conception en termes de dimensions et de proportions mais aussi et surtout les matériaux modernes qui la composent font de la maison moderne l'un des principaux fléaux de notre civilisation. C'est en tout cas le facteur majeur des problèmes de santé et, avant de conduire progressivement à la maladie, il est d'abord l'une des causes essentielles de la fatigue.

Je vous propose donc de passer en revue les causes essentielles possibles de nuisances qui, dans une maison, peuvent être à l'origine d'un problème de santé. Un seul facteur peut être responsable des troubles. Mais, c'est souvent la combinaison de différentes sources d'ondes nocives qui conduit à l'affaiblissement de l'organisme humain et qui ouvre ainsi la porte à la maladie.

---

1. *Ces maisons qui tuent*, de Roger de Lafforest, éditions R. Laffont.

A) LA RÉPARTITION DES VOLUMES

Il vous est probablement arrivé en entrant dans une pièce d'une maison ancienne d'avoir le sentiment de vous sentir bien sans pour autant que l'endroit soit immense. Cette sensation de bien-être, d'harmonie avec les lieux, est le fait des proportions.

Les règles de la répartition des volumes et des proportions sont aujourd'hui oubliées. Et quand il s'agit de déterminer un espace dans une construction, c'est le facteur économique qui prédomine. Comment faire un deux-pièces dans un studio ou transformer une chambre de bonne en studio ? Tel est le seul problème qui se pose aujourd'hui. Comment multiplier le nombre d'étages ? En diminuant bien évidemment la hauteur des plafonds. Moins le cubage d'air est important, plus c'est facile à chauffer !

Les anciens bâtisseurs quant à eux respectaient des règles de proportions dont celles basées essentiellement sur le Nombre d'Or, ce qui conduisait à une répartition harmonieuse des volumes.

Les dimensions de la maison étaient d'autre part exprimées en coudées et à chaque lieu correspondait une coudée particulière. On retrouve ainsi une coudée égyptienne, une coudée assyrienne mais aussi la coudée de Chartres (celle qui servit pour la construction de la cathédrale) et la coudée du Rhin. Dans chaque cas elle est différente car elle est en harmonie avec les forces cosmiques du lieu.

Même si certaines proportions sont encore enseignées à l'école d'architecture (sans que l'on dise à quoi elles correspondent), elles ne sont pas pour autant utilisées puisque personne ne sait plus à quoi elles correspondent. Le Nombre d'Or présent dans toutes les constructions antiques (pyramides, temples sacrés, cathédrales, etc.) s'est pratiquement perdu au cours du XVIIIe siècle, le pseudo-cartésianisme, le rationalisme et le scientisme modernes l'ont définitivement oublié, à quelques exceptions près.

B) LES MATÉRIAUX MODERNES

L'homme du XXe siècle s'enorgueillit des découvertes faites par ses congénères dans le domaine des matériaux dont le béton, les panneaux de particules et les matières plastiques sont les plus beaux fleurons. Il devrait pourtant déchanter en apprenant que tous ces nouveaux produits sont, pour la plupart, à l'origine des problèmes de santé auxquels il doit de plus en plus faire face : fatigues, allergies, dépressions et autres cancers.

LE BÉTON

Tout le monde commence à savoir que le béton n'est pas favorable à la santé mais personne en haut lieu ne se préoccupe vraiment de savoir à quel point il peut être nocif.

Le béton est composé de gravier de sable, de ciment et d'eau. Et pour l'empêcher de craquer, on lui ajoute une armature en ferraille.

Or, le fer a la particularité de se magnétiser en présence de l'eau et à température élevée, ce qui est le cas au moment de la prise du ciment.

Il est ainsi démontré que cet effet de magnétisation s'effectue sur les aciers, même une fois enrobés de béton. C'est précisément le champ magnétique ainsi créé qui constitue une source d'ondes nocives véhiculées grâce à la silice du sable contenant le même quartz qui actionne vos montres.

Une autre source de nocivité existe du fait du treillis métallique soudé qui, lui, entre dans la composition des murs en béton armé.

Cette enveloppe d'acier constitue une cage de Faraday qui filtre les vibrations cosmiques positives et contribue ainsi à déstabiliser notre équilibre biologique, notamment en chassant les ions bénéfiques de l'air (voir IVe partie du livre).

Le béton est particulièrement néfaste aux personnes qui souffrent de troubles du système osseux car il agit sur la fréquence vibratoire des molécules du tissu osseux. On peut ainsi en déduire qu'il n'est indiqué ni pour les enfants dont le système osseux est en pleine croissance, ni pour les vieillards dont le squelette est devenu fragile.

Le béton aurait par ailleurs l'inconvénient d'amplifier les troubles liés à la ménopause (ostéoporose).

LES PANNEAUX D'AGGLOMÉRÉ

Les panneaux de particules de bois ont l'avantage d'être pratiques et relativement bon marché. Mais ils sont composés de copeaux de bois et d'une colle au formol extrêmement toxique.

Essayez de placer une graine en germination sur un panneau de particules agglomérées et une autre sur une planche en bois non traitée. Vous verrez que la première dépérira en quelque temps alors que la deuxième continuera à pousser. La différence est due aux fortes émanations de la colle au formol. Ces panneaux libèrent en effet un gaz toxique mais pratiquement inodore : le formaldéhyde, qui agresse l'organisme en l'affaiblissant. Il peut notamment être à l'origine des migraines.

Les émanations de formaldéhyde sont particulièrement fortes lorsque les panneaux d'aggloméré sont utilisés comme plancher recouvert généralement de moquette.

Depuis 1979, on sait que le formol provoque le cancer des fosses nasales chez le rat et les souris. On savait depuis longtemps qu'il avait des propriétés toxiques irritantes et surtout allergiques. Des expériences ont montré qu'il suffit d'une très faible quantité pour paralyser et même tuer des cellules vivantes. Les médecins du travail savent qu'il est souvent à l'origine d'eczémas et de réactions allergiques diverses. Autant de bonnes raisons pour s'en méfier.

LES PRODUITS DE PROTECTION DES BOIS

Comme tout ce qu'ils faisaient, les anciens, lorsqu'ils coupaient du bois, ne le faisaient pas comme nous, c'est-à-dire n'importe comment et surtout n'importe quand. Ils respectaient la saison (en évitant notamment les périodes de sève montante) mais aussi les quartiers lunaires. Le résultat, on peut encore le voir aujourd'hui où certaines charpentes en bois pourtant tendres sont encore intactes après plusieurs siècles sans que les vers les aient réduites en sciure. On peut voir en revanche des bois qui n'ont même pas trente ans et qui sont pourtant déjà complètement piqués. On n'a donc rien trouvé de mieux pour les prolonger que de leur faire subir un traitement chimique que l'on réserve d'ailleurs désormais à tous les bois de construction : c'est le badigeonnage au Xylophène ou autres produits XY, dont les fabricants garantissent une action pendant dix ans.

Or, il faut savoir que le Xylophène et tous les produits comparables constituent un véritable poison dont les émanations sont extrêmement nocives. Ils peuvent donc être dans une maison extrêmement néfastes pour la santé de ses habitants.

Pour s'en convaincre, il suffit de faire l'expérience suivante, appelée le test kinésiologique, qui est en fait un test de résistance physique.

Prenez une personne de votre entourage et demandez-lui de mettre son bras droit plié à l'horizontale, la main placée au niveau du thorax. Appuyez fortement sur le coude en lui demandant de contrecarrer cette pression. Vous remarquez une certaine résistance. Faites alors sentir à cette personne un coton légèrement imbibé de Xylophène et appuyez ensuite sur le coude comme précédemment. Vous constatez alors que la résistance que la personne est capable d'opposer est devenue subitement très faible.

On peut donc facilement en déduire que l'inhalation de Xylophène réduit considérablement la résistance physique d'un sujet, ce qui est le premier stade de la fatigue.

Certaines peintures comportent des produits chimiques dont la nocivité est à peu près équivalente à celle des produits de protection. Lorsqu'elles sont récentes, des odeurs très fortes sont perceptibles et c'est la plupart du temps de migraines que l'on se plaint. Une fois l'odeur dissipée, on pense trop souvent qu'il n'y a plus de risque. A tort, car des émanations ont lieu encore pendant longtemps et leur nocivité agit sur l'organisme, mais à notre insu car toute odeur perceptible a disparu.

LES REVÊTEMENTS DE SOL ET LES PLANCHERS

Les appartements ou les maisons dont le sol est recouvert d'un plancher authentique sont de plus en plus rares. Et quand ils existent, leurs occupants les ont souvent faits vitrifiés pour céder à la facilité. Un parquet ciré est «vivant» et laisse ainsi le bois émettre son rayonnement positif. Un parquet vitrifié, lui, ne peut plus respirer. Son potentiel positif est en quelque sorte muselé. Les gaz toxiques liés au processus de vitrification peuvent donc s'en donner à cœur joie en s'additionnant à l'électricité statique qu'il ne manque pas de générer.

Quant aux moquettes synthétiques, elles ont, elles aussi, le fâcheux inconvénient de créer de l'électricité statique qui contribue à fatiguer en général et à rendre les jambes lourdes.

Dans les résidences modernes, les moquettes synthétiques sont généralement directement collées sur le plancher en béton. On s'étonne ensuite que les enfants en bas âge qui séjournent plusieurs heures par jour sur un sol aussi chargé en ondes nocives soient constamment l'objet de problèmes de santé.

Il en est de même avec les revêtements muraux qui sont trop souvent à base de produits synthétiques, notamment les molletons sous les tissus tendus ou les tapisseries à base de vinyle que nous déconseillons fortement.

LES ISOLANTS DANGEREUX

Le renchérissement du prix du pétrole et la crise de l'énergie qui s'est ensuivie, nous ont conduits à rechercher des solutions à la fois efficaces et bon marché pour résoudre le problème de l'isolation de nos maisons. On a donc isolé à outrance les murs, les plafonds, les combles et même les sols. Mais si les dépenses de chauffage ont baissé, celles de médecin ou de pharmacien ont, elles, considérablement augmenté. Car les matériaux utilisés sont pour la plupart nocifs.

C'est en effet le cas de tous les produits de synthèse comme le polystyrène qui est certainement le roi des matériaux «anti-vie», et dont la propriété est essentiellement de se charger de toutes les déperditions électriques et électromagnétiques qui circulent dans la maison.

Quant à la laine de verre, elle est aussi déconseillée en raison de sa propriété à capter l'électricité statique. Seules la laine de roche et celle de liège devraient être utilisées.

LES CHARPENTES ET COUVERTURES MODERNES

De la même façon qu'il faut se méfier du béton en raison de la quantité importante de ferraille qu'il contient, il faut aussi prendre garde à toutes les structures métalliques importantes et notamment celles que l'on propose trop souvent en guise de charpentes. La charpente idéale est et reste la charpente en bois, à condition qu'elle soit traitée avec un produit biologique non toxique.

Quant aux couvertures (qui sont encore trop souvent proposées aujourd'hui), elles doivent faire l'objet d'une grande attention, car certaines d'entre elles peuvent constituer une source importante d'ondes nocives. C'est le cas notamment des panneaux d'aluminium, des dalles en béton, des tuiles en amiante-ciment, des plaques de PVC (chlorure de vinyle) qui bloquent jusqu'à 85 % des ondes cosmiques bénéfiques.

C) LES FAUX ÉLÉMENTS DE CONFORT

La maison d'aujourd'hui se distingue aussi de celle de nos ancêtres par une concentration tous les jours un peu plus forte d'aménagements ou d'appareils divers, voire de gadgets portés toujours au crédit du confort moderne en ce sens qu'ils rendent apparemment la vie de ses habitants plus facile et plus agréable. L'anarchie, avec le manque de précautions qui a présidé à leur introduction progressive dans l'habitat, conduit malheureusement à constater qu'ils sont pour la plupart des agents d'ondes nocives qui contribuent à leur façon à agresser l'organisme humain en le rendant plus vulnérable à la fatigue et parfois même à la maladie.

L'INSTALLATION SANITAIRE

La multiplication des points d'eau dans la maison (salle de bains, salle d'eau, w.-c...), pour les raisons d'hygiène et de confort que l'on sait, a conduit à multiplier le nombre de tuyauteries et autres canalisations dont l'ensemble métallique constitue une véritable cage de Faraday.

Mais ce réseau d'ondes nocives, qui peut toujours être évité au moment de la construction (si l'architecte en est conscient), est amplifié par le fait qu'il comporte de l'eau chargée de calcaire qui se dépose sur les parois des tuyaux et les entartre.

De nombreux moyens de traitement de l'eau, notamment chimiques ou électromagnétiques, tuent la qualité vibratoire de l'eau pour en faire une eau fade.

N'oublions pas néanmoins les conséquences des interactions dues à la variété des matériaux de la tuyauterie : cuivre, acier galvanisé, plomb, PVC.

L'INSTALLATION DE CHAUFFAGE

Les inconvénients dus au chauffage sont de diverses sortes. D'une part, nous pouvons rencontrer le problème des champs électromagnétiques émis par les appareils électriques de toutes sortes : convecteurs électriques, chauffage à basse température dans le sol, chauffage par rayonnement en plafond, etc. Nous pouvons par ailleurs redouter le problème du brassage de l'air et par conséquent les poussières qui y sont véhiculées, et surtout les microbes amenés de l'extérieur. Pour cela, il suffit de regarder dans un rayon de soleil près d'une fenêtre. On peut y voir le nombre de particules en suspension dans cet air que nous respirons. Ce problème est soulevé par tous les appareils ou installations à prédominance de convection de chaleur, tels que convecteurs, radiateurs de chauffage central, etc.

Le 3e problème est celui de l'ionisation de l'air due aux chauffages dits à air pulsé, auquel se rajoute quelquefois celui des infrasons émis par les gaines métalliques dans lesquelles circule l'air chaud.

Le 4e problème que nous relevons est celui des «sources», engendré par la circulation d'eau dans les planchers du chauffage à basse température.

Quel que soit le problème soulevé, le chauffage participe à la réalisation d'un climat dans la maison, que les uns qualifient d'ambiance, que d'autres peuvent appeler un bien-être et que nous nommons tout simplement Qualité de la Vie. Cette qualité peut-être détériorée par un air trop sec ou inversement trop humide, par un air trop chaud ou par des champs électromagnétiques, y compris ceux rayonnés par les matériaux constituant l'espace solide du bâtiment, par l'ionisation positive de l'air, les charges électrostatiques des revêtements de sol, la fumée de cigarette, etc. mais aussi par une surisolation qui empêche les échanges cosmo-telluriques.

Cette qualité du climat dans la maison est une base primordiale à une vie saine. Or, l'art de l'architecte n'est pas seulement de créer des formes de construction mais aussi d'arriver à créer une bonne ambiance permettant une vie épanouie dans la maison, et cela quelle que soit la saison.

En évoquant cela, on ne peut s'empêcher d'en vouloir aux pouvoirs publics de ne pas doter notre pays de moyens de recherche en matière d'architecture et de culture, voire de géobiologie, comme c'est le cas en Allemagne, en Autriche ou en Angleterre, autant de pays dont le nom en français commence curieusement par la lettre A.

On pourrait étudier dans un tel institut les interférences entre les constructions, leurs composants et les usagers. On y verrait l'évolution de la dégradation de la Santé de ces derniers à travers un état de fatigue se situant en amont de la maladie. N'est-ce pas là aussi faire de la prévention?

L'INSTALLATION ÉLECTRIQUE

La «fée électricité» a certes l'avantage de nous éclairer, mais elle n'en laisse pas moins la plupart de ses «consommateurs» dans l'ombre en ce qui concerne les risques potentiels qu'elle leur fait courir dans une utilisation anarchique et inconsciente.

L'électricité fait partie de notre siècle et nous avons tout lieu de nous en féliciter. Elle est propre à notre civilisation et on ne voit pas comment nous pourrions nous en passer. D'ailleurs, il n'en est pas question! Ce qui est regrettable, c'est que nous n'en maîtrisions pas encore la domestication, notamment en ce qui concerne ses effets pernicieux sur notre santé.

Les maisons, et particulièrement les immeubles, sont quadrillés de kilomètres de fils électriques, sans compter les multitudes d'appareils divers qui s'y raccordent.

Or, l'électricité (qui est faible en neutrons) circule en permanence dans tout ce réseau complexe et produit ainsi des champs alternatifs et électromagnétiques d'intensité variable amplifiés dans la plupart des cas par les structures métalliques qu'ils traversent (immeubles en béton, mobilier métallique...) ainsi que tous les matériaux d'origine synthétique.

L'incidence de ces ondes nocives sur notre organisme est permanente et c'est notamment dans notre sommeil que nous sommes les plus vulnérables car l'influence de ces champs électromagnétiques se traduit par de la fatigue mais elle peut être souvent à l'origine de migraines, d'insomnies ou de troubles cardiaques et respiratoires.

Dans tous les cas de fatigue, il faudra donc être vigilant pour mettre en œuvre tous les moyens qui permettent de limiter toutes formes de déperdition.

— Les appareils ménagers

La multiplication des appareils ménagers et électriques amplifie considérablement la pollution électrique de nos maisons modernes dont le rayonnement électromagnétique se prolonge même lorsqu'ils ne sont pas en fonctionnement. Deux d'entre eux nous paraissent particulièrement dangereux et doivent obligatoirement faire l'objet d'une utilisation prudente. Le récepteur de télévision dont le rayonnement nocif est très fort y compris lorsqu'il ne fonctionne pas. On a pu constater par exemple qu'un poste de télévision installé dans une cave (sans pour autant être allumé) faisait fuir les rats et les souris. Les enfants et les femmes enceintes sont particulièrement vulnérables, et dans tous les cas on ne devrait jamais se trouver à moins de 6 mètres d'un récepteur. C'est pourquoi l'habitude d'avoir un poste de télévision dans une chambre à coucher est extrêmement dangereuse car la vulnérabilité de l'organisme humain est très amplifiée pendant le sommeil et il est rare d'avoir aujourd'hui des chambres à coucher assez grandes pour respecter la distance mentionnée plus haut. Ceci s'applique également aux écrans des ordinateurs qui fleurissent dans les chambres d'enfants.

— Le four à micro-ondes[1]

Lorsqu'il vous vend un four à micro-ondes, le commerçant se garde bien de vous signaler que son champ de rayonnement nocif peut perturber dans un rayon de 40 mètres, car la plupart du temps, il ne le sait pas lui-même. Il faut croire qu'il y a trop d'intérêts en jeu pour que toute la vérité soit dite officiellement sur le sujet.

— Les antennes de télévision

Jean de la Foye qui est un éminent connaisseur des ondes nocives dit dans son livre *Ondes de vie, ondes de mort* (R. Laffont): «A voir la forêt d'antennes de télévision sur les toits on peut s'interroger sur le déficit de la Sécurité sociale...»

On a pu constater que de nombreux cas de fatigue, de mauvaise santé, voire de maladie sérieuse, étaient en rapport avec les rayonnements d'une antenne de télévision. Celle-ci est en effet un puissant capteur de toutes les ondes nocives environnantes qui sont canalisées ensuite par le mât principal qui diffuse à la verticale de son pied leurs rayonnements fortement concentrés.

---

1. A lire à ce sujet le livre de S. Altenbachet, B. Legrais, *Tout ce que l'on vous cache* sur le danger des hyperfréquences : les fours à micro-ondes, les écrans vidéo, les solariums UVA, les radars ou protections, les montres à quartz et les éléments irradiés...

D) LES ONDES DE FORME

Les ondes de forme sont des manifestations subtiles dues à la nature particulière de certains objets, à leur relief spécifique, à leur vécu historique ou tout simplement à leur disposition dans un ensemble.

L'objet, qui peut être un meuble, un bijou, une statue, un tableau ou même un vêtement, émet des ondes dont certaines peuvent être particulièrement nocives. La fatigue (voire la maladie) provoquée par miniradiations sournoises est assez fréquente. Mais comme la détection d'une onde de forme ne peut être le fait que d'un spécialiste, nous nous contenterons d'en examiner ici les cas les plus courants.

LES MASSES MÉTALLIQUES

Les masses métalliques sont de grands accumulateurs qui absorbent les négativités environnantes et les diffusent ensuite avec puissance.

C'est pourquoi il n'est pas recommandé de dormir à proximité d'un véhicule. C'est une grave erreur, par exemple, que de coucher au-dessus d'un garage où se trouve une voiture ou d'une cave où il y a une chaudière, les deux constituant des masses métalliques importantes.

Les meubles métalliques sont par ailleurs à proscrire car en plus des ondes de forme négatives dont ils sont responsables, ils ont la propriété de «pomper» littéralement l'énergie des individus qui les côtoient.

Si les employeurs prenaient conscience de ce redoutable phénomène, ils mettraient au rebut le mobilier métallique qu'ils achètent généralement pour leur personnel de secrétariat et qui est certainement un des responsables du manque de productivité et de l'absentéisme du personnel.

LES MEUBLES DE COIN

La disposition dans l'angle d'une pièce d'un meuble quelconque qui est le plus souvent une table, une commode ou une armoire provoque généralement des ondes nocives qui se répercutent dans la pièce. Cette disposition en angle est particulièrement redoutable dans une chambre à coucher où l'individu séjourne à la même place durant plusieurs heures. On a pu vérifier d'autre part que la vulnérabilité aux ondes nocives était beaucoup plus grande pendant le sommeil.

LES ÉLÉMENTS DÉCORATIFS

Il faut citer dans cette rubrique les tableaux constitués par des pointes clouées sur un socle et reliées harmonieusement par des fils métalliques donnant lieu à des dessins à trois dimensions.

Ces «jeux de fils» peuvent être d'une grande nocivité du fait des microvibrations dont ils sont la source, et les influences pernicieuses dont ils sont responsables varient en fonction de la configuration du mobilier au sein duquel ils se trouvent. On a pu par exemple démontrer qu'une porte ouverte ou fermée pouvait en modifier considérablement l'intensité.

LES BIJOUX

Les dessins et les reliefs d'un bijou peuvent aboutir à une forme dont le rayonnement est nocif de la même façon que certains colliers, bracelets ou autres bagues peuvent par leur nature et leur forme créer un blocage énergétique chez le sujet qui les porte.

Mais la nocivité des bijoux se manifeste le plus souvent lorsque ceux-ci ont été portés par des personnes malades (notamment pour les pierres et les perles) ou des individus dont la pensée et les actes étaient particulièrement négatifs.

LES MASQUES AFRICAINS
ET LES OBJETS LITURGIQUES

Ce sont des objets à la mode et pourtant ils sont très souvent à l'origine de troubles qui dépassent largement le stade de la fatigue.

Les masques africains comme les objets liturgiques ou funéraires semblent en effet se venger à chaque fois que l'on commet le sacrilège de les utiliser à des fins différentes de celles pour lesquelles ils ont été créés, voire «consacrés». Le dérangement qu'on leur inflige, qui constitue en quelque sorte une profanation, se manifeste donc sous la forme d'une agressivité particulière que nos esprits cartésiens et rationalistes ont quelque difficulté à admettre.

LES CHEMINÉES OU LES PLACARDS

L'air emprisonné dans un vide quelconque finit rapidement par s'ioniser positivement, ce qui le conduit à être la source d'une émission d'ondes nocives qui peuvent être aussi agressives que celles émanant du sous-sol (cavernes, failles sèches ou sources).

C'est généralement ce qui se passe lorsqu'un conduit de cheminée a été bouché à ses deux extrémités ou lorsqu'un placard ou une ancienne porte ont été murés au point de ne laisser aucune circulation d'air.

Certains phénomènes dépassent notre compréhension, mais ce n'est pas parce que l'on ne comprend pas quelque chose qu'il faut pour autant en nier l'existence.

On peut ainsi remarquer d'une manière expérimentale que les lieux qui ont connu certains drames (cruautés, tortures, suicides, assassinats, accidents...) conservent en quelque sorte la «mémoire» des murs. Le fait de séjourner dans ces endroits, et à plus forte raison d'y habiter, peut être à l'origine d'événements terribles dont les troubles de la santé ne sont pas la seule conséquence.

On a pu vérifier, par ailleurs, que l'implantation d'une habitation sur un ancien charnier ou tout simplement un ancien cimetière est particulièrement éprouvante pour ses habitants qui devront s'attendre à rencontrer toutes sortes de problèmes (accidents, problèmes de santé, incendies inexpliqués...).

4

Des solutions efficaces

L'ensemble des problèmes que nous avons évoqués dans les chapitres précédents constituent l'inventaire général (mais non exhaustif) des sources d'ondes nocives qui, au niveau de l'habitat, peuvent être à l'origine de fatigues (inexpliquées par ailleurs), voire même de problèmes de santé ou de troubles plus sérieux.

Si vous avez noté un ou plusieurs facteurs qui constituent désormais un sujet de préoccupation, vous devriez trouver dans ce qui suit des solutions satisfaisantes destinées en tout cas à vous éviter le pire, c'est-à-dire un déménagement ou la vente de votre bien immobilier.

LE BÉTON

Si vous habitez dans un immeuble moderne, il y a des chances pour que le plancher, le mur et le plafond de votre logement soient en béton.

Il va donc falloir humaniser en quelque sorte cette atmosphère vibratoire un peu trop lourde.

Si vous avez un parquet, commencez par le faire dévitrifier et traitez-le désormais biologiquement, c'est-à-dire à la cire d'abeille.

Si votre revêtement de sol est collé directement sur le béton, vous pouvez faire installer un parquet plutôt en pin ou en châtaignier qui sera traité à la cire d'abeille ou laissé brut; si vous décidez de le recouvrir, ce sera d'une moquette de laine naturellement. Si la pose d'un parquet est trop onéreuse, vous pouvez utiliser du contre-plaqué (19 millimètres au moins), mais jamais de panneaux d'aggloméré.

La moquette doit être en pure laine. Bannissez à tout jamais tout ce qui est synthétique.

Sur les murs, vous avez plusieurs solutions :

— Lambrissage de pin avec traitement biologique (cire d'abeille).

— Peinture minérale biologique. Evitez à tout jamais les papiers peints en vinyle.

— Pose de tissu tendu en toile de jute ou en pur coton sur lattage de bois et molleton coton.

— Pose de liège avec un traitement biologique.

Aérez très souvent ou utilisez un ioniseur pour compenser les effets de la cage de Faraday (voir quatrième partie du livre) et éliminer le radon de vos logements.

LES PANNEAUX D'AGGLOMÉRÉ

Dans l'hypothèse où il y aurait dans votre logement une concentration importante de panneaux d'aggloméré (au sol ou au plafond), vous risquez comme nous l'avons précisé plus haut de souffrir du formaldéhyde, ce gaz toxique qui émane de la colle au formol ayant servi à leur fabrication.

On a découvert récemment que certaines plantes avaient la propriété de neutraliser ces gaz et d'en purifier l'air. C'est le cas du chonophytum coruosum ou syngonium podophylum dont l'efficacité a été expérimentée avec succès.

LES DÉPERDITIONS ÉLECTRIQUES

Tous les champs électriques et électromagnétiques, provoqués par la distribution anarchique du courant dans l'habitation ainsi que par les appareils domestiques, peuvent faire si on le désire l'objet d'une réduction importante.

La première chose à vérifier est l'état des prises de terre que l'on pourra faire mesurer ou faire contrôler par un professionnel.

L'installation électrique générale doit être reliée à une «bonne» terre. Si l'un de vos appareils, notamment la télévision ou le chauffage, n'est pas relié à la terre, il faudra faire en sorte qu'il le soit, ce qui, malheureusement, n'a pas toujours été prévu par le constructeur.

Dans une chambre à coucher, si les fils électriques sont trop près du lit et que le lit ne peut être déplacé faute d'espace suffisant, on pourra toujours utiliser un «interrupteur de champ» qui neutralise les champs électromagnétiques dans les circuits passant près de votre lit, et cela pendant votre sommeil.

En ce qui concerne les postes de télévision ou les appareils hi-fi, il est souhaitable de les débrancher après utilisation de manière que les deux phases du circuit soient coupées. Lorsque l'appareil reste branché, il est en effet toujours solidaire du réseau et continue ainsi à dégager des ondes électromagnétiques.

Il faudra par ailleurs éviter en général les rallonges, car elles ne sont jamais reliées à la terre et les rallonges en spirale en particulier qui émettent de puissantes fréquences nocives au même titre qu'un bobinage.

Il sera bon enfin de se libérer le plus souvent possible de l'électricité statique qui maintient l'organisme dans un état de tension ou d'excitation qui perturbe nos énergies naturelles et contribue ainsi à fatiguer prématurément.

La douche (tous les matins et tous les soirs) est certainement le meilleur moyen d'y parvenir.

On peut aussi se construire une plaque métallique reliée à une bonne terre sur laquelle on séjournera pieds nus (pas plus de 2 minutes à chaque fois).

On peut enfin marcher dans la rosée du matin (pieds nus) ou sur le sable humide du bord de mer. Ces séances ont pour effet de réharmoniser les échanges énergétiques de l'organisme tout en le déchargeant de l'électricité statique accumulée.

Les vêtements fabriqués à partir de fibres synthétiques (nylon, acrylique, et autres polyamides) sont aussi responsables de la production d'électricité statique. Evitez donc, dans la mesure du possible, d'en acheter, surtout pour les vêtements qui sont soumis à une certaine mobilité (chemises, pantalons, pull-overs, etc.).

Ne choisissez donc que des vêtements en purs laine, coton, lin, c'est-à-dire en fibres naturelles.

A bannir aussi à tout jamais de votre garde-robe, tous les vêtements et sous-vêtements tribo-électriques dont la sensation de chaleur produite est totalement artificielle.

LES APPAREILS DE CORRECTION DES ONDES NOCIVES

Il existe désormais dans le commerce toute une gamme d'appareils dont les constructeurs prétendent qu'ils corrigent efficacement les ondes nocives.

On peut les classer en cinq catégories :

— Les « neutraliseurs » de micro-énergies pathogènes mais dont l'inconvénient est de supprimer aussi nombre de rayonnements bénéfiques.

— Les « accumulateurs » qui ont la propriété de se charger des micro-énergies pathogènes et qui doivent forcément être régulièrement déchargés.

— Les « rééquilibreurs » dont le rôle consiste à rétablir un équilibre cosmo-tellurique satisfaisant. Leur efficacité est cependant toute relative, notamment dans les immeubles en béton armé comportant des masses métalliques importantes ou lorsque les déperditions électriques sont trop fortes.

— Les «régénérateurs biotiques» qui amplifient les ondes bénéfiques tout en rééquilibrant les rayonnements cosmo-telluriques. Mais chaque appareil doit en quelque sorte être conçu et réglé en fonction du site à traiter. Parmi ceux-ci, nous citerons les ioniseurs. Il n'y a pas de produit universel ni miracle.

Tous ces appareils peuvent apporter une contribution efficace à la réharmonisation des énergies d'une habitation, mais ils sont loin de constituer la panacée.

Ils ne doivent jamais en tout cas être utilisés isolément mais toujours s'inscrire dans un ensemble de mesures de prévention et de correction diverses.

Sachez enfin que le commerce de ces appareils est souvent l'apanage de charlatans qui n'ont d'autre intention que de s'enrichir au profit de victimes naïves et crédules. Soyez donc sur vos gardes en n'en faisant l'acquisition qu'après avoir été conseillé par de véritables professionnels de la géobiologie. En tout état de cause, seul le déplacement du lit est une méthode universellement efficace et elle ne coûte rien. Aussi, comme dirait Rémy Alexandre, vérifiez si «votre lit est à la bonne place». Vous devez en effet le placer de telle manière que la tête du dormeur soit orientée vers le nord.

5

Quoi faire?

Si vous pensez que la fatigue dont vous êtes victime peut avoir pour cause l'un ou plusieurs des facteurs que nous venons d'évoquer, il faut faire un diagnostic sérieux.

Certaines choses vous paraissent peut-être évidentes à la lumière de ce que vous savez désormais et vous pouvez ainsi agir en conséquence en adoptant les mesures qui conviennent.

Réorienter son lit pour dormir la tête au nord (ce qui est indispensable pour se trouver dans le sens normal des courants magnétiques terrestres) est à la portée de tout le monde.

Ne plus porter de vêtements synthétiques (nylon, polyester, polyamide, acrylique, vinyle...) car ils développent une quantité anormale d'électricité statique est aussi une sage mesure que vous saurez prendre seul et dont vous verrez rapidement les effets bénéfiques.

Dans un certain nombre de cas, il vous sera en revanche nécessaire d'avoir recours à un spécialiste car le diagnostic peut être plus difficile à faire. Il faut savoir en effet que les ondes nocives ont le pouvoir de s'additionner, ce qui fait que, lorsque l'on croit adopter une mesure efficace pour en supprimer une, d'autres peuvent subsister.

C'est notamment le cas lorsque l'on se trouve sur l'intersection d'un réseau Hartmann et à la verticale d'une source. Les deux points géopathogènes s'additionnent et peuvent donc être particulièrement nocifs.

Ma recommandation est donc que vous consultiez un vrai géobiologiste[1] qui saura faire un examen complet des lieux et surtout faire le tri entre les différentes sources éventuelles d'ondes nocives en relativisant l'analyse de leurs effets. Un vrai professionnel saura non seulement vous faire une analyse objective de la situation, mais vous fera aussi les recommandations qui conviennent et qui, dans la plupart des cas, n'entraînent pas de dépenses importantes.

La solution idéale reste naturellement celle qui consiste à avoir un projet de construction. Avec les informations que vous avez désormais, vous êtes paré pour éviter la plupart des erreurs grossières qui sont faites aujourd'hui. Je vous recommande cependant, pour mettre toutes les chances de votre côté, d'avoir recours à un véritable architecte expert en géobiologie.

---

1. Syndicat national des professionnels de la Géobiologie (S.N.P.G.), 14 bis, rue Saint-Jean, 31130 Balma, tél. 61 24 19 16.

Conclusion

La lecture de ces quelques pages vous aura probablement ouvert les yeux sur un monde qui vous était sûrement inconnu jusqu'alors. Vous avez sans doute pris conscience que la civilisation moderne avec son scientisme aveugle n'est pas aussi valable qu'on le croit généralement.

L'homme est certes aujourd'hui capable d'aller sur la Lune mais il a perdu son identité biologique. Il s'est exclu progressivement de l'équilibre naturel dans lequel il avait vécu en harmonie avec son environnement. Il a voulu jouer les apprentis sorciers en cherchant à dominer la matière et il est tous les jours un peu plus l'otage de ses inventions qu'il faut mettre au crédit de son génie inconscient.

On nous oppose toujours que la mortalité a fortement baissé depuis le début du siècle, en oubliant de préciser que les statistiques rassurantes sont, en grande partie, imputables à la chute de la mortalité infantile. En fait, jamais l'homme n'a été en aussi mauvaise santé. Jamais il n'a été aussi faible et aussi vulnérable. La construction anarchique de son habitat dont il est pourtant si fier en est l'une des causes et la fatigue endémique de nos congénères, sa conséquence première.

Refuser son époque serait idiot et suicidaire mais refuser, comme le fait la science officielle, d'admettre certains phénomènes pourtant évidents sous prétexte qu'on n'arrive pas toujours à les comprendre est encore plus stupide et criminel.

Avec moins de cartésianisme et de rationalisme et un peu plus de bon sens, on arriverait peut-être mieux à résorber le déficit de la Sécurité sociale.

Table

QUATRIÈME PARTIE

**LES IONS NÉGATIFS EN PLUS,
LA FATIGUE EN MOINS
OU COMMENT RÉAPPRENDRE À RESPIRER**

par le Docteur Hervé ROBERT

CINQUIÈME PARTIE

FATIGUE ET GÉOBIOLOGIE
OU COMMENT RÉAPPRENDRE À «HABITER»

par Jean-Paul DILLENSEGER

Dans la collection J'ai lu Bien-être

AGNÈS BEAUDEMONT-DUBUS
La cuisine de la femme pressée (7017/3, mars 93)

Dr ARON-BRUNETIÈRE
La beauté et les progrès de la médecine (7006/4)

MARTINE BOËDEC
L'homéopathie au quotidien (7021/3, juin 93)

Dr ALAIN BONDIL et MARION KAPLAN
Votre alimentation selon le Dr Kousmine (7010/5)

BÉATRICE ÇAKIROGLU
Les droits du couple (7018/6, juin 93)

BRUNO COMBY
Tabac : libérez-vous ! (7012/4)

Dr DREVET et Dr GALLIN-MARTEL
Bien vivre avec son dos (7002/4)

Dr DAVID ELIA
Comment rester jeune après 40 ans (7008/4)

PIERRE FLUCHAIRE
Bien dormir pour mieux vivre (7005/4)

PIERRE FLUCHAIRE, MICHEL MONTIGNAC...
Plus jamais fatigué ! (7015/5)

CÉLINE GÉRENT
Savoir vivre sa sexualité (7014/5)

COLETTE LEFORT
Maigrir à volonté ...ou sans volonté ! (7003/4)

Dr LELEU
Le traité des caresses (7004/5)

Pr HENRI LÔO et Dr HENRY CUCHE
Je suis déprimé mais je me soigne (7009/4)

Dr E. MAURY
La médecine par le vin (7016/3, mars 93)

PIA MELLODY
Vaincre la dépendance (7013/4, inédit)

Dr VLADIMIR MITZ
Le choix d'être belle (7019/6, juin 93)

ROBIN NORWOOD
Ces femmes qui aiment trop (7020/6, mars 93)

PIERRE PALLARDY
Les chemins du bien-être (7001/3)

PIERRE et FLORENCE PALLARDY
La forme naturelle (7007/6)

MARIE-FRANCE VIGOR
Enfants : comment répondre à leurs questions ! (7011/6)

PIA MELLODY
Vaincre la dépendance

Surmontez vos angoisses.
Apprenez à vous aimer.
Une nouvelle méthode enfin efficace !

Vous voulez plaire à tout le monde ?
Vous vous sentez incapable de dire non ?
Vous êtes sujet à des réactions excessives,
honte, colère ou angoisse ? **Vous ne vivez
que des passions douloureuses ?**
Vous souffrez sans doute de dépendance...
S'en sortir, c'est possible !

A l'origine, les traumatismes de l'enfance,
parfois oubliés, souvent sous-estimés :
voici comment apprendre à les reconnaître.

Un programme en douze étapes pour mieux
maîtriser ses pulsions, pour savoir s'apprécier
enfin à sa juste valeur.
**Une nouvelle méthode pour réapprendre
à s'aimer,** à être un adulte indépendant et libre.

Vaincre la dépendance, c'est vivre mieux !

Pia Mellody
*Écrivain, thérapeute, conférencière, elle a
interviewé des centaines de patients.
Sa carrière et ses recherches ont commencé
au centre thérapeutique des Meadows,
dans l'Arizona. Ses travaux sont maintenant
connus dans le monde entier.*

Collection J'ai lu Bien-être, 7013/4

CÉLINE GÉRENT
Savoir vivre sa sexualité

Le manuel pour tous de la vie amoureuse.

L'amour est un art qui exige autant
de créativité que de savoir-faire.

Etre attentif aux désirs de l'autre, découvrir
la magie des caresses, la maîtrise de soi, la
complicité, apprendre à donner autant qu'à
recevoir... l'amour, c'est tout cela.

**Un glossaire de 128 mots clés,
qui renseigne, explique, prévient
de manière simple, délicate et sans tabous.**

**De l'éveil des sens à la sexualité
du troisième âge,** une documentation
complète sur la vie amoureuse et sexuelle.

Concret, direct, sensible, un manuel pratique
à mettre entre toutes les mains.

Céline Gérent

*Parallèlement à une carrière administrative,
elle a étudié, en France et en Inde, les
philosophies occidentales et orientales,
la psychologie et la linguistique.
L'enseignement qu'elle en a tiré
a servi de base à sa réflexion sur
le comportement sexuel de nos
contemporains.*

Collection J'ai lu Bien-être, 7014/5

Pr HENRI LÔO et Dr HENRY CUCHE

Je suis déprimé mais je me soigne

La dépression : l'éviter, la combattre, s'en sortir.

Dix pages de tests pour vous aider.

La dépression touche plus de deux millions de Français. Mais elle est méconnue, confondue avec "déprime" ou maladie mentale.
Pourtant c'est une maladie à part entière.

Des témoignages pour comprendre ce qu'est la dépression dans la vie quotidienne :
comment la reconnaît-on ? comment est-elle vécue par le malade ? par ses proches ?

Dix pages de tests pour faire le point
sur les différents symptômes des états dépressifs.

Un tableau complet des différents traitements,
avec leurs avantages et leurs inconvénients.

Apprendre à connaître la dépression, c'est refuser de vivre mal !

Pr Henri Lôo et Dr Henry Cuche
Spécialistes en psychiatrie pour adultes, le professeur Lôo est médecin-chef de service à l'hôpital Sainte-Anne, et le docteur Cuche, ancien chef de clinique, exerce dans un cabinet privé.

Collection J'ai lu Bien-être, 7009/4

Dr ALAIN BONDIL et MARION KAPLAN

Votre alimentation selon le Dr Kousmine

Manger mieux.
Prévenir les maladies modernes.
90 recettes de santé.

**Nous mangeons mal ! Trop de sucres,
de graisses, de produits animaux,
pas assez de légumes et de fibres.**

Colorants, pesticides, agents de sapidité
infestent les produits alimentaires et
provoquent cancers et maladies infectieuses.

**Comment apporter à notre corps
les nutriments indispensables ?
Comment choisir ses aliments,
les conserver, les cuire ?**

Aujourd'hui, grâce à l'enseignement du
Dr Kousmine, manger mieux, c'est facile !

**90 recettes : un ouvrage pratique
pour une alimentation saine,
inventive et équilibrée.**

Dr Alain Bondil et Marion Kaplan
*Diplômé de la faculté de médecine
de Montpellier, le Dr Bondil enseigne
l'homéopathie et est président de
l'Association médicale Kousmine.
Marion Kaplan a mis au point une méthode
de préparation et de cuisson permettant de
préserver la quasi-totalité des nutriments
vitaux des aliments.*

Collection J'ai lu Bien-être, 7010/5

BRUNO COMBY
Tabac, libérez-vous !

Un guide pratique pour enfin réussir
à cesser de fumer.
Une méthode efficace.

Arrêtez de fumer !
Commencez une vie nouvelle !
Retrouvez goût, odorat, souffle...
**Profitez pleinement
de votre corps, de vos sens !**

Combien de fois avez-vous caressé l'idée
d'envoyer promener cette satanée cigarette ?

Pour enfin réussir à cesser de fumer,
parce qu'il est possible de s'en sortir
tout seul, Bruno Comby propose
une méthode originale.

Une série de techniques simples :
de l'autosuggestion au régime alimentaire
d'accompagnement en passant par
des exercices respiratoires...

Le meilleur livre antitabac !

Bruno Comby
*Polytechnicien, ingénieur en génie nucléaire,
directeur d'un laboratoire de recherche en
prévention et nutrition, il est aussi l'auteur
de sept livres mondialement connus
sur la santé et le bien-être.*

Collection J'ai lu Bien-être, 7012/4

J'AI LU NEW AGE

Les Nouvelles Clés du Mieux-être

Ce livre de la collection J'ai lu Bien-être a été
imprimé sur papier blanchi sans chlore et sans acide.

Composition Interligne B-Liège
Achevé d'imprimer en Europe (France)
par Maury-Eurolivres à Manchecourt (Loiret)
le 21 décembre 1992.
Dépôt légal décembre 1992. ISBN 2-277-07015-7

Editions J'ai lu
27, rue Cassette, 75006 Paris
Diffusion Flammarion (France et étranger)